Ayrılan Kalpler

TİMAŞ YAYINLARI ■ 369
ROMAN DİZİSİ ■ 72

© Eserin her hakkı anlaşmalı olarak
Timaş Yayınları'na aittir. İzinsiz yayınlanamaz.
Kaynak gösterilerek alıntı yapılabilir.

TİMAŞ
BASIM TİCARET VE SANAYİ
ANONİM ŞİRKETİ

Bu Kitabın Serüveni :

Ayrılan Kalpler adlı bu kitap,
Hurşit İlbeyi'nin editörlüğünde
Tim Tanıtım tarafından baskıya hazırlandı.
Kitabın kapak tasarımı Kenan Özcan'a ait.
Baskı ve cilt takibi Ekrem Çalış tarafından yapıldı.
Kitabın İç baskısı ve cilt işlemleri ise Sistem Mücellithanesi'nde
Kapak baskısı, Seçil Ofset'te gerçekleştirildi.
4. Baskı olarak 2000 Aralık ayında yayımlandı.
Kitabın Uluslararası Seri Numarası (ISBN) : 975-362-265-1

İrtibat İçin: Ankara Cad. No: 50 Eminönü / İstanbul
Yazışma İçin: P. K. 50 Sirkeci / İstanbul
Tel: (0 212) 513 84 15 Faks: (0 212) 512 40 00 / 664 77 97
İnternet: www.timas.com.tr
e-mail: timas@timas.com.tr

Ayrılan Kalpler

DR. SEVİM ASIMGİL

TİMAŞ YAYINLARI
İstanbul
2000

Dr. Sevim Asımgil

Çocukluk yılları Avrupa'da geçmiş olan yazar, liseyi Bursa'da okudu. İstanbul Üniversitesi'nde yüksek öğrenimini tamamladı.

1988'de doktorluk mesleğini bırakan yazar, kendini tamamen eserlerine ve yurtiçi ve yurtdışında verdiği seri konferanslara adadı.

Muhtelif hocalardan 15 sene boyunca Arapça dersleri aldı.

Çeşitli gazete ve dergilerde makaleleri yayınlandı.

Dini ilimleri araştırmaya yönelik eserlerinin yanısıra, toplumun yozlaştırılan değer yargılarının yeniden hayata geçirilmesi yolunda çok sayıda roman da kaleme aldı.

Evli ve iki çocuk annesi olan yazar, iki lisan bilmektedir.

Yayınlanmış romanları şunlardır:

- Siyah Zambak ve Merve
- Sevda Geri Dön
- Dilârâ
- Meriç'in Kanlı Gelini
- Düğünümde Ağlama
- Diana
- Ayrılan Kalpler
- İsmail Ağa Sokağı ve Sevda Çiçeği
- Yüreğim Nereye

Hilye yıllardır, özenle tuttuğu hatıra defterini katiyyen ortada bırakmaz, titizlikle herkesten saklardı.

Balkonda oturmuş, bahçeye bakınarak, çay içerlerken annesi birden kızkardeşi Hilal'in onun hatıra defterini bulduğunu fırsat buldukça gizli gizli okuduğunu söyleyince, Hilye öfkesinden kıpkırmızı oldu; ne terbiyesizlik, ne saygısızlıktı bu! İntikam alma hissiyle, kız kardeşinin dergilerden kesip biriktirdiği ne kadar artist resmi varsa onların hepsini parça parça edip ortalığa savurma isteği geldi içinden. Annesinin yanından hızla kalktı, kız kardeşinin odasına gitti. Şifonyerin en alt çekmecesini çekti, artist resimlerinin hepsini çıkardı.

Hülya Koçyiğit'in, Bulut Aras'ın, Kadir İnanır'ın yerli ve yabancı daha birçok artistin çeşitli pozlardaki fotoğrafları yığıldı önünde. Fakat kızkardeşinin böyle bir şeye nasıl üzüleceğini tasavvur ediyor, bir tanesini dahi eline alıp yırtamıyordu. Bu defa da kendine sinirlendi. Resimlerin hepsini kucakladı, aldığı yere tıkıştırdı, çekmeceyi kapatıp ayağa kalktı.

En iyisi kendini dışarı atmak, bir on dakika olsun evden uzaklaşmaktı. Sırtında siyah keten etek ve kolları pek uzun olmayan mor renkte merserize bulüz vardı. Evden telaşla fırlarken, kapının hemen yanındaki askıda asılı olan ceketini almayı unuttu.

Bir süre sokaklarda gelişigüzel bir avare gibi dolaştı. Sahile çıkan sokağa saptığında yanından kısa kollu, pamuk gömlek giymiş iki genç delikanlı geçti, Hilye sevindi buna, yalnız değildi giyim çılgınlığında.

Bakırköy'e gelip yerleşeli üç sene olmuştu; artık ana caddelerini ve birçok sokaklarını, onların nerelere çıktığını biliyordu.

Gelik lokantasının önüne vardığında hafif bir rüzgâr kollarını ve yanaklarını ısırdı. Havalar kaç gündür sıcak gidiyorsa da kış henüz çıkıp gitmediğinin sinyallerini veriyordu devamlı. Genç kız sağa sola bakındıktan sonra, Yenikapı istikametinde karar kıldı ve o tarafa doğru yürümeye başladı. Gökyüzünde parça parça koyu gri bulutlar telaş içinde dolaşıyor, yağmura hazırlanıyordu.

Esir almak veya sindirmek istercesine iri dalgalar bütün sahil boyunu insafsızca dövüyordu homurdanarak. Caddeden geçen arabalardan başka hiçbir hareketlilik yoktu. Deniz kıyısı nadir anlarından birinde bulunuyordu, park yerleri ve banklar bomboştu. Hilye denize doğru uzanan bir kayanın yanına gelince, durdu, biraz dinlense fena olmayacaktı. Düşmemek için dikkatle yürüyerek kayanın ucuna gidip oturdu.

Gözlerini gökyüzü ile denizin birleştiği yere dikti; ruhunu ve vücudunu dinlendirmek umudu ile öylece durdu.

Aklına tek bir satır şiir gelmeden, hiç bir şarkıyı mırıldanmak istemeden, anılarından en ufak bir hatırayı diriltmeden, kalbi bomboş, yalnız nabız atışlarını duyarak, vücudunu terkedilmiş bir ceset gibi hissederek, hiç kıpırtısız kaldı! Ve yapayalnız....

Ama hayır, ona doğru yaklaşan biri vardı, çok net ve yakınından gelen, adım sesleri duyuyordu.

Hilye kumral saçlarını savurarak süratle yüzünü geriye döndürdü; onu kaçırmaya gelen bir haydut ya da üstüne atılmaya hazırlanan bir câni göreceği ürküntüsü ile. Neredeyse kendini denize atıp kaçacak... Fakat akıbetinin ne olacağının merakı ile iri iri açılmış gözleri, yanına kadar sokulmuş bulunan genç bir adamın sakin bakışları ile karşılaştı. Ve sâkin bir sesle:

— Korkmayınız, diyordu. Ben sadece size yardım etmek istedim. Çisintiye aldırmıyorsunuz ama bakınız, yağmur şiddetlendi.

Ne çisintisi. Hilye birşeyin farkında değildi! Ama genç kız oturduğu yerden ayağa kalkıncaya kadar geçen zaman içinde birden bastıran yağmurla her tarafı ıslandı.

— İsmim Atilla Ahmed Demirer. Şu şemsiyemi kabul edin lütfen, benim sırtımda gördüğünüz gibi kalın parkam var.

Genç kız, ucunda yağmur damlaları parlayan uzun kıvırcık kirpiklerinin arasından mavi mavi adının Atillâ Ahmed Demirer olduğunu söyleyen genç adamı süzdü. Bir hayduta ne de bir câniye benzer hiç bir tarafı yoktu, gereksizdi korkması.

Orta boylu, biraz zayıf, düz siyah saçlı, geniş çeneli, beyaz tenli, kendine güvenli, sevimli bir tipti. Genç kız onun uzattığı şemsiyeyi aldı:

— Teşekkür ederim, dedi.

Yağmur daha da şiddetlenmiş, sular, muazzam bir koro halinde şakırdamaya başlamıştı. Hilye bir daha:

— Çok teşekkür ederim, diye tekrarladı, şu genç adam, bunu çok hak etmişti çünkü.

Acele adımlarla yürüyerek kaldırıma çıktıklarında Atilla sordu:

— Buralarda mı oturuyorsunuz?

— Evet, dedi Hilye, Bakırköy'de.

— Hayat tesadüfler zinciridir, diyen her kimse onu bulup kutlamak lâzım. Ben de doğma büyüme Bakırköylüyüm, komşuyuz.

— Ben, doğma büyüme Ankaralı'yım, komşu olmuyoruz.

— Bunu sorun yapacak değilim, diyerek Atilla güldü. Hiç yoktur müşkülpesentliğim.

İkisi yan yana yürüyorlardı yağmur altında. Tenha olduğu bir zamanda koşarak caddenin sağ tarafına geçtiler. Daha rahatlamışlardı şimdi. Arada sırada kapıların eşiklerine giriyor, yağmurun dinmesini bekliyorlardı. Atilla sohbeti hoş bir insandı, geçmiş hayatını anlatıyordu Hilye'ye, o hiç sormadan. Bakırköy Lisesi'nde annesi edebiyat, babası müzik öğretmeni idi. Annesi bütün klâsikleri okutmuştu ona.

Çağdaş edebiyatta Andre Gide'nin eserleri ruhunda büyük izler bırakmıştı. Dostoyevski'nin "Beyaz Geceler" ve "Suç ve Ceza" romanlarını çok sevmiş, onların filmlerini de görmüştü.

Bir kırtasiyenin önünde durduklarında ikisi de vitrindeki kitaplara göz gezdirdiler.

— Siz, dedi Atilla, hangi yazarı beğenirsiniz?

Genç kız samimi bir havanın oluşmaması için mecbur kalmadıkça konuşmuyordu. Fakat genç adamın sorusu bu hengamede o kadar yakışıksızdı ki dayanamadı, alaylı tebessümünü göstermemeye çalışarak:

— Mark Twain, dedi, biraz lâubaliliğe kaçacağını bildiği halde.

— Demek mizahı seviyorsunuz. Twain'in çok yapmacıksız, düşündüren ve güldüren bir üslubu vardır.

Hilye, Atilla'nın saflığına veya da aptallığına çok şaştı, ne demek istediğini anlamamış, aynı rahat havası ile müzik konusuna girmişti.

— Babam diyordu zurna hariç bir tane olsun bir müzik aleti çalmam için çok uğraştı. Ancak müziğe hiç bir kabiliyetim olmadığından bu hususta hayal kırıklığına uğrattım onu. Ben yalnız, her çeşit müziği dinlemeyi severim. Ya siz?

— Ben de, dedi Hilye samimiyetle.

Karşıdan gelen yaşlı bir kadının yanlarından rahat geçmesi için geri çekilirken Atillâ:

— Gördünüz mü, dedi, yakaladım bir müşterek zevkimizi.

Yağmur hemen hemen dinmişti. Gökyüzünde sularını boşaltıp hafiflemiş olan bulutlar akın akın kimbilir hangi beldelere doğru seyrediyorlardı şimdi. İstanbul'un üzerinden sessizce ayrılıyorlardı, yaptıkları şamatadan sonra. Caddeden Fulya Sokağı'na sapınca Hilye uzaktan evini gördü. "my home-evim" dedi içinden; özlemişti yuvasını, bir kuş gibi gidip konacaktı az sonra oraya... Küçük arka bahçesiyle gelişmemiş meyve ağaçlarıyla, badana ve boya isteyen duvar ve pencereleriyle herşeyiyle seviyordu evini. Annesinin ani çıkışlarını, patavatsız konuşmalarını, kaşlarını çatışını, Ege ve Efe'nin başına ağrılar veren ardı arkası kesilmez kavgalarını, babasının yemeklerde yaptığı titizlikleri dahi seviyordu. Merak kumkuması Hilâl'in hatıra defterini okumasını da bağışlamıştı çoktan.. Artık Atilla'yı çok zorlanarak dinliyor, bir an önce varmak istiyordu evine. Atilla konuşmasını sürdürüyordu, genç adam yirmisekiz yaşındaydı, kardeşi yoktu, henüz evlenmemişti. İşletmeyi bitirmişti. Ataköy'de büyük bir otomobil galerisi vardı. İşleri çok iyiydi, her sene mutlaka seyahate çıkardı. Müşterilerle uğraşmak, onları araba almaya ikna etmek, hepsini ayrı ayrı memnun etmek öyle kolay değildi zannedildiği gibi. Sıkıldı mı hemen sahile iner, kısa bir yürüyüş yapar, açılıp dönerdi işinin başına. Yağmur, kar, fırtına, dolu, güneş onun için farketmezdi. Vakti olduğu zamanlar Kumkapı'ya kadar yürürdü, öyle ki bacaklarına ağrılar girerdi bazen.

Hilye'nin evine beş altı metrelik bir mesafe kalmıştı. Atilla'nın monoloğunu dinlemekten kurtulacağının sevinciyle genç kız:

— İşte geldik, dedi. Parmağı ile de evini gösteriyordu. Hilye durdu, yağmur kesildiğinden şemsiyeyi kapatıp Atilla'ya uzattı:

— Siz gezintilerinize tedbirli çıkıyorsunuz. Bugün benden sebep üşüteceksiniz, dedi.

Genç adamın saçları tamamen ıslanmıştı yağmurdan.

Cebinden tertemiz, ütülü, bembeyüz bir mendil çıkardı, alnını sildi, yanaklarını kuruladı, sonra da onu saçlarının üzerinde gezdirdi.

— Hastalanacağımdan endişe ediyorsanız boşuna, zayıfım ama sıhhatliyimdir.

— Ben gene de özür dilerim, dedi genç kız.

Atilla mendini katlayıp cebine koydu:

— Benim de bir özür dilemem var. Hem de hakikî. Atillâ'nın içinde zerre kadar sırıtış olmayan tebessümünü, ölçülü samimiyetini, flört havası estirmediği alâkasını beğenmişti Hilye. Beraber geçirdikleri her dakikada biraz daha derinleşmişti ona karşı duyduğu saygı. Onun hiçbir kusurunu farketmemişti o şaşkınlıkla:

— Ne oldu ki? diye sordu.

— Sizi çok mecbur ettim beni dinlemenize.

Hilye, genç adamın sesinde biraz hüzün, biraz melankoli hissetti, huzursuz oldu, üzmek istemezdi kimseyi. Evet, doğru, konuştuğu şeyler onu ilgilendiren konular değildi ama, genç adamın böylesine mahzun olmasına gerek yoktu. Bunu ona söyleyecekti ki Atillâ:

— Kendimi size anlatmak için yegâne imkânım bu zaman dilimiydi, dedi.

Genç kız bu sözlerin altında sere serpe yatan mânâları anlayacak ve değerlendirecek yaştaydı, utandı, bakışlarını kaçırdı Atillâ'dan. hiçbir söz söylemeden evine gitmek için arkasını döndü.

— Son bir şey söyleyebilir miyim?

— Tabiî, dedi, Hilye, yarım bir dönüşle durarak, Atillâ'nın yüzüne bakmadan. O da bir çocuk gibi başını öne eğmişti.

— İlk defa duymadığınız muhakkak, sonuncu da olmayacaktır, fakat çok güzelsiniz.

Genç kız cevap vermedi, münasebetlerinin orada kesildiğini anlatmak istercesine koştu evine doğru. Çantasından anahtarını çıkardı, kapıyı açtı, içeri girdi. Kapıyı yavaş yavaş kapattı. Asil bir sokak macerası anısına hakaret etmek istememişti.

Bu vak'adan on gün sonra idi, Hilye annesi ve babası ile holdeki masada oturmuş, kahvaltı ediyordu. Hilâl ve erkek kardeşleri Efe ile Ege az önce kahvaltılarını bitirmiş, kalkmış, salona geçmişlerdi. Günlerden pazardı. Babalarının evde olduğu zamanlarda erkek kardeşlerinin ikisinin de pek sesi çıkmazdı. Pazartesi günü matematikten imtihanları vardı, kendilerini çalıştıracak birini arıyorlardı.

Hilye, mutfakta annesine yardım edeceğini söyleyerek, onları başından savmış, Ege'nin kulağına, Hilâl'e gidip ona yalvarmasını öğütlemişti gizlice. Ne var ki Hilâl kabul etmiyordu. Salonun kapısı açık olduğu için onların konuşmalarını olduğu gibi duyuyorlardı. Hilâl:

— Daha günlük gazetemi okumadım, haydi çekilin yanımdan; kışkış... kışkış... diyordu.

— Daha sonra çalıştır abla.

Ege'nin sesi ağlamaklı idi.

— Daha sonra da olmaz. Oscar almış bir film var onu seyredeceğim.

— Oscar ne demek abla?

— Oğlum, insanlığa yararlığı dokunanlara verilen bir armağan.

Efe ablasından önce cevap vermişti. Ege sınıfın en tembel talebesi, Efe ise matematik hariç diğer dersleri iyi olduğundan, her fırsatta üstünlük taslardı kardeşine.

— Onun adı Nobel. Oscar, Hollywood'da en başarılı film sanatçılarına verilen bir armağan, karıştırıyorsun Efe.

Hilâl'in sesi, kardeşlerinin şımarmaması için sert çıkıyordu.

— Olsun, gene de bildim sayılır.

— Ablam yanlış diyor ulan! Abla şuna bir şey söyle.

— Efe inadı bırak, güzel bir huy değil!

— Ama, ders için sana yalvaran o.

— Sen de istiyordun, vaz mı geçtin?

— Yooo, fakat bana onun kadar lâzım değil.

— Ne fark varmış aranızda söyle bakayım?

— O bir alıyor, ben iki alıyorum abla.

— Ay, ne mühim fark Efe!

— Ege tavukla çok meşgul oluyor, zaman kaybediyor abla, onlara bakarken derslerine çalışmayı da unutuyor üstelik.

— Sen de top oynuyorsun!

— O başka.

— Nedenmiş ulan?

— Ege kolumu bırak fena yaparım seni!

— Ege, Efe çabuk odadan çıkın ikiniz de. Şu halinize bakın. Size ders vereceğimi, bir de üstüne sonu gelmez kavgalarınızı dinliyeceğimi mi sanıyorsunuz? Ders filân yok, bir şey yok.. Kışkış... Kışkış...

Efe önde, Ege arkada ablalarının yanından çıkıp, kimseye bakmadan kendi odalarına geçerken baba gülerek başını salladı:

— Hilâl de çocuk daha, dedi.

Hilye lokmasına vişne reçeli sürüyordu, gözü babasına gidince, kalbinde incecik bir sevinç dalgalandı.

Babası iflâs şokunun bıraktığı derin rûhî sarsıntıdan sıyrılıyordu. Arada şaka yapıyor, tebessüm ediyor, eskisi gibi sık sık dalıp gitmiyordu kendi âlemine. İşte şimdi de Hilye'ye bakıyordu, güleç bir ifadeyle

— Hilye, kızım?

Hilye mâvi bakışlarını babasının siyah gözlerine kilitliyerek bekledi onun cümlesinin arkasını getirmesini.

— Atilla Demirer isminde biri geldi dükkâna, Ataköy'de "Kapri Otomobil" galerisinin sahibi imiş. Gittim gördüm yerini, çok büyük. Seninle nasıl tanıştığınızı anlattı bana, anne-babasını bize getirmek istiyor.

Genç kız aceleyle lokmasını ağzına attı. Ardından çay aldı bir yudum ve devam etti kahvaltısına. Atillâ'yı unutmuştu tamamen. Öyle miydi acaba? Yoksa kendi kendine dahi itiraftan çekinerek kaderin ne gün kapısını çalacağını mı beklemişti kimseye bir şey demeden... Bugüne kadar geçen zaman içinde Atillâ hiç boş durmamıştı demek. Araştırma yapmış, babasını bulmuş, konuşmuş, kendisini sevdirmiş, almış iş yerine götürmüş, itimadını kazanmış, sonunda da niyetini açıklamıştı. Hiç şüphesiz kusursuzdu plânı.

Hilye annesine çevirdi bakışlarını. Elindeki küçük beyaz saplı bıçakla elma soyuyor görünüyordu ama anlamlı bir tebessüm sarkıyordu hafif kırışmış soluk dudaklarından.

Meseleden o da haberdardı muhakkak, özellikle kızına bakmamaya çalışıyordu. Annesi ile babası nâdir olan bir beraberlik içindeydiler karşılıklı. Genç kız anlıyordu meseleyi. Hilye, onların zannettiklerinden çok daha fazla olgunlaşmıştı, fakat onlar henüz farkında değildi bunun.

Bardağının dibinde kalan son bir yudum çayı içerken Hilye, annesini babasına göz kırparken yakaladı ve buna çok sinirlendi. Ne lüzum vardı bu hareketlere... Onların nazarında Hilâl'de kendisi de daha çocuktular, mini mini çocuklardı... İçinde kabaran öfke, damarlarına girmiş, bütün kaslarını germişti. Kaşları da kendiliğinden çatılmıştı; onları birbirinden ayırmak istiyor fakat muvaffak olamıyordu. Boşalan bardağını tabağına koydu, reçel kavanozunu öne itti, ayağa kalktı.

— Müsaadenizle, dedi, ağır adımlarla yürüdü, odasından içeri girdi. Kapısını kapatacaktı ki onu takip eden annesi odaya adımını attı.

Hilye, öfkesi daha da arttığından sinirini üzerinden atmak umuduyla yatağının ucuna ilişti. Odanın havalanması için açık bıraktığı pencereden, tam karşılarında bulunan apartımanı seyretmeye koyuldu. Gözlerini balkonlarda kapılarda, damlarda, terasa asılmış renkli ve beyaz çamaşırlarda gezdirdi ama aklı katiyyen oralarda değildi.

Nuran Hanım bir müddet sessiz durdu sonra kızının yanına oturdu. Hilye'nin dizinin üstüne bıraktığı elini avuçları arasına aldı. Genç kız annesinin sıcaklığını derisinde, şefkatli nefesini de yüzünde hissetti; utandı yersiz öfkesinden.

Hilye annesi ile bu kadar yakın oturmamıştı uzun zamandır. Saçları çok çok seyrelmişti zavallının. Kirpikleri dökülmüş, kaşlarının yarısından fazlası beyazlanmıştı. Yorgun ve bitkindi nefes alıp vermesi de... Yanaklarında zorla duruyordu ufak bir tebessüm.

Ona her talip çıkışında dâima üzecek miydi annesini babasını.

Annesinin, çok sâkinmiş izlenimi uyandırmaya çalıştığı bu görünümü aldatıcıydı, emindi bundan Hilye. Kısacıkta olsa aralarında hasıl olan tatlı elektriklenmeyi muhafaza etmek istedi genç kız:

— Ben biraz uyumak istiyorum anne, dedi. Sabah erken kalkmıştım.

— Uyursun az sonra. Atilla babandan haber bekliyormuş.

— Sokakta tesadüfen tanıştığım her erkeğin âilesine görücü çıkmaya hiç niyetim yok anne!

— Yavrum, dedi anne, gözlerinde açık bir yalvarışla, yirmi beş yaşındasın artık. Evlenme çağınız geçmek üzere. Demir tavında gerek derler, ne baban ne de ben sizinle kalmayacağız.

Genç kız rahat konuşmak için elini yavaşça annesinin avucundan çekti, ondan biraz uzaklaştı, sonra:

— Bu sözleri ilk defa söylemiyorsun biliyorsun anne, dedi. Her evlenme meselesinde gündeme gelen klâsik konuşmalar.

— Olabilir. Ancak klâsikliği gerçekliğini değiştirmiyor, bilâkis perçinliyor.

— Kısa ve öz cevap vereyim anne, ben Atilla ile evlenmem.

Kızının bu şekilde kesin konuşmaları Nuran Hanım'ı dermansız kılardı; yine öyle oldu.

Başını salladı, ümitsiz, bedbin, çâresiz...

— Yalnız onunla mı, dedi hiç kimse ile... Kararlısın evde kalmaya!

Nuran Hanım elini alnına götürdü, oradaki yazgısını silecekmiş gibi parmaklarını derisinin üstünde gezdirdi, bastırarak...

— Tanrım, benimki de ne şansmış! Kızımın birinin nasibi boldur, evlenmek istemez. Diğeri kısmetsizin tekidir, koca bulamaz. Ne edeyim ben. Hangi hocaya gideyim de kızlarımın birinin kısmetini bağlatayım, diğerinin kısmetini açtırayım.

— Kızkardeşim de ben de hoca safsatalarına inanmayız ki anne! Boşuna kafana öyle şeyleri takma.

— İstanbul'a geldiğimizden beri bu yirmibirinci kısmetin!

— Anne, anne, dedi Hilye, dişlerinin arasından sesinin tonunun yüksek çıkmaması için, tâlib de şuna, kısmet lâfına çok sinirleniyorum.

— İyi de Emel'in annesi söyledi tâlib kelimesi Arapça imiş.

Hilye hiç öyle bir şey duymamıştı, buna çok hayret etti:

— Yok canım, dedi, bilinçsizce, konunun değişmesine içinden sevinerek.

— Bilirsin kültürlü kadındır, talebe kelimesi de Arapça imiş. Sen ve ben, Araplar'ı da lisanlarını da sevmeyiz ama, farkında olmadan, kelimelerini kullanıyormuşuz meğersem.

Nuran, Furkan, Afvan, babanın ismi Hilmi hepsi Araplardan geçmiş bize.

— Peki Hilâl ile Hilye isimlerinin anlamını sordun mu?

— Hilâl Türkçe kızım, neden sorayım. Hilye'nin mânâsını ise bileceğini zannetmiyorum.

Babanla balayı için Berlin'e gittiğimizde kaldığımız otelin sahibi bir kadındı, ismi Hillary idi. Bugün Amerikan Cumhurreisi Bill Clinton'un karısının adı da Hillary, çok talihlisiniz. Hillary, kulağa çok hoş gelen bir isim. O zaman, Hillary'i ismine benzediği için Hilâl koydum kardeşinin ismini. Hilye de Hilâl'e çok uygun geldi. Çarşıda alışveriş yaparken genç bir kadının küçük, sevimli bir kıza "Hilye" diye seslendiğini duymuştum, o isim oradan kaldı aklımda.

Nuran Hanım ayak ayak üstüne attı, kollarını göğsünde çaprazladı:

— İster misin, dedi, Hilye bir Rum ya da Yahudi ismi olsun, araştırmadım çünkü.

— İyi ettin, sende Yunan ve Yahudi düşmanlığı vardır, vazgeçerdin sonra. Ben memnunum ismimden.

Ana ve kızın yatışmıştı sinirleri, bir kaç dakika sâkin sâkin oturdular. İyi, güzel de hiç çaresi yoktu Nuran Hanım mecburdu konuya dönmeye.

— Hilye yavrum, dedi mantıklı ol, Atillâ konusunda.

— Atillâ'ya karşı birşey hissetmedim anne, benim için yardımsever, esprili konuşan biri o kadar.

Hilye'nin gene kaşları çatılmış, canı sıkılmıştı aynı meseleye dönmekten. Annesini atlatamamıştı.

— Haklısın, gençsin, istersin sevmeyi, dedi Nuran Hanım, bunu zamana bırakalım. Sevgi kadar değişken bir başka duygu yoktur bu dünyada. Sonra insan evlendiğinde de her aradığını tam bulamaz.

— Aramadığını mı bulur anne?

— Evlilik bir piyangodur. Büyük ikramiye her sene bir kişiye düşer. Bir bilet alır gibi umutla bir kişiyi seçip onunla evleneceksin. Şansına ne düşerse!

— Bu sıralarda öyle şans denemeleri yapacak güçte hissetmiyorum kendimi anne!

Nuran Hanım elini başına götürdü, avucunu tepesine bastırdı:

— Başım başım! dedi. Migrenim tuttu, hiç gelemiyorum üzüntüye. Ve Nuran Hanım ansızın ağlamaya başladı. İstediği bir şey olmadı mı çocukluğundan beri hep böyle ağlardı.

— Hanım, ağlanacak bir şey yok ortada, meseleyi trajediye çevirme.

Hilye, sigarasının külünü, sol elinde tuttuğu kül tablasına silkeleyerek gelip ikisinin arasına oturan babasına şaşırarak baktı.

Onun ayak seslerini hiç duymamıştı ve yanlarına geleceğini de tahmin edemezdi asla.

Babası sigarasından derin bir nefes çekti, dumanını yavaş yavaş bıraktı. Söze nasıl başlıyacağını düşündüğü besbelliydi.

— Yüksek tonda konuştuğunuz için duydum sözlerinizi, dedi, kendisinin çok dikkatle dinlenilmesini isteyen bir eda ile

— Annen haklı. Bana göre de çağımızda, dramatik heyecanları, duygusal vaadleri, yapışkan sevgi gösterileri, balayı için Taç Mahal'e gitme hayalleri olmadan, birbirlerine bağlanarak mantık evliliği yapanlar daha huzurlu yaşarlar. Ben babayım, çok mutlu olmanızı isterim hepinizin. Bir hafta içinde Atillâ ile on defa görüştüm belki, arkadaşları ile konuştum, komşularına sordum, iki gün boyunca gizlice onu takib ettim, bir açığını yakalayamadım.

Sigaranın dumanı nefes borusuna kaçmıştı; baba üst üste birkaç defa öksürdü. Gözleri yaşardı, yüzü kızardı zorlanmaktan. Biraz ara verdi içmeye. Sigara parmaklarının arasında küçük bir elektrik feneri gibi parlıyor, yavaş yavaş kül oluyordu kendi kendine.

— Ben artık yetmiş yaşındayım kızım. "Yetmiş işi bitmiş" derler. Arkadaşlarımın her birinin dörder, beşer torunu var.

Hilmi Bey sigarasına baktı, sönmek üzereydi, canı son bir defa bir küçük nefesçik çekmek istiyordu. Sigarasını, dudaklarının arasına dikkatle yerleştirdi ve içine çekti, aynı anda şiddetle öksürmeye başladı.

— Öhhü, öhhö, öhhü...

Bu defaki öksürük nöbeti daha şiddetliydi bir evvelkinden. Hilye çabucak, sigarayı ve küllüğü babasının elinden aldı sehpaya koydu.

— Babacığım, dedi, su getireyim.

Hilmi Bey kızının kolunu tuttu, istemem mânâsında şiddetle yukarı kaldırdı başını.

— Bırak da, dedi Nuran Hanım, bir bardak sıcak su veya çay getirelim, içer açılırsın.

— Hayır, öhhö...

Hilye tutulmuş kalmıştı. Babası birkaç defa daha ara ara öksürükten sonra, nihayet sustu. Hilmi Bey tekrar öksürür korkusundan başını koluna dayamış öyle duruyordu. Hilye ona bakarken, babam annemden de ihtiyar, dedi içinden. Damı çökmüş, kapıları pencereleri çürümüş, hafif yana eğilmiş terkedilmiş viran ev gibi herbiri. Babasının başının önünde ve tepesinde tek bir tel saç kalmamıştı. Son iki senedir fiziksel ve duygusal yüklere katlanmanın çöküntüsü her tarafından dökülüyordu sanki. Sinir bozukluğundan midesinde ülser oluşmuştu, devamlı perhiz de onu zayıflatmış, bitirmişti böyle.

— Ben bir on dakikacık şuraya uzanayım, dedi baba.

— Ben de senin arkana, dedi Nuran Hanım, başımın ağrısı devam ediyor.

Hilye'nin yatağının üzerine kıvrılmış kalmış artık hiçbir mücadele güçleri yokmuş hissini veren bu iki insan onun annesi-babası mıydı? İnsan hayatlarında mutlaka bir defa cereyan eden med ve ceziri sevememişti genç kız. Seneler yavaş yavaş vücudlara önce gençliği yerleştiriyor, sonra da sinsice alıp götürüyordu. Her gençliğin ardı ihtiyarlık, her ihtiyarlığı da ölüm noktalıyordu.

— Hayır deme hakkı her zaman senin Hilye kızım, ama biraz düşün derim, dedi babası kesik kesik.

Genç kız parmaklarını birbirine kenetledi ve sıktı, onlardan kuvvet almak istercesine. Bakışları ağlıyordu durmadan, şefkatle kucaklıyordu annesini, babasını! Gidermek istiyordu onların acılarını, dağıtmak istiyordu hüzünlerini. Hem sonra bir şey daha vardı, Hilye'nin altıncı hissi derinden derine sezinliyordu, hiçbir şey mâni olamayacak, Atillâ girecekti hayatına. Onu geri çevirmek imkânsızdı.

— Baba, dedi yavaş bir sesle gelsinler de bir tanışalım. Genç kız başını kaldırdı, bir sevinç görme umuduyla utanarak ve çok sıkılarak babasının gözlerine baktı. Ancak babası onu duyduğu anda, gözlerini yummuştu, Hilye aniden her tarafına binlerce bıçak saplanmış gibi bir acı duydu. Evet yüzler ihtiyarlıyor, vücudlar ihtiyarlıyor, ama sevinç duygularıda mı ihtiyarlıyordu.

Efe ile Ege okula, babası işine, annesi de beraberine Hilâl'i alarak Eminönü'ne alışverişe çıkmıştı. Hilye'nin bütün bir gece yatağında dönüp durmaktan vücudu sızlıyordu. Kafası ise vücudundan beterdi. Düşünceleri ve duyguları içiçe girmiş, iplikleri birbirine dolanmış yün yumakları gibi ürküntü veriyordu ona.

Onları tahlil etmeye hiç niyeti yoktu, gücü de yoktu, arzusu da yoktu... Evlerinin sırasında az ileride oturan Emel'e gitme isteği duydu. Emel çok samimî ve candan bir dosttu. Karamsar biri değildi. Kızkulesi'nde oturur gibi, kendi kendine uydurduğu pembe dünyasında yaşayıp gidiyordu hiç bıkmadan usanmadan.

Genç kız bir not yazıp, kağıdı bir iğne ile kapının tahtasına görünebilecek bir şekilde tutturdu. Giymiş olduğu açık sarı küçük çiçek desenli keten elbisesinin etekleri biraz kırışmıştı ama olsundu, değiştirmeye üşeniyordu şimdi. Yoksa yeni aldığı etek bluzunu mu giyseydi, Emel önem verirdi giyime. Az bir tereddütten sonra, kesin kararını verdi, onları arkadaşına başka zaman gösterecekti. Kapıyı kilitledi, bir zincirin ucunda sallanan anahtarını parmağına dolayarak, Emel'lerin tarafına yöneldi. Bakkal Ömer dükkânının önüne çıkmış gazoz, Coca Cola, Fruko şişelerini düzenliyor, iki küçük kız bir çam ağacının gölgesinde ip atlıyordu. Çam ağacının en üst tepesine bir karga konmuş sinirli sinirli bahçelere bakınıyor, kavga edecek birini arıyordu. Kırkbeş elli yaşları arasında gösteren orta boylu bir kadın, apartmanların önünde duruyor, isimlerini ve numaralarını okuyarak Hilye'ye doğru geliyordu. Tam anlamıyla esmer bir tipti; kara kaşlar, kara gözler, kısacık kesilmiş simsiyah saçlar, yanmış buğday tonunda bir cilt...

Açık kahverengi döpiyesi ile rengi ona uygun yılan derisi çanta ve ayakkabıları çok şıktı, hepsini yakıştırmıştı kendisine. Hilye parmağını Emel'lerin evinin ziline koydu. Bastırmak üzereydi ki kadın yanına yaklaştı, biraz telâşla fakat gayet kibar bir sesle:

— Siz bu mahallenin insanısınız herhalde, bir dakika bakar mısınız?

Genç kız durdu:

— Evet, buyrun.

— Ben, Nargile Sokak'ta, Fulya isimli iki katlı bir ev arıyorum.

— Doğru yere geldiniz, ev burada.

— İyi, çok güzel... kadın evi bulduğundan dolayı rahatlamış, tebessüm ediyordu şimdi.

— Şey... Hilye isminde bir genç kız oturuyor mu orada biliyor musunuz acaba?

— Hilye benim.

Kadın Hilye'yi dikkatle süzerek neşeyle güldü.

— Ben de Atilla'nın annesi Suzan'ım.

Hafifçe kırışmış, çilli, pembe renk oje sürülmüş uzun tırnaklı elini genç kıza uzattı:

— Tanıştığımıza memnun oldum, dedi.

Hilye bir an bakakaldı. Atillâ'nın Edebiyat öğretmeni annesi bu muydu? Peki ama nasıl birini beklemişti ki? En azından bu kadar şık bir kontese benzeyebileceğini hiç hatırına getirmemişti.

Hilye şapşal bakışlarından utanarak acele ile Suzan Hanım'ın elini tuttu, sıktı:

— Ben de memnun oldum, dedi gülmeye çalışarak.

— Babanız, bize sizlerle tanışmak için cumartesiye gün vermiş. Sağ olsun da ben sabırsız hafta sonunu bekleyemedim. Bugün öğlene kadar boştum, birbirimize çok da yakın oturuyormuşuz, bir sabah çayına gidivereyim, her halde reddetmezler beni diye düşündüm.

— Tabiî, dedi genç kız kendini tamamiyle toparlamıştı. Buyrun gidelim, annemle kızkardeşim de az sonra gelirler.

Hilye son sözlerini alışkanlıkla söylemişti, onları üç dört saatten önce beklemiyordu. Ne kadar büyük mağaza varsa, dolaşmadan edemezlerdi çünkü. Hilye Suzan Hanım'ı üst katlarındaki, büyük misafir salonlarına geçirdi.

— İsterseniz bir koltuğa oturunuz, isterseniz, kanepeye dedi.

— Çok teşekkür ederim, geniş yerlerde daha rahat ederim, kanepeye oturayım.

Tebessüm bakımından cimri, gıdım gıdım gülümseyen bir kadın değildi, devamlı gülüyor, rahatlatıyordu insanı.

— Geçtiğimiz hafta içinde burada değildik, okuldan izin alıp karı-koca Amerika'ya kayınbiraderimin yanına gitmiştik alelacele, yeni döndük. Çok ağır hasta demişlerdi bize. Onca yolu boşuna teptik, tehlikeli olmayan bir şeker komasıymış. Bizi hatta kendisi karşıladı hava alanında.

— Geçmiş olsun, dedi Hilye, biraz durakladıktan sonra. Nasıl Amerika'yı beğendiniz mi? diye sordu bir konuşma konusu yakaladığına sevinerek.

— New York bir rüyâ kenti. Olağanüstü değişimlerin yaşandığı kozmopolit bir dünya orası. Birbirinden farklı kültürlerin, birbirinden farklı insanların beldesi. Bizim üçüncü gidişimiz bu.

Ama yine de benim için şehirler içinde "Number one" Paris'tir. Yaklaşık iki bin yıllık bir yerleşim merkezi olan Paris; ışıklar kentidir. Siz seyahatı sever misiniz Hilye?

— Severim.

— Seyahat, Atillâ'nın en büyük merakları arasındadır. Bazen o yalnız olarak, bir tura katılır, bazen de üçümüz beraber çıkarız dışarıya. Ben, kocam ve Atillâ sadece anne-baba oğul değilizdir, zamana ve duruma göre arkadaşızdır, kardeşizdir, dert ortağıyızdır.

— Sizin ve eşinizin birer eğitim ve öğretim görevlisi olmanızın bunda büyük rolü oluyordur dedi Hilye, kırk yaşında bir insan ciddiyetiyle.

— Hiç şüphesiz. Fakat dünya genelinde anne-baba tiplerinde harika bir değişim var. Her şeyde olduğu gibi Avrupa bu konuda da bizden çok ileride tabiî. Sosyal düzeyi yüksek olan insanlar arasında Türkiye'de de bir ideal taban oluşmak üzere fakat bizim ailelerimizde birilerinin otorite olma mecburiyeti vardır. Geleneksel Türk âilesinde bu rol kayıtsız şartsız hep babaya verilmiştir. Egoluklarının kurbanı olarak, onlar da bunu şuursuzca üstlenmişlerdir. Oysa kötü, zor ve sevimsiz bir rol bu. Erkeğin karısına hükmetme meselesi de bunun gibidir. Ömür boyu çocukların babalarının, kadının da kocasının idaresinde kalması gerektiği inancı asırlarca devam ettirilmiştir.

— Öyle, dedi Hilye, Suzan Hanım'ı hayran hayran dinlerken.

— Bilhassa kırsal alanlarda, diye Suzan Hanım konuşmasını sürdürdü. Artık, çok korkmamıza gerek yok ama, az önce de dediğim gibi bir çığır açıldı. Şimdi belli bir kültür almış babalar öyle bir sorumluluk duymuyorlar ve bunda bir adaletsizlik olduğunu açıkça görüyorlar. Baba ile çocuğunu birbirinden ayıran o kocaman âmir masası ve siyah deri kaplı âmir koltuğu ve de yığınla âmir evrakları aradan kaldırılıyor. Yirminci yüzyılın madalya hak eden babaları çocukları ile şakalaşıyor, karşılıklı gülüşüyor, derslerinde onlara yardımcı oluyorlar. Daha ileri yaşlarda beraber yüzüyor, koşuyor, futbol, voleybol, tenis, pinpon oynuyorlar çocuklarıyla.

Hilye, dergilerde gördüğü gece kulüplerinde âilece çekilmiş fotoğrafları hatırladı.

— Eğlence yerlerine küçük yaştaki oğulları ve kızları ile giden anne-babalar var, dedi hararetle.

— Tarihsel ve toplumsal süreç iyiye gidiyor bence. Kuşak çatışmaları bir gün gelecek dünyamızda ortadan kalkacaktır. Babalar çocuklarına sevgilerini göstermekten çekinmeyecekler.

— Yani, dedi Hilye her çağda anne-babalar çocuklarını seviyorlar ama bunu yansıtmaları farklı.

Suzan Hanım'ın gözlerinde büyük bir takdir peydahlandı. Hilye'nin konuları kavramadaki maharetini pek beğenmişti.

— Aynen öyle, diyerek genç kızı neşe ile tasdikledi.

— Peki sizin babanız hangi katogoriye giriyor Hilye, yenilerden mi, eskilerden mi? Klâsik tip mi modern tip mi?

Suzan Hanım gülüyordu ama yalnız yanakları ve dudaklarıyla, gözleri pür dikkatti. Genç kız başını öne eğip biraz düşündü, dürüst bir cevap vermek istiyordu.

— Babam... babam dedi, iki rolünde üstesinden geliyor. Bizim çağdaş aile filmimizin senaryosunda nostalji var.

Babası ondan hem torun istiyor, hem de evlilik seçiminde özgür bırakıyordu...

Hilye doğru cevap vermişti, bundan emin olmanın rahatlığı ile sırtını arkasına yasladı.

— Kadınların anneliği, yalnız olarak göğüslemeleri de tarihe karışacak. Annelik biyolojik bir olay değildir aslında, psikolojik bir durumdur. Bir baba da kalkıp çocuğuna bir bardak su vermeli, onu beslemeli, banyo ettirmeli, giydirmeli, gece kalkıp çocuğunu kontrol etmeli. Ben ve kocam Atillâ'yı böyle büyüttük. Biz erkek ve kadın arasında biyolojik ve fıtrî farkların olduğunu ama bir ayırımın bulunmadığını düşünerek hareket ederiz yuvamızda. Benim zorlandığım yerde Orhan, Orhan'ın zorlandığı yerde devreye ben girerim.

— Böylesine bir uyum az bulunur, çok mutlu geçti evliliğiniz öyleyse.

— Sevgi gibi, mutlulukta devamlı kalıcı değildir. Bu iki duyguda bakım isterler, tıpkı bir çiçek gibi özen isterler, özveri isterler. Dikkat etmezseniz, en güzel en değerli çiçeğiniz kurur. Bazen olur ki kuruduğunu zannettiğimiz bir bitki canlanır, su, toprak ve güneşle. İlk kez gördüğünde kayınvalidem beni beğenmemişti, sarı saçlı, koyu yeşil gözlü, iri yapılı, uzun boylu oğluna yakıştıramamıştı bir türlü. Annem, babam buna çok gücenmişlerdi; onlar da Orhan'ı istemediler. Biz Orhan ile ikimiz nikah dâiresine gidip kendi kendimize evlendik gizlice. Gelin olmaya her genç kız gibi pek meraklıydım. Dolabımda yığınla gelinlik modelleri bulunurdu. Tabiî kayınvalideme önce çok kırıldım, ancak o kocamın annesiydi, bunu hiç çıkarmadım hatırımdan. Hafızamın derinliklerine gömdüm kinlerimi... Onların bir daha hortlamamaları için beyaz mermerden bir kabir yaptım üstüne. Geçmişte kayınvalideme uzanan köprülerime çiçekler serptim.

— Ne kadar iyisiniz, dedi Hilye, dalgın dalgın. Annesinin babaannesine yaptıklarını hiçbir zaman tasvib etmemişti; onunla ilgili tüm yaralı anıları sızladı derinden.

— Belki de akıllılığımdan idi Hilye. Çünkü kocam haklı olarak annesini hayatından koparıp atamazdı, benimse böyle bir şeyi düşünmem dahi insanlık dışı bir şey olurdu. Ben de, kayınvalidemin çevresini gizlice kimsenin göremeyeceği sâdece kendimin bildiği dikenli tellerle değil de, gözle farkedilir bir sevgi ile sardım. Ona kendimi sevdirmeyi, kendim de onu sevmeye ahdettim. Bundan başka çâre yoktu; ben Orhan'ın eşi ve O Orhan'ın annesiydi. Eski divan edebiyatındaki fâilun, fâilâtun... gibi bir vezin bu.

Hilye'nin annesi de zeki bir kadındı, fakat o aklını şeytanlıklara kullanmıştı. Genç kız, Suzan Hanım'ı dikkatle dinliyordu; onun sözlerini bölmeden, soru sormadan, sâdece arada sırada onu tasdiklediğini anlaması için başını evet mânâsında sallayarak.

— Atillâ benim ilk ve tek çocuğumdur. Karı-koca ikimizde çalıştığımızdan bir evlâd sâhibi olmayı yeterli bulduk. Atillâ, dünyaya geldiğinde kayınvalidem hastahaneye çok çekinerek geldi. Annemin, kızkardeşlerimin, anneannemin arasına mahzun ve mahcup bir vaziyette oturdu. Yıkayıp, kundaklayarak görmem için hemşire oğlumu bana getirdiğinde, Atillâ'yı kucağıma aldım, sonra onu derhal önce kayınvalideme uzattım.

— Anneciğim, torununu al bak ne güzel, dedim. Onun o minnet, şefkat, mutluluk dolu bakışlarını ölünceye kadar hatırlıyacağım Hilye. Kayınvalidem asil kadındı, bizim nikâhlanmamızdan sonra kalın bir çizgi çekmişti maziye. Çok sık telefon açar, hatırını sorardım. Her gezmeye gidişimizde illâ onu da götürürdük beraberimizde. Benim ve kocamın din ile irtibatımız sıfır noktasındadır. Görümcem Habibe bizden farklı düşünür bu konuda ve farklı yaşar. Kayınvalidem de öyleydi, inancı bütündü. Son nefesinde benim elimi tuttu, sıktı, "Allah râzı olsun senden" dedi. Aradan beş sene geçti, onu her hatırlayışımda elinin avucumda bıraktığı sıcaklığı dâima hissederim. Bu da hayatım boyunca taşıyacağım bir teşekkür anısıdır, bir plâkettir. Bizim için dua ederken teslim etti ruhunu.

Hilye, annesinin mazisini düşündü, Babaannesi ona dargın ölmüştü. Son nefesini verirken üzerine eğilen gelinini farkedince onunla göz göze gelmemek için nasıl da yüzünü zorlanarak çevirmişti duvara doğru. Babası kendilerine küskün giden annesinin anısını unutamamıştı hiç, her sene onun ölüm gününde "Hanım artık annem yok, dünya sana kaldı" derdi. Bazen de "Şu koca yerküresinde benim bir annemi istemedin" diyerek serzenişte bulunurdu. Karısının annesine yaptığı haksız davranışlar hakkında babaları neler hissederdi, neler düşünürdü, iki kızkardeş anlayamazdı o zamanlar. Çok defa da onun hiçbirşeyin farkında olmadığı kanaatine varırlardı. Belki anneleri de öyle düşünüyordu kimbilir. Babaannelerinin ölümünden sonra yaptığı sitemlerden, yanıldıklarını anladılar hepsi.

Babaannesinin hayâli şu an karşısına dikilmiş, tıpkı çocukluğundaki gibi hasret ve sevgi ile kollarını açmış, genç kıza onları ne kadar çok sevdiğini anlatmaya çalışıyordu. Sizi hiç unutmadım der gibiydi.

Hilye gözlerine hücum eden yaşları içine akıttı, hâtıralarının yanına gönderdi. Annesinin onca uğraşılarına rağmen, babaannelerini hiçbir zaman bir yabancı gibi görmemişlerdi. Annesi kaybetmişti, çok kaybetmişti. Genç kız silkindi. Suzan Hanım susmuş, ona bakıyordu.

— Siz de kazandınız, dedi. Suzan Hanım'ı kutlayan bir sesle.

— Galiba. Kayınvalidem benim evlilik olayımın içinde olan bir şahıstı, kocamın annesiydi. Kişiler, yani, karı-kocalar, ayrı ayrı evliliğe ne derece önem verirlerse, birbirlerine saygılı olurlarsa, evlilikte onları öylesine ödüllendirir. Yaşam kendimizin başrol oynadığımız, aynı zamanda seyirci olduğumuz bir filmdir. Rolünü becereni hayat alkışlar.

Genç kız Suzan Hanım'ı dinlerken kalbinde küçücük bir çiçeğin açtığını farketmişti. Şimdi ise pespembe sessiz ve mütevazi ona bakıyordu. Bir sükûnet geldi kalbine. Ruhu yemyeşil palmiye ağaçlarının gölgelendirdiği sâkin bir kumsala uzanmıştı.

— Sizi dinlemek zevk, dedi Hilye, samimiyetle. Genç kız tekrar ağzını açtı, bir şey diyecekti sonra vazgeçti.

Suzan Hanım genç kızın ağzını açıp kapadığını farketmişti.

— Hatırınıza birşey geldi, dedi, çekinmeyin söyleyin lütfen. Ben öğretmenim, talebeler beni pek çok şeyi dinlemeye dayanıklı kıldı.

Hilye yanlış anlaşılmaktan çekinerek aceleyle

— Siz Tagore gibi, bir "Barış Evi" açmalıymışsınız diyecektim, dedi.

— Tagore mu? Evet, hatırladım, o büyük Hint şâir ve filozofu, "Barış Evi" adını verdiği okulunda yurduna değerli aydınlar yetiştirmişti. Bir eserinin adı da "Sevgi Bahçesi"dir.

Hilye yavaşça ayağa kalktı. Suzan Hanım'ın cümlesini tamamlamasını bekledi.

— Müsaadenizle, dedi, ben gidip çaydanlığı ateşe koyayım. Çay içecektik.

Suzan Hanım, duvarda asılı olan saate bir göz attı.

— Çok teşekkür, dedi içemiyeceğim, öğleden sonra ilk ders benim.

— Çay içmeye gelmiştiniz?

Suzan Hanım mânâlı mânâlı güldü bir müddet, Hilye iltifat etmesini bildiği kadar insanı gafil avlamasını da beceriyordu.

— Onu unuttum, sevincimden dedi. Ardından o da ayağa kalktı.

— Bugünkü çay hakkımı cumartesi günü kullanırım.

Hilye telâşlandı.

— Evimize ilk defa geliyorsunuz, hiçbir ikramsız giderseniz üzülürüm. Erken kalkacağınızı bilseydim, gelince daha hemen çaydanlığı ateşe koyardım, dedi.

Suzan Hanım araştıran gözlerle çevresine bakındı. Sehpanın üstünde kapağı açık bir çukulata kutusu duruyordu, içinde tek bir çukulata kalmıştı.

— Sahibi yoksa, bu çukulatayı alıyorum.

— Alabilirsiniz.
— Teşekkür ederim.

Suzan Hanım, küçük yuvarlak çukulatayı ağzına koydu:

— İkram meselesini hallettik, dedi. Ben sizi gezmenizden alıkoydum, isterseniz beraber çıkalım.

Bu Hilye'nin de hatırından geçmişti, Suzan Hanım'ın teklifini kabullendi derhal. Merdivenlerden yan yana inerlerken, Suzan Hanım sordu:

— Eviniz kaç odalı Hilye, ferah, büyük ve güzel.

— Üst katta bir misafir odası, bir oturma odası, bir mutfak var, alt katta ise üç yatak odası, bir küçük salon, bir küçük oturma odası ve mutfak bulunuyor.

— miyavv...
— Ay! Bu ne!
— Kardeşimin pamuğu.

En alt basamakta beyaz tüylü kocaman bir kedi ağzını açıp açıp esniyordu.

Suzan Hanım kapıdan çıkarken holde yere bırakılmış bir küçük kafes gördü.

— Kuşunuzda mı var?
— Evet. Köpeğimiz de, tavuğumuz da var, onlar bahçenin arka tarafında.

Genç kız el sıkışıp Suzan Hanımdan ayrıldıktan sonra, anahtarı bu kez cebine koydu. Gözden kayboluncaya kadar arada yüzünü arkaya çevirip ona el sallayan Suzan Hanım'a mukabele etti. Emel ile annesi, bu arada bahçeye çıkmışlar, ön tarafta çiçekler arasında geziniyorlardı. Hilye sevindi; adımlarını sıklaştırarak onların yanına vardı. Hilye'yi önce Firuzan Hanım gördü, bahçe demirlerinin gerisinden:

— Hilye bize oturmaya geldin inşaallah dedi, neşeyle.

— Evet teyzeciğim, gün aydın.

Ana-kız ikisi de severdi Hilye'yi. Emel beton patikada neşeyle sekerek gidip kapıyı açtı arkadaşına. Uzandı, Hilye'yi yanaklarından bilhassa ses çıkararak coşkuyla öptü.

— Hoş geldin canım, kendini özletmeden uğramazsın bize.

— Bu tatlı abartılı öpücükleri almak için öyle yapıyorum, dedi Hilye, kolunu arkadaşının beline dolarken.

Emel'in babası albaydı, üç sene önce bir kazada ölmüştü. İki kardeşi de evlenmiş, biri Kütahya'ya diğeri Erzurum'a yerleşmişti. Anneannelerinden kalan bu ev ve babalarının maaşı ile ana kız gayet rahat bir hayat sürüyorlardı. Firuzan Hanım da Hilye'nin annesi gibi çiçek meraklısı bir kadındı. Hilye dut ağacının altında gelişi güzel dağılmış bulunan tahta taburelerden birini çekti oturdu. Önünde uzanan bahçe duvarının dibi boydan boya ortancalarla doluydu. Firuzan Hanım, Hilye'nin onlara baktığını görünce:

— Hortansielerim ne güzel açtı değil mi? dedi.

— Hortansieler mi?

— Evet, bu çiçeğin adı bütün batı dillerinde Hortansie'dir. Ses çağırışımı onu bizde Ortancaya dönüştürmüş. Kral XV. Luî'nin bahçıvanı bir Fransız baronese aşık olmuş, en çok beğendiği çiçeğe de onun adını vermiş; Hortansie.

— Bahçıvan zevk sahibi biriymiş, dedi Emel. Coşkulu bir renk şöleni arzeden kadife gibi yumuşak pastel tonda yapraklara sâhip bu çiçek gerçekten çok güzel.

Firuzan Hanım banka oturmuş, ayaklarını uzatmış, hafif hafif dizlerini ovuşturuyordu.

— Hilye kızım kusura bakma, azıcık ayakta kaldım mı, hemen ağrı giriyor bacaklarıma. İhtiyarlık zor. Aman yaşlanmayın! Yüzünüzde solmasın bahar tebessümleri.

— Olur, anneciğim, dedi Emel, biz hep böyle genç kalacağız.

Küçük zümrüt parçaları ile tıklım tıklım dolu olan dut dallar Hilye'nin ve onun yanında ayakta duran Emel'in başlarının üzerinden sarkmış, nefis bir manzara hasıl etmişti. Bahar ile yarışırcasına iki genç yüzden gençlik güzellik ve sıhhat fışkırıyordu.

— Bahar ve Gençlik, dedi Firuzan Hanım, onlara bakarak.

— Ne o anne Bahar ve Gençlik Bayramı'na mı gideceksin?

— Ben, Sonbahar ve Yaşlılık Bayramına gideceğim. Firuzan Hanım şimdi de elleri ile belini kavramış dikleşmeye çalışıyor, eğriliyor, doğruluyor, bir türlü rahat edemiyordu.

— Sonra da, dedi Kış ve Ölüme!

— Aman anne, sözlerini ağzından rüzgâr alıp götürsün. Babamdan sonra, bir de seni kaybedemem.

— Sen şimdi gevezeliği bırak da, git bize birer çay getir. Benim, dediğimde, senin söylediğin de imkânsız şeyler, olmayacak şeye âmin demek!

Hilye Firuzan Hanım'ın ortancalarına hayran kalmıştı, çok gür, kocaman ve hepsinin de nefisti renkleri.

— Firuzan teyze dedi, Hortansieler size iltimas geçiyor.

— Bu çiçeğin bir özelliği var kızım, onu bilmek lâzımdır.

— Ne ki özelliği?

— Hortansie toprağının asit ortamına göre renk alır.

— Anlayamadım teyze?

— Sulama suyuna büyük bir kaşık dolusu sirke atın, ya da köklerinin yanına bir çivi gömün ortancaların rengi maviye dönecektir.

— Ben kırmızı renkli olan ortancaları severim, uzaktan bakıldığında ateşten yuvarlak toplara benzer.

— Onunda kolayı var canikom, bunun için de suyunun biraz kireçli olması kâfi. Bir şey daha var, Hortansie serin ve havadar yer ister, az bir güneş ona yeterlidir. Fakat bol suyu sever. Kütahya'ya gidip Emel'ciğimin evine Hortansieleri kendi elimle ekeceğim.

— Ne o teyze Emel Kütahya'ya mı gidiyor, hiç haberimiz yok.

— Haberler kesintiye uğruyor, uzun zaman görüşmeyince, Emel'e söz kestik.

— Hayırlı olsun, çok sevindim, nasıl oldu?

— Büyük oğlum araya girdi. Çocuğun Kütahya'da pastahanesi varmış. Eh, fena değil, iyi kötü idâre eder, onlar da bir yuva kurar. Emel severek evlensin isterdi ama olmadı napalım, kısmet böyleymiş. Birbirlerini bir defa görme ile oldu bu iş.

Hilye gözünün içine düşmeye başlayan güneş ışınlarından korunmak için elini alnına götürdü, siper yaptı:

— Çocuk yakışıklı mı Firuzan teyze?

— 1.65 boyunda imiş, Emel ile aynı ölçüdeler. Boyu boyuna uygun ancak bu kadar olur, aralarında 1 cm fark yok.

— Kilôsu?

— Doksan.

— Yâ.. dedi Hilye. Şişman erkeklerden hoşlanmazdı hiç. Her kimse Emel'in ona aşık olmadan evlenmesine memnun olmuştu. Hantal vücutlu bir insanı sevmeyi tasavvur edemiyordu.

— Damat adayının anlattığına göre kendisi formunu ve sıhhatini korumak için büyük bir çaba sarfediyor, bir diyet uzmanının kontrolünde sıkı bir rejim uyguluyormuş. Fakat bütün bunların hiçbir işe yaramadığını bir deli dahi anlar onu görünce.

Ne garip bir tesadüftü bu. Emel'de kendine yakışacak kiloyu muhafaza etmek için yemesine özen gösterirdi. Bir onbeş gün kadar az yese hemen zayıflardı, bu da Emel'e hiç yakışmazdı. Emel'in yüzünün kemik yapısı ufaktı, biraz dolgun olunca güzel duruyordu. Birbiri ile orantılı vücud hatları ve şimdiki hali ile Emel câzip bir kızdı. Emel çayları getirmişti. Genç kız, bir tepsi içine koyduğu üç bardaktan birisini annesine verdi, ikincisini de arkadaşına uzattı. Hilye bardağını avuçlarken:

— Tebrik ederim, Emel'ciğim, dedi, hayırlı olsun.

— Teşekkür ederim, darısı senin başına.

"Darısı senin başına", Hilye bu sözden hiç hoşlanmazdı. Kavuşulan bir güzelliğin bir benzerinin bir kimseye ulaşılması istendiğinde temenni böyle yapılıyordu. Hatırladığına göre an'anelerde gelinin başına darı serpmekten geliyordu. Ne saçmaydı. Bunu Emel'e söylemek çılgınlık olurdu tabiî, Hilye sükût etmekle yetindi.

Emel, üçüncü çay bardağını kendine alıp, boş tepsiyi yere bıraktı, bir tabure de o çekti, oturdu.

— Anne, dedi, bu kilo meselesini fazla dert ettin kendine.

— İlerisini düşünüyorum da ondan. O atılmasın diye müşterilerden kalan her pastayı yerse yüz kilo da olur, yüz elli de.

Emel, Hilye'yi çok şaşırtan bir kahkaha patlattı âniden.

— Çâre buldum anne, o pastaları ben yerim, iki de bir pasta tepsisi yıkamaktan kurtulurum.

— Bayat pastaları...

Artık Hilye'de gülüyordu. İki genç kız birbirine bakıyor kriz tutmuş gibi atıyorlardı kahkahaları. Emel, gülmekten gözlerinden inen yaşları bir eli ile sildi.

— Çok kötümsersin anne, dedi, sana şeker helvası satılmaz.

— Benim çok karmaşık bir ruhum vardır, tipik bir anarşistimdir. Belli etmem ama içimde sürekli bir kargaşa yaşarım. Sivri taraflarım çoktur. Emel, gördüğün gibi beni böyle sâkinleştiriyor Hilye. İnsan kendini makul olmaya zorlayınca artıları buluyor. Emel, Kütahya'ya gitmekle, telâşlı, heyecanlı, hızlı ve biraz da pasaklı İstanbul'dan kurtulacak. Evimizin etrafına dikilen apartmanlar kesiyor havamızı, manzaramız da bozuldu.

— Kütahya güzel mi teyze?

— Etrafı dağlarla çevrili ortası bağlık Kütahya; ben orayı çok sevdim, biraz Bursa'ya benzettim. Toprakları verimli. Germiyanoğulları Beyliği'nin merkezi imiş. İlk çağlardan yakın tarihlere kadar çeşitli uygarlıkların kaynaştığı Kütahya'da pek çok ünlü eser var. Kütahya kalesi ta Bizans'tan kalmış. Bahçeler, meyveler, çiçekler, şırıltılı dereler, masmavi bir gökyüzü, tertemiz bir hava... Kütahya bu.

— Arkadan sen de gider oraya yerleşirsin Firuzan teyze.

— Bana yol öyle görünüyor. Orada Tuba Nazlı isminde bir hocahanım ile tanıştım, çok sevimli çok bilgili ondan inşaallah Kur'an dersi alacağım. Bu dünyada gerçekçi olmalıyız, ölümü görmemezlikten gelemeyiz. Ona da hazırlanmalıyız. Dünyadan çok şey beklememek lâzım.

— İnsan ömrü doğru dürüst realite ile yürüyebiliyor. Sizler bana ve de hayallere aldırmayın. Hayat aşktan ibaret değil. Politika var, terör var, savaş var... neler de neler var onun içinde.. İnsanlar zorla topraklarından çıkarılıyorlar, zorla kaçırılıyorlar, zorla askere gönderiliyorlar, hastalanıyorlar, ölüyorlar; bu dünyada aşka vakit yok, yer de yok! Mal, mülk, aşk, kariyer tüm bunlar belki bütün kızların istediği birbirini tamamlayan halkalar. Tabiî ki hepsinin bir arada olmasını her genç kız arzu eder, yavruları adına anneleri babaları da.. Şunu kabul etmeye mecburuz, gerçek başka, hayal başka. Şansımıza küçük bir ayrıntı düşmüşse onu tepmemeli, yakalamalıyız, hiç yoktan iyidir.

Hilye, Firuzan Hanım'ı hürmetle dinliyordu, çok makul konuşuyordu. Sonra Baron Wronsky'inin Anna Karenina'ya olan sevgisi bir aşkla evlenmeyi düşleyen Emel de mantık evliliği yapıyordu, hatta biraz da mantıksızca.. Hilye, karşılıklı çaylarını yudumlarken, arkadaşı ile göz göze geldi. Emel, uzun boylu, yakışıklı, irâdesine hâkim, çekici, pratik zekâlı bir erkek beklemişti bu yaşa kadar, ama öyle bir tâlibi çıkmamıştı. Emel yirmi sekiz yaşındaydı, usanmış olmalıydı ümitle beklemekten.

Ancak, hiç de uygun olmayan bir evliliğe kalkışması sevimli havasını alıp götürmemiş, bedbin etmemişti Emel'i. Dut yaprakları ile aynı yeşil renkte olan gözleri ışıl ışıldı, muziplik yapan bir çocuk gibi tebessüm ediyordu, Hilye'ye. Hilye kendini zorlayarak da olsa aynen mukabele etti arkadaşına, ışıl ışıl gözlerle tebessüm etti. Emel bir pastacı ile evlenmeyi kabullenmişse, o da pek alâ otomobil galericisi ile evlenebilirdi. Hilye boşalan bardağını arkadaşına uzattı.

— Sana zahmet olacak ama Emel'ciğim dedi, lütfen bir bardak daha çay rica ediyorum, sizinle beraber içmek bir zevk. Genç kız arkadaşına ve annesine ayrı ayrı bir daha bakıp, pardon sizinle herşey zevk diye tamamladı sözlerini.

Genç kız oturduğu yerde iri taşlarla süslü pırlanta yüzüğünü sağa sola doğru oynattı. Günler zannedildiğinden de çabuk geçiyordu, nişanlanalı iki ay olmuştu ve düğününe de üç gün kalmıştı.

Arkadaşı Emel'den sonra nişanlanmıştı ama ondan önce evleniyordu. Annesi sık sık çarşıya çıkıyor, eksikleri tamamlıyor, kendilerince her şeyin kusursuz olmasına çalışıyordu. Unutulmuş bir kaç havlunun kenarlarına dantel örmeye kalkınca Hilye mâni olmak istemişti.

— Anne çeyiz de her havlunun dantelli olma şartı yok.

Annesi:

— Pek güzel duruyor Hilye kızım, çabuk da örüyorum, neden yapmıyayım, diye cevap vermişti.

Dantel işine Hilâl'de yardım etmiş, ana-kız geceleri geç saatlere kadar oturmuşlar yetiştirmişlerdi dantelleri. Masa üzerinde ütülenmeleri için Hilye'yi bekliyordu bir yığın dantelli havlu.

Genç kız annesinden ve kızkardeşinden utanma belâsına ütülemeye kalktı onları. Fişi prize taktı, bir havlu çekip masaya yaydı.

— Dikkatli ütüle emi? Dantelleri şöyle güzelce gererek.

Sevmediği bir işi yaparken annesinin böyle demesi yok muydu, sinir ederdi Hilye'yi. Başını ütülediği havluya eğdi, hiç cevap vermedi.

Nuran Hanım mühim bir işi bitirmiş insanların rahatlığı ve huzuru ile divanda oturuyordu. İki ayağını öne doğru uzatmış, arada sırada ellerini gezdiriyordu üzerlerinde.

Efe ile Ege yatmışlardı, Hilâl de bir koltuğa yerleşmiş, günlük gazeteyi gözden geçiriyordu. Salondan televizyon gürültüleri geliyordu yüksek sesle.

— Maç var yine, dedi Nuran Hanım. Televizyonda maç ya da spor programı yayınlandığı zaman kendini kaybediyor bu adam; sesini açıyorda açıyor ve bir dakika ayırmıyor gözlerini ekrandan. O naklen futbol maçlarından nefret ediyorum; bıktım vallahi. Futbol dulu oldum.

— Anne, dedi Hilâl gazetesini okumaya ara vererek bu böylesine mesele yapılacak bir şey değil. Babam kumar oynamaz, içki içmez, kahveye çıkmaz, ne yapsın yani, yegâne eğlencesi o, maç.

— Manyak mısın sen? Onun daha ne alışkanlıkları var, unutuyor musun? Günde iki paket sigara bitiriyor, on bardak çay içiyor. Tam yatacağımıza yakın bir de o çıtır çıtır, çatırda çatır çekirdek yemesine ne demeli?

Hilye, üçüncü havluyu ütülemekteydi dayanamadı.

— Anne, diye o da söze karıştı, çekirdek yemeyi hepimiz seviyoruz televizyon seyrederken.

— Evet ama hiçbirimiz onun kadar çatırdatmıyoruz.

Hilye babasını annesinden birazcık daha fazla sever, onu her zaman müdafaa ederdi, ütüyü havlunun üstünden kaldırdı, demirine oturttu, rahat konuşmak için.

— Anneciğim kızma sakın dedi, senin gece horlamaların hepsine bedel.

Nuran Hanım kızının kusurunu açıkça yüzüne çarpmasına çok kızdı, sitem dolu bir sesle sordu:

— O benim elimde olan bir şey mi? Gece uyurken kendi isteğimle mi öyle sesler çıkarıyorum, söyler misin?

— Bunun cevabı muhakkak ki hayır, ancak bir doktora görünmek gerekir anneciğim dedi, Hilâl gazete okumayı bırakarak. Hilye doğru söylüyor, Sana kaç kez anlattım; 25-30 dakika süren lazer ameliyatlarıyla horlamaya çözüm bulunabiliyormuş. Lazerle burun tıkanıklıkları açılıyor ya da yumuşak damak ve küçük dile yeni bir şekil veriliyormuş. Bu müdahaleyi lokal anestezi ile yapıyorlarmış; ağrısız ve genellikle kanamasız halloluyormuş mesele. Boğaz çok kanamalı bir bölge, ancak lazerin kesici ve pıhtılaştırıcı özelliğiyle birkaç saatte her şey bitiyor, müdahele edilen kimse hastahaneden ayrılabiliyormuş az sonra. Şu inadı bırak da anne bir kulak-boğaz mütehassısına gidelim. Hilye'nin düğününden sonra.

— Bir de inatçı mı yaptınız şimdi beni?

Hilâl annesini incitmek niyeti ile konuşmamıştı. Kırıştırarak gazeteyi elinden yere attı; kalktı geldi, annesine sarıldı:

— Şu son birkaç senedir sen çok alıngan oldun anneciğim, dedi.

— Ben, horlayıp bütün gece babanızı rahatsız eden, inatçı ve kırılgan biriyim sizlere göre, ne olsun daha?

İki kız kardeş de annelerine cevap verdiklerine pişman olmuşlardı, söylensin dursundu ne diye ağızlarını açmışlardı.

— Sen, dedi Hilye, çok sevdiği dizileri ve filmleri seyretmeyi bırakarak, birlere ikilere kadar oturup kızının çeyizini tamamlayan fedâkar bir annesin.

Nuran Hanım'ın gözleri birden yaşlarla doldu; koşuşturmasına, kaç gecedir uykusuz kalmasına değmişti bu sözler.

— Tabiî ya anne, dedi Hilâl, annesinin gözlerinin yaşardığını görmüş, kendisinin sebep olduğu zannı ile çok üzülmüştü. Belime takacağım geniş tokayı bulmamız için Çarşıkapı'da girmedik dükkân bırakmadın; o gün gezmekten perişan oldun. Migrenini geçirmek için iki tane aneljezik almıştın da hiç tesir etmemişti.

39

— Bir de migrenim vardı bak onu unutmuştuk, dedi Nuran Hanım. Annenin gri gözlerini kaplayan gözyaşları dağılmış, yerine şakacı bir ifâde gelip oturmuştu. Hilâl annesinin gönlünü ettiklerini düşündüyse de tam emin olamadığından, ne diyeceğini kestiremedi. Konuyu başka tarafa kaydırmaktı en iyisi.

— Babamın mide ülseri senin migreninden çok daha problem anne dedi. Azıcık acı yese, biraz sinirlense midesi ağrımaya başlıyor. Çok sevmesine rağmen patates kızartmalarından ancak bir veya iki tane alıyor dokunacak korkusundan. Devamlı pehrizle yaşıyor, Hilye ütüyü bitirmişti, fişi prizden çekti.

— Babamın işi çok zor, diye kardeşini hararetle tasdikledi. Nuran Hanım kızlarının şimdi de lâf yarıştırdıklarını anlıyordu, onu teselli etmek için fakat daha ne kadar tecrübesizdiler; babalarının perhiz yükünün onun omuzlarında olduğunu, her yemeği yaparken onu düşünmek mecburiyetinde kalışının onu ne derece sıktığını akıl edemiyorlardı. Kaç kez de perhiz yemeği meselesinden ona bıkkınlık geldiğini söylemiş, şikâyette bulunmuştu. İnsanoğlu birşeyi bizzat yaşamadıkça anlatma ile anlamıyordu. Aman aman! anlamasınlar öyle kalsınlar inşaallah diye geçirdi kalbinden.

Atillâ, zayıflığı dışında sıhhatli görünüyordu; onun ne midesinden ne başından, ne de başka bir yerinden yakındığına şâhid olmamıştı hiç. İnsana hiç tükenmeyecek hissi veren bir neş'esi vardı.

Hilye'nin ütüleyip üst üste koyduğu, mâvi, beyaz, sarı, gri havluların kenarlarındaki dantelIer sergiye çıkarılacakmış gibi tiril tiril görünüyorlardı. Kızı taptaze, pırıl pırıl, zengin bir hayata başlıyordu. Hilye evden ayrılınca Hilâl'e daha çabuk koca bulunacağı kanaatindeydi. Seneye de onu evlendirirlerdi belki. Böyle bir yığın dantelli havlular o zaman da Hilâl için ütülenmiş olurdu.

— Yatalım, kızlar, dedi anne. Yarın öğleden sonra ben gider, götürürüm eve havluları.

— Anneciğim, dedi Hilye bir iki parça küçük eşya için onca yolu tepme. Çeyiz hususunda pek çalışıyor senin kafan; daha nice şeyler gelebilir hatırına, son gün gidersin.

Sabah saat altıdan beri ayaktaydı, uyku da bastırmıştı, yorgun yorgun güldü Nuran Hanım:

— Oklavaya renkli bir kılıf dikip ucuna püskül takmam çok değişik bir şey oldu. Suzan Hanım çeyizini götürüp yerleştirdiğimiz gün şaşmış kalmıştı eşyalara.

— Bu ne incelik, her eşyanız ayrı bir zevk çeşidini yansıtıyor demişti. Bu havluları da çok beğenecektir eminim.

Annelerinin saçları dağılmış, gözlerinin altında morluklar halkalanmış ama şen yüzü iki kızın da hoşuna gitmiş, onları sevindirmişti. Hilâl çabucak:

— Tabiî aneciğim, dedi, ona ne şüphe, havlulara da hayran kalacaktır.

— Bence de, diyerek Hilâl de kardeşinin fikrine katıldı.

Nuran Hanım nazlı nazlı kollarını yanlarına açarak gerindi:

— Uyku bastırdı, ben yatmaya gidiyorum, dedi, haydi iyi geceler size.

Oturmaktan uyuşmuş olan ayaklarını açmaya çalışarak Hilye'nin yanından geçti.

İki kız kardeş arka arkaya:

— Sana da anne iyi geceler, dediler.

Aradan beş dakika geçmemişti ki, mutfaktan sesi geldi annelerinin:

— Eyvah bir tane dahi hapım kalmamış çocuklar, kutu bomboş.

Hilye ütü masasını toplamış, gömme dolaba koymaya götürüyordu, kapıdan başını uzattı:

— Bu gece idâre et, ben yarın gider alırım anne, diye seslendi.

— Öyle olacak artık, başka çâre yok.

— Bir çay bardağı süt iç anne, dedi Hilye, annesinin duyması için bağırarak.

— O da gevşeklik yapıyor, içemem.

Hilâl sesini alçaltarak:

— İhtiyarlık gerçekten zor galiba Hilye, dedi. Bir su bardağı demiyorum, bir çay bardağı süt diyorum, annem dokunmasından bahsediyor.

— Bilmiyor musun annemi, biraz mızmızdır.

— Ne azı, dedi Hilâl, çok mızmız. Annem gibi bir yaşlı olmaktan tanrı beni korusun.

— Beni de, dedi Hilye, gayet ciddi.

— Hilye!
— Hilye!
Bu çağrıyı işitince genç kızın vücudu şiddetle ürperdi birden. Kalbinin çok derinlerinden kalkan müthiş bir heyecan, insanı tamamen ıslatıp birden serinleten bir yaz yağmuru gibi her bir hücresine nüfuz edip çılgın bir sevinç hasıl etti. Çok arkalardan geliyor olsa da tanımıştı, bu onun sesiydi, Ona seslenen Alper'di.

Bir daha asla ebediyyen görmeyeceğini zannettiği o sevdiği insan arka arkaya onun ismini söylüyordu. Fakat, genç kız kendine hakim oldu, dönüp bakmadı. Biraz kararsızlıktan, biraz şaşkınlıktan, biraz da korkudan... Ama belki yanılıyordu, sadece benzetmiş olamaz mıydı? Kendine telkin yaparak azıcık küçücük de olsa bir aldanma payı çıkarmaya çalıştı.

— Hilye!

Ancak, hayır!.. Bu defa ismi her hecede, her harfte her bir tınıda bütün tereddütlerini savuracak şekilde net gelmişti kulağına. Kendisini hatırlatan bir söz söylendiğinde onunla ilgili ne kadar anıları varsa hemen kafasına üşüşen, unutmaya başladığına inandığı insanın sesi çok yakınından geliyordu. Genç kız ya durmalı ya da arkasına dönüp neş'e ile Alper'i binbir gülücükle karşılamalıydı. Hilye, kendi kendini aldatıyordu; böyle bir seçenek hakkı yoktu onun! Genç kız adımlarını sıklaştırarak, uzaklaşmak amacıyla öne doğru bir hamle yaptı. Âniden çok uzun boylu, atletik yapılı, geniş omuzlu bir vücûd kesiverdi yolunu.

— Kimin adı Hilye?

Yumuşak, tatlı, şefkatli, saygı yüklü, üzerine espri serpiştirilmiş ses artık ona ancak yarım metrelik bir mesafeden, tam önünden geliyordu.

İki adım daha atsa belki de çarpışacaklar, genç kız olduğu yerde mecbûren durdu kaldı. İç âleminin kimbilir neresinden kalkıp gelmiş bir sevinç ise, genç kızın göğüs kafesini yumrukluyordu dışarı çıkmak için. Sevgide hasret, kavuşmaktan tatlıdır, deniyordu, ama hiç de öyle değildi işte, kavuşmak hasretten tatlıydı.

— İsmini mi değiştirdin Hilye?

Genç kız kafese yeni kapatılmış bir güvercinin şaşkınlığı içinde mantıksızca:

— Ha..yır, diye kekeliyerek cevap verdi.

Sonra çekinerek, utanarak, üzerinde gözyaşı bulutlarının gezindiği gözlerini Alper'in yüzüne dikti. Devamlı sisle kaplı, en şiddetli kış günlerinde dahi insana hafifçe güneşte yanmış hissini veren esmer yüze... Aradan geçen üç sene içinde daha yakışıklı olmuştu Alper, hatları keskinleşmiş, yüzüne olgun bir ifade gelmişti. Açık kahverengi gözlerinden alayımsı kıvılcımlar gitmiş yerini yoğun bir hüzne bırakmıştı. Geniş yanaklarında, kalın ve etli dudaklarında çok büyük bir sevinç geziniyordu.

Alper, Gibbs kremiyle traş olurdu. Lee Cooper blucin giyer, dâima Rolex marka saat takardı. Akkart, Telekart kullanırdı. Giyime ve lüks aksesuar kullanmaya çok meraklıydı. Rolex marka saati gene bileğinde takılıydı.

— Beni görünce sevinecek bir kızla karşılaşmam umuduyla saatlerce Dilek pastahanesinde oturdum, dedi Alper. İtiraf etmeliyim ki biraz hayal kırıklığına uğradım.

— Sizi gördüğüme memnun oldum, diye mırıldandı Hilye, yavaş bir sesle.

— Teşekkür ederim, dedi genç adam sonra da en azından sözle de olsa karşılaşmamızdan memnun kaldığını söylemen çok gönül alıcı bir şey diye ekledi.

— Saçmalamayın lütfen. Sizi görmekten elbette memnun oldum.

Genç kızın kalbinden Alper'in alnına düşmüş bir tutam saçı kaldırmak isteği geçti. Dâime biraz uzun bırakırdı başının ön tarafındaki saçları.

— Bir merhaba yok mu? Hilye, çok şaşırmış görünüyorsun.

Alper de farketmişti genç kızın durumunu, hafif bir pembelik kapladı yüzünü. Böyle tam bir şapşal gibi bakmaya ve maziyi hatırlamaya devam edemezdi. Kendini toparlamalıydı hemen.

Genç kız hafifçe titreyen ve sıkmaktan terlemiş olan elini Alper'e uzattı.

— Merhaba! dedi.

Kalbinde bir sevinç rüzgârı esti tokalaşırlarken. Sırtında kendisine çok yakışan mavi renk elbisesi vardı. Ve saçları Alper'in sevdiği şekilde omuzlarından aşağı dökülüyordu. Akabinde kendisine çok kızdı; görünümünü ona karşı nasıl olduğunu neden önemsiyordu.

— Biliyor musun Hilye, seni bulmak için üç sene boyunca tecrübeli bir dedektif, dünyanın bir numaralı ajanı, bir Rus casusu gibi çalıştım. Bu uğraşlarımın hiçbirinden bir netice alamadım da, bir rastlantı sonucu buldum seni. Çok garip değil mi?

Alper yanlarında bulunan elektrik direğine elini dayadı.

— Tesadüfün böylesi pes doğrusu, dedi.

Güldükçe bembeyaz bakımlı dişleri meydana çıkıyordu. Bakışları ile Hilye'yi hapsetmiş neş'eyle anlatıyordu. Hilye'nin liseden arkadaşı Güler ile Kapalıçarşı da karşılaşmıştı. Yanında kocası ve ufak kızı vardı, alışverişe çıkmışlardı, çok mes'ut görünüyordu. Adresi ondan almıştı. Hilye'nin dudaklarında ince bir istihza belirdi. Güler de Alper'in hayranlarındandı bir zaman. Güler'in annesi Alper'in annesinin dostları arasındaydı. İki kız kendilerini Alper'e beğendirmek için adetâ yarış ederlerdi.

Alper, Hilye'yi istettiği zaman çok kırılmış, incinmiş, bir müddet küs kalmışlardı iki arkadaş. Ne var ki Güler çabucak coşku ile seven, sonra isterse insanı birden gönlünden söküp atıveren bir tipti. İstanbul'a gelin gitmiş, herşeyi mâzide bırakmıştı. Şu anda Hilye milyon kere milyon onun gibi olmak istiyordu. O, Alper ile kimbilir nasıl neşe ile konuşmuş, hal hatır sormuş, ona olan sevgisini hatırlayıp bir de üstelik kahkaha atmıştı, hem de çın çın eden...

Hilye Güler'i uzun müddettir görmemişti. Birbirlerini sevmediklerinden gidip gelme pek olmazdı aralarında. Güler sınıfın en tenbel kızıydı. Matematikten her sene ikmale kalırdı. On hektarlık bir arsanın kaç metre kâre ettiği sorulsa duraklardı. Üçgenlerin ve dörtgenlerin iç açılarının toplamını dahi karıştırırdı.

Evet ama, Alper'e bir sefer geldiği evin kapı numarasını tastamam vermeyi becermişti. Kader denilen şey öyle derin derin mantıklı sebepler aramıyordu olayları için... Mantıklı ya da mantıksız çalıveriyordu insanın kapısını ansızın. Yanlarından uçarak bir çift güvercin geçti. Genç kız, bakışını süratle kaçırdı onlardan. Alper, onun duygularından habersiz anlatıyordu.

— Elimdeki adrese bakarak evinizin önüne geldiğimde, birden karşıma çıkıvermeni umdum, Hilye. Tam zıttı oldu bunun... Örtülü pencereler, kapalı kapılar, ardını göstermemeye azimli kalın duvarlar, seni gizledi benden. Umudumu hiç kırmadım, mutlaka evinden çıkacağın bir an olacaktı, elbette.

Genç adam kolunu kendine doğru yaklaştırarak saatine baktı:

— Tam dört saat beklemişim seni. Bir rekorum daha var. Güler'den adresi almamdan yarım saat sonra bu sokaktaydım, yoğun trafiğe rağmen.

Alper, çok sevinçli, çok neş'eli, kendinden çok emin, pervasız ve rahattı. Hiç ayrılmamışlar, aradan üç sene geçmemiş, az sonra el ele tutuşup beraber yürüyeceklermiş gibiydi. Hilye'nin hatıraları arasından tek katlı bir ev yükselip gözlerinin önüne geldi. Dört tarafında da geniş balkonları vardı. Arka bahçesi ta karşı tepelere kadar uzanıyordu. Vişne, armut, elma, kayısı, dut, ceviz, ayva, nar... her çeşit meyve ağaçları bütün alanı kaplamıştı. Burası Alper'lerin Çamlıdere'deki yazlıklarıydı. Ön bahçedeki çardağın çevresine sardunya saksıları dizmişler, yapraklarının üzerindeki hoş kokulu incecik tüyleri, kırmızı, pembe çiçekleri ile inanılmaz güzelliktelar. Alper bir şezlonga uzanmış tembel tembel gökyüzünde sürüler halinde güneye göç etmeye başlayan leylekleri seyrediyor.

Hilye onu kolundan tutmuş çekiştiriyor; "Kalk gidelim artık."
— Hilye! Hilye!

Annesinin sesi öyle bir kurşun keskinliği ve sertliği ile gelmişti ki genç kızın kulağına, ayaklarının dibinde mayın patlamış gibi sıçradı. Az önceki pembe hayâli de toz duman oldu, gözünün önünden kaybolup gitti.

Hilye eczâneye gidip annesine ilaç almak için çıkmıştı evden. Biri evden ayrıldı mı annesinin böyle pencereye çıkıp ardından bakma huyu vardı.

Nuran Hanım yüzünü göremiyordu ama arkasından Hilye ile konuşanı Alper'e benzetmişti. Telâşından ve endişesinden çok uzakta olmalarına rağmen olanca gücüyle bağırıyordu:
— Hilye! Hilye!

Sokaktan gelip geçenler yüzlerini çevirip kınayarak bakınca Nuran Hanım mahcub oldu, sustu. Kendisine doğru dönmüş olan kızına sadece kolunu pencereden çıkarıp, eli ile kim o? diye işaret yapmaya başladı tekrar tekrar. Hilye parmağını dudaklarına götürdü, orada tuttu. Annesine heyecanlanma, ortalığı velveleye verecek bir mesele yok demeye getiriyordu.

Alper biraz dikkatli bakınca gözleri çok sağlıklı olduğundan Nur Hanım'ı tanıdı.

— Hilye, dedi annenle veya babanla görüşecektim, buyur et beni de size gidelim.

— Hayır, olmaz, dedi Hilye, tam bir panik havası içinde.

— Merhaba Hilye!

Bu defa da önünde durdukları apartmanın sâhibi Zeynep Teyze kapının önüne çıkmış cilveli ve kibar olmaya çalıştığı bir ses tonu ile Hilye'yi selâmlıyordu.

— Merhaba! dedi, Hilye bir sen eksiktin dercesine.

Zeynep Hanım altmış yaşlarında tecrübeli, olgun kadındı. Genç kızın sesindeki gizli kızgınlığı sezdi. Alper'i merak dolu bakışlarla süzdü. Genç adamın beyaz gömleğini renkli kazağını, gri pantolonunu, ayakkabılarını inceden inceye tetkik etti. Basit biri olmadığını anladı; ancak Hilye'nin dostu mu, akrabası mı, arkadaşı mı onu kestiremedi, bir neticeye varamadı. Boşverdi; bakışlarını Hilye'nin aksi suratına çevirdi:

— Yaşlandım artık dedi, günleri karıştırıyorum, kına cuma akşamı idi değil mi?

Hilye bugün her halde sol tarafından kalkmıştı. Her halde değil muhakkak!.. Alay etmek şöyle dursun, bundan böyle nerde ne batıl inanış varsa öğrenecek, onları sıra ile tek tek yapacaktı. Zeynep teyze, mütecessis biriydi. Hiç çekinmeden Alper'e kim olduğunu sorabilirdi, düğüne davetli olup olmadığını da.

Evet o sorardı bundan hiç şüphesi yoktu genç kızın, ona bu fırsatı katiyyen vermemeliydi, acele ile;

— Evet, teyze, dedi Cuma akşamı. Ben sana hatırlatırım telefonla.

Genç kız derhal daha fazla konuşmak istemediğini ifade etmek için tamamiyle Alper'e doğru yöneldi.

— Kimin kına gecesi, dedi Alper dalgın dalgın, isimlendiremediği bir merakla.

Hilye'nin bütün damarları bir an buz kesti. Annesinin yanına varıp onunla pencere muhabbetine dalan Zeynep teyzeye hışım dolu bir bakış gönderdi. Fakat sonra ona haksızlık ettiğini düşündü. Birkaç dakika önce veya sonra Alper'e evlenmek üzere olduğunu söylemeyecek miydi? Hiçbir kurtuluş çaresi yoktu, hayatının en zor anlarından birini daha yaşamaya mecburdu. Başını hafifçe yana döndürdü. Alper'in yüzünün alacağı mânâyı görmek istemiyor, kalbi bir küçük kuş yavrusu gibi titriyordu. Çok üzgündü, yaşam son nefesini verinceye kadar hep böyle önüne dağ silsileleri mi dikecek; onu derin uçurumlara mı fırlatacaktı!

— Kimin kına gecesi Hilye?

Karşılaştıklarından beri Alper'in huzurlu ve mutlu havası ilk defa sarsılıyordu, bir an önce cevap almak isteyen insanların tedirginliği ile ikinci kez soruyordu. Genç kız medet umarcasına iki elini yumruk yaptı, sıktı. Sol elindeki altın nişan halkası aniden sapsarı parladı. Yanlarında bulunan akasya ağacının tepe dalları arasından süzülüp gelen güneş ışıkları tam da Hilye'nin ellerine vuruyor, altını ışıl ışıl ediyordu:

— Hilye yok...sa yoksa senin kınan mı?

Alper şaşkınlığından ve duyduğu acıdan cümlesini zor tamamlamıştı.

— Evet, dedi Hilye, kendinin dahi duymakta güçlük çektiği bir sesle, kirpiklerinin dibi gözyaşları ile dolarken.

— Özür dilerim, dedi Alper, yüzüğü daha yeni farkediyorum. Sesi çok üzgün, sitemkâr ve kırgındı.

— Böyle bir şeyi kabul edemiyorum, edemiyorum.

Genç adam öylesine perişan olmuş görünüyordu ki Hilye ona acıdı. Tebessüm adına ne varsa çıkıp gitmişti yüzünden; şimdi derin onarılmaz bir küskünlük yerleşiyordu araya gittikçe yoğunlaşarak. Hilye Alper'in gözlerine serili bakışlarını toplamaya çalışıyor bir türlü muvaffak olamıyor, kızıyordu kendine! Alper'in onda hasıl ettiği o eski etkinin yeniden dirilmemesine karşı gösterdiği direnç tamamen tükenmişti; üstelik ağlıyordu da. Gözyaşları yanaklarından aşağı iri iri iniyordu.

— Ağlıyorsun! Mutlu bir insanın ağlaması değil bu! Hilye nasıl yaptın bunu? Beni niçin beklemedin? Neden günün birinde seni bulacağımı düşünmedin?

Genç kızın avaz avaz bağırarak bunun onlara hiçbir faydasının olmayacağını söylemek geçti içinden. Alper'i seviyordu ama ana-babasını incitemezdi, onunla evlenmek isterdi ancak artık varamazdı ona, sevgilerine bir çıkış yoktu.

— Hilye, dedi Alper, babam borçlarının büyük bir kısmını ödedi, size olan hesabını da kapatacak.

Kumarda kazanılan paralarla ödenilen borçların bir kuruşunu dahi kabul etmezdi Hilye'nin babası, genç kız hiç cevap vermedi.

— Sonra babalarının suçlarının faturasını çocuklara kesmek büyük haksızlık, dedi Alper, hırsla, kılıç gibi keskin bir sesle. Genç kız ellerini hâlâ yumruk halinde tutuyor, altın nişan yüzüğü aralarında hâlâ parlıyordu ışıl ışıl... ışıl ışıl...

— Gitmeliyim dedi, genç kız, annem az sonra yine çıkar pencereye. Rüyâda gibiydi, sanki rüyâsında konuşuyordu Hilye. Akasya ağacının bütün çiçekleri nazlı nazlı hep birlikte sallanıyor, yapraklar da onların nefis folklorunun destanını yazıyordu, yeşil yeşil... Alper birden kolunu uzattı, dallardan birinden bir akasya salkımı kopardı:

— Bu da benim sana düğün hediyem, dedi genç kıza verirken. İkisi de birbirlerinin yüzlerine bakmıyordu artık, bakamıyorlardı.

— Hoşça kal Hilye!

Alper kolunu genç kıza uzattı, Hilye'nin avucuna bıraktığı elini, kuvvetle sıktı, aşkımız herşeyden üstün dercesine.

Gitmek için bir adım atmıştı ki durdu, yarım bir dönüş yaptı.

— Fakat senin bana gelmeni istiyorum, dedi derin bir kederle. Cüzdanından çıkardığı bir kart viziti genç kıza verdi.

Hilye adresi okumadan kartı anahtarı gibi elbisesinin cebine koydu, eczaneye yöneldi. Her bir kaldırım taşına Alper'in yakışıklı hayâlini döşeyerek yürüdü. Akasya salkımını göğsüne yaslamış bastırıyordu durmadan... Akasya ayrılan kalplerin çiçeğiydi. Bir türküde "Ona mendil sallarım, akasyalar açarken" demiyor muydu?

Hilye'nin hafifçe ayakları sendeliyordu sağa sola doğru; bir kadeh dolusu votka veya viski içmiş gibi kafası da sersemdi. Eczaneye girdiğinde Eczacı Nursel Hanım'a selâm vermeyi unuttu dalgınlıkla. Annesine her zaman aldığı ilâcın ismini de hatırlamadı.

— Şey... neydi annemin ilacı, dedi.

— Santomigren alıyordunuz, dedi Eczacı Hanım.

— Doğru ya, hatırladım şimdi, evet santomigrendi.

Ödediği ilaç parasının üstünü Hilye'ye verirken, Eczacı Hanım güldü:

— Atillâ bana da davetiye getirmiş nikâhınıza dedi. Ne yapacağım edeceğim geleceğim ben de illâ. Biliyor musunuz ben Atillâ'yı talebeliğinden tanırım. Yakınlarında eczane olduğu halde gelir, alışverişini benden yapardı.

Konuşurken Eczacı Hanım'ın hesap makinasının kenarına bıraktığı para üstünü ve ilaç kutusunu Hilye aldı, çantasına tıkıştırdı, kapağını kapattı, gitmeye hazırlandı. Fakat Eczacı Hanım Atilla'nın davranışından ne derece memnun olduğunu anlatıyor, konuşmasına devam ediyordu. Hilye, bir an önce evine gitmek, odasına kapanmak, yalnız kalmak istediğinden sabırsızlıkla sözünü bitirmesini bekledi Eczacı Hanım'ın.

Eczacı Nursel Hanım insana her an aç geziyor hissini veren çok zayıf, uzun boylu, elli yaşında, sevimli bir yaşlı kızdı. İsteyenlere iğnelerini yapar, arzu edenlerin de tansiyonlarını ölçerdi. Kocası ile arası açılan kadın ona gider anlatır, çocuğu problemli olan anne ondan akıl alır, yaşlı kadınlar eczaneye gelir oturur, romatizmalarından dert yanar, bir kaç bardak çay içmeden kalkmazlardı.

Ortada dolaşan dedikodulara göre Eczacı Nursel Hanım'ın en büyük arzusu iyi bir izdivaç yapmaktı. Boş zamanlarında çeyizine dantel örerdi. Ucuna tığı iliştirilmiş kocaman bir yatak örtüsü boylu boyunca kaplamıştı masanın üstünü. Örneği çok zordu. İpliğinin inceliğine, çiçeklerinin sıklığına ve küçüklüğüne bakınca Hilye'nin hatırından onun hiçbir zaman kilo alamayacağı geçti. Diplomasının yanında küçük bir levha asılıydı. İçindeki küçük yazıların en üstünde simsiyah bir renkle "Karınca Duâsı" diye bir başlık bulunuyordu. Herkesin evde kalmış bir Hanım olarak gördüğü Eczacıya, kimbilir hangi câhil yaşlı kadının azizliği idi.

— Düğün yapmadığınıza göre herhalde nikâh da gelinlik giyersiniz?

Şu gelinliğe ne meraklıydı herkes Hilye hariç tabiî. Genç kızın ne bembeyaz uzun elbiseyi giymeye, ne yerlerde sürünen duvağı takmaya ne de elinde bir demet çiçek tutmaya hevesi vardı. Fakat elindeki akasya dalına sıkıca yapışmış, dikkatle koruyordu onu her an. Çünkü Alper'in hediyesiydi. O an sırtında bembeyaz ipek bir gelinlik olsun, başından aşağı Fransız dantelinden bir duvak inip arkasında metrelerce sürünsün istedi birden, tepesine konan hayal kuşunun uçup gitmesi için şiddetle silkeledi kafasını.

— Ah! dedi Eczacı Nursel Hanım, Hilye'nin sapını avucundan sıkıca tuttuğu akasya dalını yeni farketmişti. Şu akasya ne de güzel bir çiçektir. Bana bu sokağı sevdiren karşılıklı iki sıra hâlinde dizilmiş akasya ağaçları olmuştur. Esmer kışın, gri rüzgarlarıyla kupkuru dallar kendi aralarında kıyasıya dövüşürken dahi akasya ağaçlarının Mayısta bembeyaz çiçeklerle donanacağını, yemyeşil yapraklarının bahara aşk şiirleri okuyacağını düşünürüm. Ben, anne-babamla Avcılar'da bir dâirede oturuyorum. Kendime âit bir bahçem yok. Yalnız, apartmanın ana giriş kapısının yanlarında çok az toprak yerler var. İki tane akasya fidanı ekeceğim oralara. Bahçıvanlıktan anlamam ama olsun; her şeyi denemekte yarar vardır.

Eczacı Nursel Hanım kasanın yanından çekildi, geldi, koltuklardan birine çökercesine kendini bıraktı.

— Siz de oturun biraz, dedi. Köpeğim hastalandı sabahleyin ben evden çıkarken aksırıyordu. Ona çok canım sıkıldı. Babam parkta fazla tutmuş, yeleğini de yanına almamış, tabiî benim oğlan da haklı olarak üşütmüş.

— Geçmiş olsun, dedi Hilye hiç isteksiz ve ilgisizce. Bir de burada kedi-köpek lâfı dinlemeye hiç tahammülü yoktu.

Eczacı Nursel Hanım koltuğunun iki yanındaki tahtalara vurdu, ardından:

— Çiğdem, bize nest coffee getir diye seslendi.

— Teşekkür ederim dedi, genç kız ben içmiyeyim annem bekler.

— Katiyyen içmeden bırakmam. Şunun şurasında bir fincan coffee içeceksiniz. Siz bizden ilâcını alır, hiç oturmaz çıkar gidersiniz daima müsade edinde, size bir veda coffee içirelim. Coffee yerine çayı mı tercih ederdiniz yoksa?

— Farketmez, dedi genç kız. Ne içse zehir zıkkım gelecekti ona, gitmek istiyor fakat kurtulamıyordu Eczacıdan.

Çiğdem, iyi ki de hamarat bir insandı; beş dakikada kahveleri yapmış getiriyordu. Eczacının Çiğdem isimindeki yardımcısı da otuzbeş yaşındaydı. Yirmibeş seneden beri Eczacı kalfalığı yapıyordu. Bir gün gelecek, evlenecek eczanenin duvarlarına dahi sinmiş ilaç kokularından, şişe şıngırtılarından, hasta reçetesi okumaktan kurtulacaktı. Bu hayalle yaşardı hep. Gıpta dolu bakışlarını Hilye'nin üzerinde tutarken, kahve fincanını onun önüne koydu:

— Buyrun, dedi. Şekerini atmadım, siz kendiniz kaç tane isterseniz koyarsınız.

Eczacı Hanım, Çiğdem'in önündeki sehpaya koyduğu kahvesini aldı:

— Ben bir de sigara yakacağım, dedi. Sigarasız zevki olmaz nest cafenin ve de çayın.

Çiğdem bir tabureye ilişti, gözünü kırpmadan Eczacının sigarasını yakmasını izledi.

— Nursel abla, dedi yalvaran bir sesle, canım çok istedi, sigara alabilir miyim ben de bir tane?

Eczacı elindeki paketi ve minik zarif çakmağı Çiğdem'e uzattı:

— Tabiî kızım, ne zaman mâni oldum ki, dedi bir anne şefkati ile.

— Çok iyisin sağ ol abla! Daha önce çalıştığım yerlerdeki eczacılar içirmiyordu, onlardan bir korku kaldı bende, burası kahvehane değil diyorlardı.

Eczacı Nursel Hanım, Çiğdemin bu patavatsız sözüne sinirlendi.

— Burası da değil, dedi izin verdiğine pişman olmuştu.

İkisinin sigara dumanları helozonlar yaparak tembel tembel fütursuzca geziniyorlardı havada Eczacı'ya inad.

Nursel Hanım yüzüne doğru gelen bir duman parçasını uzun tırnaklı yüzük dolu elini savurarak öfke ile itti. Çiğdem'in aklı fikri Hilye'nin evliliğinde olduğu için farketmedi Eczacı'nın bozulmasını.

— Balayına çıkacak mısınız? dedi, hülyalı bir sesle,

— Alper.. Prag..

Genç kız dişlerini birbirine sıkıca bastırarak dudaklarını yumdu. Daha tek kelime çıkmamalıydı ağzından. Orada balayı yapmak isteyen Alper ile evlenmiyordu o, Atilla ile evleniyordu. Alper nereden çıkmıştı şimdi?

Hepsi uyanmış ve dimdik ayağa kalkmış hatıralarından.. Genç kız çılgın hayallerinden sıyrılıp, kafasını toplayabilmek için

— Şey, dedi son derece uyduruk bir gülüşle, zaman kazanmaya çalışıyordu. Bir yudum coffee aldı, ümitle çabucak yuttu. Kahvenin içinde kafein vardı; kafein yorgunluk hissini azalttığı gibi uykusuzluk da yapar, açardı insanı.

— Atilla diyecektim, dedi, birkaç gün Abant'a gidelim diyor.

— Ben olsam balayı için Singapore derdim.

— Singapor'un bir adı da cezalar şehriymiş, bir gazetede okudum abla öyle mi? Sen gideli birkaç ay oldu bilirsin.

— Evet, Çiğdem, dedi Eczacı Hanım. Dudaklarına kocaman bir gülüş kondu; eline renkli bir uçurtma verilmiş çocuk gibi sevinmişti bu soruya.

— Bir araca binip, karmaşık otobanlardan giderek şehri seyrederken, çeşitli noktalara dikilmiş yasakları bildiren tabelâlar görülür. Dünyanın her yerinde "Park yapılmaz" uyarısı "No parking" olarak yazılır. Ancak Singapur'da öyle değildir. "Strictly No Parking"dir. Yâni kesin olarak park yapılmaz. Bir başka tabelada da sigara içmenin yasak olduğu yazar. Ortalık yerlerde ciklet çiğnemek yasaktır. Yasakları işleyenlerin cezası 1000 Singapur Doları -yaklaşık 60 milyon lira-

— Amma da pahalı ceza Nursel abla.

— Yasağı ancak o şekilde koruyabiliyorlar. Singapur'u gidip görmelerini öneriyorum son zamanlarda her arkadaşıma. Ulusal havayolu şirketi Singapore Airlines gibi uluslararası şöhrete sahip olan ultra-modern Changi Havalimanı'na inerken insanın gözlerinin önüne fütüristik bir dekor seriliyor. Singapure yirmibirinci yüzyıl kenti; Orada bir beton medeniyeti kurulmuş. Onun yanında, yol kenarları, parklar, evlerin bahçeleri, dükkânların önü ekvator bitkileri ile süslü, Singapur'da her gün çiçek bayramı var. Singapur'un merkezinde yer alan Westin Stamford oteli diğer binalardan ayrıcalıklı durur. Dünyanın en yüksek oteli bu yetmiş katlı konaklama anıtı imiş. İnsan en üst katından Singapur'u beton bloklardan müteşekkil yeni bir orman türü imiş gibi seyrediyor.

Eczacı Nursel Hanım, ayak ayak üstüne atmıştı. Koyu mâvi keten eteği çok kısa olduğundan bacakları en yukarı kısımlarına kadar görünüyordu; pörsümeye başlamış bir deri ile kaplı ortasından kırılıp ikiye ayrılmış birer değnek sanki her biri. Üstteki bacağını arada sırada neşeyle sallıyordu sohbetin havasına uyarak.

Çiğdem bir dirseğini önündeki masaya dayamış, elini çenesine destek yapmış, dikkatle bir konuşma fırsatı gözlüyordu.

Eczacı susup sigarasını kül tablasının kenarına yerleştirirken:

— Ben olsam Bali'ye giderim, balayı için dedi, bir nefeste.

— Olur, sen Bali'ye git, benim tercihim Singapure.

— Bali'nin yerel dildeki isimleri yazılıydı gazetede, şiir gibi Nursel abla, çok hoşuma gitti; Güney Denizi Rüyası, Tebessüm adası, Cennet adası, Zümrüt adası, hepsi birbirinden güzel isimler.

— Sen bir de "Kecak dansı" adı verilen özgün Bali dansını seyretsen hayran kalırsın, gerçekten seyredilmeye değer, renk ve hareket bakımından oyunları çok zengin. Nefis snake fruitleri, son derece taze dalından koparılıp hemen sizin önünüze getirilen ananasları, mangoları, papayaları yemek ayrı bir zevk.

Aklı, Alper'in söylediği sözlerde, yakışıklı hayali de gözlerinin önünde uçuşup dururken, zihnini toplayıp onları dinlemek Hilye'ye çok zor geliyordu; kızıyordu içinden ikisine de. Bu sinirle:

— Dinleri, dilleri herşeyi farklı 180 milyon insan yaşıyor Endonezya'da, kavga etmiyorlar mı? dedi.

Eczacı Hanım'ı Endonezya çok etkilemişti; Hilye'nin somurtkan suratını, soğuk ses tonunu farketmiyordu hevesle anlatırken.

— Endonezya diye cevap verdi, bir dinler ve milletler mozayiği oluşturmuş. Katolik, Protestan, Hindu, Budist, Müslüman her kesimden insan var, barış içinde yaşıyorlar, hayır kavga yok. Bali, 13 bin 677 adadan müteşekkil Endonezya'nın en güzel mücevheri. Adada hapishane yok. İnanabilir misiniz buna? Balinezler, bir masalda yaşıyorlar; iyi tanrılar ve ruhlar dağlarda yaşıyormuş, kötü ruhlarda denizlerde onlara göre. Kötü ruhlar karaya da çıktıklarından onları kovmak için tütsüler yakıyorlar. Palmiye yaprağından yapılan küçücük sunakların -bir nevi sepet- içini çiçekler ve yiyeceklerle doldurup onları tapınaklarına, dükkânlarının, evlerinin önüne koyarak, onları kötü ruhlara takdim ediyorlar, şerlerinden korunmak için.

— Nursel abla, balayı için Bali'yi istemekte çok haklıyım, böyle enteresan şeyleri severim çünkü.

— Alışveriş cenneti olduğundan ben Singapur dedim, yeni evlenen iki insan balaylarını Bali'de geçirirlerse, unutulmaz anılarla dönerler. Adanın en eski tapınaklarından biri olan, Kapal'daki Pura Sada'ya gitmek oraları gezmek çok zevklidir. Bir sandala binip, Bratan Gölü'nde gezinebilirsiniz, bir prinç tarlasının kenarında veya da bir palmiye ağacının altında bir genç delikanlıdan adanın en yaygın ve geleneksel flütünü dinleyebilirsiniz beraberce. Ekim ile nisan ayı arasında gitmişseniz, aniden yağan Muson yağmurlarının altında neş'e ile koşuşursunuz sokaklarda çocuklar gibi özgür ve avare! Pembe ve mor orkidelerden oluşan çiçek kolyelerini birbirinizin boynunuza takarsınız, bakışlarınız kucaklaşırken. Dönüşünüz için hatıra eşya konusunda seçenekleriniz boldur. Ağaç ve taş oymacılığının en güzel örneklerini bulabilirsiniz Bali'de. Abanoz ağacı, sert ve dayanıklıdır, oymacılıkta onu kullanıyorlar. Sandal ağacından yapılmış parçalar da özgün beyaz renkleriyle gerçekten çok güzeldirler. Bali'deki ağaç oymalarının bir benzerlerinin dünyanın bir başka bölgesinde olacağını zannetmiyorum. Ağaçtan yapılmış çerçevelerdeki oymalar nefis. Bir tablo da alınabilir; salonunuzun göze çarpıcı duvarına bir balayı hatırası olarak asarsınız. Bali anınız size orjinal bir dekor olur.

— Şu dekor kelimesini çok kullanıyoruz, acaba tam anlamı ne abla?

— Dekorasyon, süsleme, bezeme, tezyinat demektir, kızım. Bize Fransızca'dan geçmiş, onlara da Latince'den. Dekorasyonun insan hayatlarının her çağında özel bir yeri olmuştur. Evini her sene yeniden dekore edenler var. Benim bir arkadaşım çok iyi para kazanır, değişikliği de aşırı sever. Evine gittiğim zamanlar bazen acaba yanlış yere mi geldim diyorum, öylesine yeniler ki eşyalarını şaşırır insan.

— Senin evinde de arada sırada yastıklar, tablolar değişiyor, abla dedi, Çiğdem.

— Ben görsel duyguları gelişmiş biriyimdir. Güzel bir şey gördüğüm zaman hiç unutmam, zihnimde tutarım ve yeri gelince, fırsatı yakalayınca onu uygularım. Ufkum geniştir çok seyahat ettiğimden. Evlendiğimde evimin dekoratörlüğünü kendim yapacağım, etkileyici renkleri özgün bir şekilde kullanmayı ve alışılmışın dışında çarpıcı görüntüler sergilemeyi tasarlıyorum.

Eczacı Hanım hemen yarın evlenecekmiş gibi coşkulu anlatıyor, Çiğdem ağzı açık hayran, Hilye de tam bir şaşkınlıkla dinliyordu.

— Evim ihtiyaç, konfor ve rüyâlarımı vurgulamalı, benim kişiliğimi yansıtmalı. Doğaya bayılıyorum, çiçeksiz katiyyen yapamam. Mümkün olan her uygun yere yerleştireceğim çiçekleri. Onlar hayat verecekler evime. Yatak odamın duvarlarını devetüyü renkli flanel kumaşla kaplatacağım, eşyalarımın da Mısır çöllerini anımsatmasını isterim. Yatak odam, bir Mısır fantazisi olmalı.

— Ben, dedi, Çiğdem, bu gibi şeyleri düşünemiyorum. Benim için hayal.

— Hayalcilik her zaman gündemdedir, insanoğlu onsuz yapamaz Çiğdem'ciğim.

— Bunlar bütçeye bağlı meseleler abla.

— Bütçe çok önemli bir unsur muhakkak, adım atamazsın parasız bu devirde. Ama bir şey daha vardır, düşündüklerini gerçekleştirebilme problemi. Parayı kazanması ayrı dert, harcaması ayrı dert. Ücretini tam verseniz de işçinin elinden işi istediğiniz gibi kurtarmak çok güç.

Nursel Hanım, Hilye'ye dikkatle baktı:

— Çiğdem'e gelene kadar bu eczaneye on kişi girdi, çıktı Hilye, hepsinin ayrı zararları oldu, dedi.

Çiğdem huzursuzca kıpırdandı yerinde, daha dün elinden düşürmüş kırmıştı bir dereceyi. İnsan kendi malı olmayınca hoyrat kullanıyordu eşyayı. Çiğdem Allah'a inanan biriydi, bunun günah olduğunu birçok defa hatırından geçirdiyse de kendini alıkoyamıyordu bir türlü dikkatsizlikten. Daha fazla bir Allah korkusu gerektiğini düşündü; belki o zaman insan dokunduğu herşeyin bir emanet olduğunu hatırlar, mes'uliyetini idrak edip, en ufak bir zarar yapmamaya çalışırdı. Örtbas ettiği için, Nursel ablasının henüz farketmediği belki de unutulup kalacak daha ne ziyanları vardı. Bakamaz oldu Çiğdem, Eczacının yüzüne, başını eğerek devam etti onu dinlemeye.

— İmkânsızı, imkânlı hale getirmek için her işi kendi yapmalı insan diyeceğim fakat bu mümkün değil, zamanımız ve gücümüz yetmez buna. İşçiler mes'uliyetsiz çalışıyorlar. Bir musluğu tamir ettirmek için dahi helâk oluyor insan, illâ kendinden birşeyler vereceksin. İlk defa açarken A'dan, Z'ye kadar herşeyiyle yakından ilgilendim şu eczanenin. Yine de her tarafı tam istediğim gibi olmadı. Modayı günü gününe izlemek ve dekorasyon hobim benim. Evde dekorasyon dergileri yığınla birikti. Pazar günleri bir yere gitmemişsem, o an müzik de dinlemek istemiyorsam, oturur saatlerce onlara yeni baştan bakarım hiç bıkmadan. Hayallerimi tâzelerim, umutlarımı yenilerim, yaşama karşı güç kazanırım. Onlara kavuşmak için daha çok koşuşturmalıyım, daha fazla çalışmalıyım, çok para kazanma yollarını bulmalıyım derim, benim için doping olur.

Hayat standartlarına göre arzular istekler de büyüyor, artıyor, lunaparka giren çocuklar gibi oluyor insan koşuyor, her dilediğinin ardından. Oturma odası için bir milyon değerinde bir tablo düşünen insan, maddi gücü artınca 10 milyon, 20 milyon belki de 50 milyon değerinde bir tablo aramaya başlıyor. Modayı takip etmek düşünüldüğünde hoş, fakat boş şeydir. İnsanın zamanını ve parasını süpürüp götürüyor, müthiş bir tüketim tuzağı. Bunu bilsek de toplum psikolojisinin etkisinde kalıyor çılgıncasına modaya düşkün oluyoruz.

— Bugün moda, yarın demode, dedi Hilye, hiç konuşmuyor olmamak için.

— Küçük ya da büyük farklarla birçok ülkede yaşanıyor bu olgu; yalnız Türkiye'ye özgü bir şey değil, Hilye. İnsanlar da sürekli değişme isteği var. Meselâ; sofra dekorasyonlarında çiçeklerin yerini sebze aranjmanları aldı. Binbir itina, özenle hazırlanan sofraları, patlıcan, biber, domates, marullardan yapılmış buketler süslüyor, daha sonraları neler yapacaklar kimbilir.

— Nursel Abla, toprağı ile bir küçük domates saksısı ne güzel durur, bir tasavvur et şöyle. Yemyeşil yapraklar ve aralarından mercan gibi sarkan domatesler. Soframda böyle bir manzara olsun isterim doğrusu.

— Dene kızım. Yoksa moda olmasını mı bekleyeceksin. Veya da evlendikten sonraya mı saklıyorsun bazı isteklerini yerine getirmeyi.

Çiğdem cevap vermedi, öylece sessiz kaldı. Kafasının bir köşesi evlendikten sonra gerçekleştirmeyi düşündüğü hayallerle doluydu, üstelik onların hepsini seviyordu ayrı ayrı. Eskimiş solmuş eşyalarla döşeli, arkası yıkık dökük duvarlarla çevrili bir fabrikaya bakan küçük dairelerindeki yaşantısında, hayalleri hayatının yegâne süsüydü, onun için tâze kandı.

— Konuştuklarımız benim ve Çiğdem'in yarınlarımız için puslu umutlar, dedi Nursel Hanım, saçının bozulmuş topuzunu düzeltirken.

Çiğdem elini çenesinden çekti, doğruldu, hayallerine makas vurulmuştu.

— Niçin ama abla, dedi, belli etmemeye çalıştığı kırgın ve küskün bir sesle.

— Otuzbeş veya elli yaşlarına varmış kadın olsun, erkek olsun artık evlenme şansını yitirmiştir, kızım.

Nursel'in sözleri yüzünün ortasına bir şamar gibi inmişti, Çiğdem'in. Eczanenin raflarındaki irili ufaklı ilaç kutuları gittikçe büyüyerek üzerine doğru geliyordu, onlara ve şansına isyanla.

— Abartıyorsun abla, dedi.

— Hayır, gerçekleri söylüyorum, abartmıyorum.

Nursel Hanım, Çiğdem'in kırıldığını anlamıştı. Ellerinde birer umut çiçeği taşımanın ne zararı olurdu ki insanlara? Hayal bahçelerine mayın döşeyerek ümitleri yok etmeye hiç gerek yoktu. Kendikilerinin de... Hayallerini kırda oraya buraya gelişigüzel dağılmış yaban güllerinden bir demet yapar gibi topladı, sonra Çiğdem'in ve Hilye'nin yüzlerine ayrı ayrı zorla canlandırdığı bir ümitle baktı:

— Ya da balık burcunda olduğum için abartıyorum. Bazen kötümserliğim tutar benim, dedi.

Çiğdem, Eczacı Nursel'in sözlerinin üzerinde yaptığı tepkiden kendini kurtarmıştı:

— Nursel abla dedi, çağımızda beğenmeler de evlilikler de farklı. İçinde bulunduğumuz zaman diliminde beyaz atlı prensler de öyle birini bekleyen kızlar da yok, onlar mâzide kaldı. Kızların olsun, kadınların olsun beğenme yelpazeleri genişledi. Kimi erkeğin çapkın bakışını, kiminin gülüşünü, kiminin yürüyüşünü, oturuşunu veya atletik vücudunu ya da sert yüz hatlarını, sesinin tonunu beğeniyoruz. Aynı şekilde erkekler de bazı kadının saçından, bazısının yüzünden, bazısının da konuşmasından hoşlanıyor.

20 yaşında bir genç kız, elli yaşında bir erkekle evlendiği gibi, 40 yaşında bir kadın da otuz yaşında bir erkekle rahatça evleniyor. Medya vasıtası ile insanlar bir çok olaya çok alıştı.

— Kız Çiğdem, sen benden güzel konuştun, dedi Eczacı şakacı bir gülüşle. Ben de bir şey diyeyim mi, hiçbir aşk başladığı gibi kalmamıştır. Ne diyor Duygu Asena "Aşk da yok!" Aşka bir tekme atacaksın! Terkedilişin acısını duymamak için çok sevmeyeceksin, sadece flört edeceksin, hoşlanabilirsin, sevimli bulabilirsin, fakat hepsi o kadarla kalmalı. İnsan duygularını kendi ayarlamalı!

Yaşamamış olan insanların, sevgi hakkında konuşmaları ne kadar da yüzeysel oluyordu. Aşk ve ölüm insanın elinde olan şeyler miydi? Kat'iyyen değildi. Hilye bir erkeği sevmeyi hiç istememişti ama sevmişti. Babaannesi hastalandığında, ölmemesi için yanından bir dakika olsun ayrılmamıştı, fakat ölüm almış götürmüştü onu. Hilye boşalan fincanını tabağına koydu, hemen ayağa kalktı.

— Çok oturdum. İkinizle de konuşmak çok zevkli, ancak gitmeliyim.

Yeni bir konuya başlarlar korkusu ile çantasını aldı acele ile onlardan ayrıldı.

Öğle vakti olduğu için tenha idi sokak, Hilye'nin yanından nâdir olarak bir iki kişi geçiyordu. Tanıdığı kimseler ile selâmlaşıyor, yabancılar ile de sadece bakışıyorlardı karşılıklı.

Genç kız, hafif topuklu ayakkabıları ile kıpırtısız, soğuk, ölü betona bastıkça, ona can geliyor, insanın içine ürperti veren sesler çıkıyordu. Bir kaç dişi arı aralarında sohbet ederek kimbilir hangi çiçeklerden bal özü toplamaya gidiyordu. Hilye'nin yanında yürüyen Alper'in hayali hiç ara vermeden "dön bana" diye fısıldıyordu ona. Vicdanı ise "Alper'i asla dinleme" diyordu, asla, asla!...

Genç kız, iki sesi de dinlememek için adeta koşuyordu caddede. Bir anne oğlunun elinden tutmuş karşı kaldırımda yavaş yavaş gidiyorlardı beraberce. İki kere iki dört, iki kere beş on... çocuk çarpım ezberliyordu bağıra bağıra. İki kere iki dört diyordu; Niye sanki hayatta böyle matematiksel formüllerden ibâret değildi. O zaman herşey ne pürüzsüz ve ne mükemmel olacaktı!... Hiç şaşırmayacak, hiç teklemeyecekti insan. Ama yaşamlara mutlak olarak edebiyat hükmediyordu, hayatlar kırık dökük bir romandı, bir şiirdi mısraları düzensiz, veya komedi ile trajedi karışımı bir tiyatro eseriydi kimin yazdığı belli olmayan. Hayattan bravo almak çok zordu. Yaşam insanın kanını, canını sömürüyordu. Genç kız düşünceli ve dalgın zile bastı. Annesi anında kapıyı açtı nefes nefese meraktan çıldırmış bakışlarda:

— Nerede kaldın? Güya ilaç almaya gitmiştin, başım çatlıyor ağrıdan, derin bir soluk aldı, patlattın beni, dedi.

— Biliyorum.

— Ya! Demek kasten geciktin?

— Öyle değil.

— Peki, neden?

— Nursel Hanım, nest coffee ikram etti, içmese miydim anne?

Genç kız ilaç kutusunu annesine uzattı, içeri girdi, kapıyı kapattı.

Nuran Hanım, bir an ilaç kutusunu elinde tuttu tereddütle, sonra onu olduğu gibi açmadan hol masasının üstüne fırlattı.

— Hilye, dedi, daha fazla dayanamayacağım, kimdi seninle konuşan? Ben Alper'e benzettim azıcık.

Genç kız iki eliyle masa sandalyesinin arkasını tuttu, dayanma ihtiyacı hissetmişti, hiçbir mânâ aksettirmeyen bir tonla gayet resmî.

— Evet, Alper'di, dedi.

— Bak namussuz çocuğa sen!

Genç kız öfkeyle sandalyeyi kendisine çevirip oturdu:

— Anne anne, düşmanlığın bu derecesine pes doğrusu!

— Yanılıyorsun, artık onlara düşman değilim, fakat bu dostları olduğum anlamına gelmez tabiî.. O adam mezarında da kumar oynasın isterse bana ne! Babasını da oğlunu da yeter ki benim gözüm görmesin.

— Alper'in bir suçu yok anne, suçu hiçbir zaman olmadı. Babası, babamı iflâsa sürüklemişse, haciz memurları evlerine gelip oturdukları halılara kadar herşeylerini götürmüşse, onun ne kabahatı var, bütün bunlarda? Zavallı çocuk üniversitede talebeydi o zaman, kimbilir ne zor şartlarla tamamladı tahsilini.

— Vah, vah! Haydi ağla! Çok acınacak bir durum çünkü!

Genç kız iyi ki oturmuştu. Annesinin bu açık alayından dolayı kendini hıçkırarak yere atar, ses telleri yırtılırcasına bağırırdı belki de, ayaklarını sıkı sıkı yere bastırıyordu tepinmemek için.

— Ne istiyormuş senden?

Geçirdiği duygusal fırtınadan genç kız yorgun düşmüştü, sinirleri bir ok gibi gergin duruyordu. Okun nereye düşeceğini umursamaksızın:

— Beni, dedi.

Söz ağzından çıktığı anda daha Hilye pişman oldu, başını öne eğdi utanarak:

— İki gün sonra evleneceğini söylemedin mi ona?

— Söyledim.

Genç kız, dizlerini birbirine bastırarak, annesinin ardı arkası kesilmeyecek sorularına nasıl cevap vereceğini düşündü, acaba yok muydu onlardan kurtulmanın çaresi? Gözü masanın üstünde olduğu gibi duran ilâç kutusuna gitti.

— Anne, dedi, sabah kalkınca daha başının ağrıdığını söyledin bir santomigren almıyacakmısın? Bir tane yut da sakinleş.

Nuran Hanım kalktı, masadan ilaç kutusunu aldı, açtı, içinden bir tablet çıkarıp avucuna koydu, hemen yanındaki sehpanın üstünde duran sürahiden de oradaki boş bardağa su koymaya başladı. Fakat eline hakim olamadı, bardağı taşırdı, kızına olan sinirinden. Şu anda bunu hatırlatmanın ne âlemi vardı. Tabletini yutarken gözünün ucuyla Hilye'yi çok kızgın olarak süzdü.

— İşte yuttum ve sakinleştim, dedi, yalan söylediğini bile bile.

Tablet daha midesine yeni inmişti, hemen tesir etmesine imkân yoktu. Bir şey daha vardı, ilaç yalnız migrenine iyi gelecekti, kafatasının içinde kemiklerini birbirinden ayırmaya azmetmiş gibi tazyik yapan merakını hiç de gideremeyecekti. Bu endişelerle duramayacaktı. Bir solukta:

— Yoksa onu seviyor musun? dedi.

Kalbinin ortasına bir kurşun sıkılsa bu kadar sersemlemezdi genç kız; bir annenin bir başkası ile evlenmek üzere olan kızına asla sormaması lâzım gelen bir suâldi bu. Amma onun annesi soruyordu işte. Ve cevabını bekliyordu, hafiften de tebessüm etmeye zorluyordu kendini. Hilye içindeki, hıçkıra hıçkıra ağlama arzusunu bastırarak o da yapmacık gülümseme ile karşılık verdi annesine:

— Bu çok geç kalmış bir sual, dedi ve Hilye ardından hemen basamaklara doğru yürüdü.

Genç kız trabzanlara tutunarak merdivenleri birer birer çıkarken başını dimdik tuttu, kızlık gururu herşeyden üstündü. Alper'e olan sevgisi gönlünde sır, bütün renkleri ile yaşamında bir gizemdi. Bazen duygularını yazdığı hatıra defterine dahi sevgi kelimesinin yerine nokta koyardı. Kız kardeşi onun hatıra defterini okuduğunda, bu konuda şüphelenip saatlerce onunla ceddeleşmişse de, Hilye'ye Alper'i sevdiğini itiraf ettirememişti.

Genç kız gündüzün aydınlığında, kalabalık âile fertleri arasında kendine hâkim olurdu da geceye hiç güç getiremezdi. O gün erkenden odasına çekildi. Eczacı Nursel Hanım, Çiğdem, annesi, Hilâl, Efe, Ege... hepsi her şey kapının dışında kalmış, gündüz yaşamı bitmişti. Genç kız geceliğini giydi, yatağına uzandı. Vuslat tüten duygularla vücudu titriyordu hafif hafif. Alper ile ilgili anıları sessizce yaklaştı genç kızın çevresini kuşattı. Gözlerine yaşlar hücum ediyordu. Hilye iki avucunu kuvvetli olarak göz kapaklarının üstüne bastırdı, gözyaşı çıksın istemiyordu, sonra bir elini hıçkırmak isteyen kalbinin üstünde gezdirdi. Fakat ikisi de dinlemiyordu genç kızı, gözleri de ağlıyordu kalbi de ağlıyordu. Dudaklarını araladı.

— Hatıralar benden ne istiyorsunuz, diye mırıldandı. Alper'in nişan yüzüğünü parmağından çıkardığı an bitmişti onunla olan anıları. Aradan üç sene geçtikten sonra tekrar aynı yerden hiçbir şey olmamış gibi başlamalarına imkân yoktu. Genç kızın mâzide kalan Alper ile ilgili olan hatıraları bir film şeridi gibi geçmeye başladı yaşlı gözlerinin önünden.

Alper'in babası Macit Bey'le, kendi babası, tapu dâiresinde muamele tâkib ederken tanışmışlardı tesadüfen. Önce telefonda hal hatır sorma ile başlayan arkadaşlıkları kısa zamanda dostluğa, onun ardından da iş ortaklığına dönüşmüştü. Hilye'nin babası emlâkçılık yapardı, güvenilir bir insan olduğundan bürosu iyi çalışırdı. Kavaklıdere'de yüzseksen metrekarelik bir dâirede otururlardı. Babası aslında İstanbullu, idi. Çocukluğu şimdi oturmuş oldukları evde geçmişti.

İki kardeştiler. Kız kardeşi küçük yaşta evlenmiş, doğum yaparken bebeği de kendi de vefat etmişti. Babası Ankara'da Etimesgud'da askerlik yapmıştı. Bir arkadaşı teyzesinin kızı olan annesini çok methetmiş, o da etkisi altında kalıp onu görmeye kalkmıştı. İki genç birbirlerinden hoşlanmışlar, ancak annesinin babası evlenmeleri için Ankara'da kalmalarını şart koşmuştu. Babası bunu önemli bir mesele görmemiş, derhal Ankara'ya yerleşmeye kalkmıştı. Kayınpederinin desteği ile onun mesleği olan komisyonculuğa başlamış. Bakırköy'deki evlerini kiraya vererek anne babasına da Elif Sitesi'nde kira ile bir dâire tutmuştu. Evlendiğinden dokuz ay sonra babasını kaybedince annesi yalnız kalmıştı.

Mâcit Bey, Ankara'nın zengin müteahhitlerindendi. Arada sırada düğünlerde veya gece kulüplerinde çekilmiş fotoğrafları yer alırdı günlük gazetelerde ve aylık dergilerde.

Ankara'nın dışında Dikmen'de bir site inşa etmeyi düşünüyordu. Fakat yalnız ve yorgun olduğundan cesaret edemiyor, sadık, doğru, çalışkan bir ortak arıyordu kendine. Bu teklifi babasına yaptığında, o şaşırmış ve çok sevinmişti. Babasının büyük bir yatırım için birikmiş hazır parası az sayılırdı, ancak ev ve arabasını satarsa bir hayli yekün tutuyordu.

Mâcit Bey ona; "azizim sadece bir sene kirada oturacaksın ve arabasız kalacaksın, sonra yüzde bin kâr edeceksin" diyordu. Önüne projeleri seriyor, en ince hesapları çıkartarak astronomik rakamlardan bahsediyordu. Günlerce süren düşüncelerden ve araştırmalardan sonra babasının tereddütleri gitmiş, aralarında antlaşma imza etmişler, evi ve arabasını satılığa çıkarmıştı. Evleri güzel, araba da yeni olduğu için hemen satılmıştı.

Macit Bey dostluklarının kuvvetlenmesi, âilelerin birbirleri ile tanışması için ısrarla ortağını evine dâvet etmişti. Bir gece Ankara'nın zengin âilelerinden birinin evine gitme heyecanı ve sevinciyle saatlerce süren hazırlıklarından sonra hepsi arabaya doluşup yola düzülmüşlerdi. Her biri hareketlerine, dikkat ederek girmişti Macid Bey'in Çankaya'daki fevkalade lüks evine.

Babalarından aldıkları haberlerden biraz malumatları biliniyordu Ergünler hakkında. Macid Bey'in dört kızı bir oğlu vardı. Mâcid Bey çok evlât sahibi olmayı sevdiğinden karısı da onun arzusunu yerine getirmiş, hiç üşenmemiş, her hamile kaldığında çocuğunu doğurmuştu. Kürtaj hiç olmamış sadece kendiliğinden üç düşük yapmıştı. Üç katlı binaların mimârî yapısı içiyle dışıyla bir tümü oluşturuyordu. İç mekân düzenlemesinde koyu ve kuvvetli renkler hemen göze çarpıyordu.

Hilye, Hilâl ve iki küçük erkek kardeşlerini gençlere tahsis ettikleri bir salona almışlardı. Holde uçuk renkler hakimken, burası tamamen bir renk cümbüşüydü. Odanın dekorasyonunda Macid Bey'in seyahatlerinde dünyanın çeşitli yerlerinden topladığı etnik eşyalarla, modern mobilyaları birbirine karıştırmışlardı. Hilye oturduğu kanepede dikkatle etrafına bakınırken, uzun boylu bir erkek, yan kapıdan çıkmış onların yanına gelmişti. Babasının tarifinden genç kız onun Alper olduğunu tahmin etmişti. Uzun kolunu önce Hilye'ye uzatmıştı.

— Ben Alper. Dört tane güzel kız kardeşim vardır, konuşurken çok hoş da gülmüştü.

— Ben Hilye, demişti genç kız, bir kız ve iki küçük erkek kardeşimle biz hepimiz dört kardeşizdir, benim kardeşlerim de sevimlidir, başını öne eğmiş, serbest eli ile çenesini tutmuş, Hilye'de gülmüştü.

Alper, elini bırakmamıştı bir müddet, tâki Hilye başını kaldırıp gözlerini onun gözlerine dikinceye kadar. Belki bir, belki on saniye, belki de bir dakika öyle ikisi ayakta, karşılıklı durmuşlardı hiç kıpırdamadan. Genç kız bir cereyana kapılmış gibi hafifçe titremiş her bir kıl kökünden ter çıkmıştı incecik.

Alper yanından ayrılıp erkek kardeşlerinin bulunduğu yere vardığında o hâla fiziksel elektriklenmenin etkisindeydi. Açık kalmış kapıdan oturma odasının içi görünüyordu. İskemleler kilim motifli kumaşla döşenmişti. Batıd kiye'de olsun dekorasyonda kilim veya kilim mc kullanmak çok moda idi. Anadolu kökenli Türk kilimlerinin yu nısıra Hind, Meksika, Afgan işi olanlar da çok rağbet görüyordu herkes tarafından. Yastık kılıflarından, duvar panosuna, çantaya, paravanaya kadar pek çok yeni kullanım alanı bulmuştu kilim motifleri. Kanepenin yanındaki kilim ile yapılmış ayaklı iki tabure de çok hoştu. Genç kızın bakışları yine eşyalarda geziniyordu ama aklı ve kalbi bu defa onu bırakmıştı, Alper ile meşgul oluyordu. Duvardaki bir küçük askıdan iki heybe sarkıyordu. Alper'in kız kardeşlerinin mi idi acaba, yoksa değişik dekoratif amaçla mı oraya konmuşlardı? Hilye, fikrini başka tarafa yönlendirmeye uğraşıyordu, ama hiçbir zorlama onu Alper'in gülüşünü düşünmekten alıkoyamıyordu. Bir itiraz kabardı damarlarında; bu özel gülümseme onu niye etkilemişti bu kadar. O böyle özel tebessüme birçok erkekte tanık olmuştu, hepsi de geçmiş gitmiş, kaybolmuştu anıları içinde.

Genç kız onlardan bir tanesinin dahi kime ait olduğunu bulup çıkaramazdı saatlerce düşünse. Alper, Efe ile Ege'nin arasına oturmuş, sönen bir balonu şişiriyordu. Sonra, balonun havasının kaçmamasına dikkat ederek onun tepesini sıkıca bağlamıştı. Genç kız onun çabucak iş gören becerikli parmaklarını dikkatle izlemişti. Alper'in her hareketinde kendine güven vardı. Hilye'nin aklından imtihanlara girerken de onun böyle olup olmadığı geçmişti. Omuzlarını silkmiş, bana ne demişti kalbinden.

Hilâl, Alper'in kızkardeşlerinin arasında oturuyordu. Kendine has mübalağalı el ve kol hareketleriyle bir şeyler anlatıyor, kızlar da ilgiyle onu dinliyorlardı. Babası, Macid Bey'in kızları hakkında aralarında yaş farkı az olduğundan dikkat etmedikçe en büyük ile en küçük olanı ayırd edilmiyor, insan onları dördüz zannediyor demişti. Gerçekten öyleydi. Hepsinin de kiloları normaldi, aralarında çok zayıf ya da çok şişman olan yoktu.

...per, balona vuruyor, sıra ile bir Efe'ye bir Ege'ye pas veriyor, çocukları eğlendiriyordu.

Sık sık başını çevirerek Alper'e baktığından dolayı genç kız kendini tam bir budala gibi görüyordu artık! Dahası çılgının tekiydi. Alper'i bir smokin içinde elinde bir buket kırmızı gülle önünde dururken hayal edip duruyordu.. Genç kız bir elini Alper'in eline, diğer elini onun omuzuna koymak istiyordu... Onunla dans etmek istiyordu... Hayır, istemiyordu!.. Alper Tıpta dördüncü sınıfta okuyordu, daha talebeydi. Alper şimdi de Efe'nin yanında getirdiği bozuk arabasının tekerini takmaya uğraşıyordu. Onunla az önce evde çok uğraşmıştı Hilye, ama muvaffak olamamıştı onu yerine koymaya. Ancak Alper tekeri takmıştı, arabayı yere sürtüyordu gitmesi için.

— İşte oldu Efe, al bakalım, demiş ve çocukları kendi hallerine bırakarak Hilye'nin yanına gelmişti.

— Tekeri takmak için evde tam yarım saat emek verdim, bir türlü olmadı, siz nasıl hallettiniz bir kaç dakika da, çok beceriklisiniz, demişti genç kız.

— Öyleyimdir, diye cevap vererek Alper gülümsemişti yarı şaka, yarı ciddi bir ifadeyle.

— Siz niye katılmadınız onlara? Alper, beş kızın bulunduğu yeri göstermişti. Genç kız afallamıştı, Alper'in yanına gelmesini bekliyormuş gibi bir duruma düşmüştü; çok mahcub olmuştu bundan. Utanması yanaklarından fışkırmıştı bir ateş gibi kıpkırmızı ve alev alev.

— Ben de kalkıp gitmeyi düşünüyordum, demişti aptalca.

Alper ile aralarını sadece küçük bir sehpa ayırıyordu, genç kız bu mesafeyi fazla yakın bulmuş, kalkmış kanepenin diğer ucuna sığınmıştı. Alper onun bu hareketini bir kuşun bir daldan diğerine konuşunu izler gibi takip etmişti gözleri ile.

— Benden korkuyor musunuz?

Genç kız böyle bir soruyu beklememişti hiç. Ama doğruydu, ondan korkmuştu... Hilye günün birinde birini sevmekten dâime çekinmişti. Çünkü okuduğu romanlarda, seyrettiği filmlerde, kendi âile penceresinden baktığı dünyada, sevenler acı çekiyordu ardı arkası kesilmeksizin. Flört hiç etmemişti genç kız. İlk kendini anlamaya, kişiliğinin farkına varmaya başladığı zamanlarda daha, kalbinin yalnız hakikî sevgilere açık bulunduğunu farketmişti, oturup duygularını uzun uzun tahlilden sonra.

— Ne münasebet, demişti aceleyle ve şaşkınca.

Kalbinin kapılarını kapama telaşı ile çabucak göz kapaklarını indirmişti, mâvi gözlerinin üzerine. Onbeş, onaltı yaşlarında küçük bir kız davranışlarında bulunduğunu farketmiş, genç adamın onu çok saf, câhil, iki karşı cinsin münasebetlerinde hareketleri yerine oturmamış biri olarak görmesinden endişelenerek olgun bir eda ile arkasına yaslanmıştı. Sırtını dayadığı yastık onun destek alma ihtiyacını gidermiş, gayet rahat:

— Benim lisede her sene ikmâlim olurdu, geometri dersinden, bu becerikli halinizle her halde siz doğrudan geçiyordunuz? diyerek dialoğu genç kız başlatmıştı.

— Önceleri derslerde biraz zorlanırdım ama sonradan aritmatik ve geometrinin gerisindeki çapraşık teorileri korkutucu bir kolaylıkla kavrardım. O meselemi hallederdim de resim dersim problem olurdu. Ondan çok çektim. Çizdiğim kuzu koyun şekillerini arabalara, arabalarımı da eşeklere benzetirlerdi. Buna çok şaşar ve içerlerdim. Resim öğretmenim "oğlum resimlerinde hangisi elma hangisi armut insan onu dahi anlıyamıyor, ben nasıl not vereyim sana" derdi, basardı sıfırları.

— Peki ama nasıl geçerdiniz sınıfınızı?

— Elmaları kırmızı, armutları yemyeşil boyayarak. Her tarafı kıpkırmızı bir armut olamayacağından geçirirlerdi mecburen. Bir dakika unutuyordum söylemeye gök mavisi bir renge boyardım arabaları da. Kimse onları eşeklere benzetemezdi renklerin-

71

den sebep, Arkhimides: "bir sıvıya daldırılan cisim taşırdığı sıvının ağırlığı kadar ağırlığını kaybeder" prensibini bulduğu zaman "Evreka, evreka! -Buldum, buldum!-" diye bağırmıştı, ben ondan daha layıktım böyle bir çıkışa. Resim öğretmenim şaşmış kalmıştı.

— Yalnız o mu? dedi, genç kız bir kahkaha atarak, şu anda zekânıza ben de hayret ettim.

İkisi esprili konuşmalara bir müddet daha devam etmişler, müzikten günlük hadiselerden bahsetmişlerdi. Sonra sofraya oturulmuştu, boydan boya hazırlanmış masanın çevresinde, birbirleri ile şakalaşarak neş'e ile yemek yemişlerdi. Alper ile Hilye sık sık göz göze gelmişler, birbirlerinden hoşlanmanın verdiği mutlulukla bakışmışlar, gülüşmüşlerdi.

O gece çok geç vakte kadar oturulmuştu. Babası izin isteyip gitmek için kalktığında Alper, Hilye'nin yanına gelmiş, Hilâl ile onu bir hafta sonraki doğum gününe çağırmıştı.

— Belki, geliriz, demişti Hilye.

— Belki, değil kesinlikle, diye cevap vermişti Alper.

Genç kız Alper'in gözlerindeki tehditkâr ifâde karşısında güçsüz hissetmişti kendini. Gelmezsen ben seni gelir zorla alırım, demişti bakışları ile genç adam.

Az önce Hilye'nin zekice şakalarına kahkahalarla güldüğü insan değildi sanki, müthiş ciddileşmişti.

Macid Bey'in Hanım'ı Aysel Hanım, hafif tombulca, herşeyi hoş karşılamaya hazır, sevimli, konuşkan bir tipti. Kapıda misafirlerini uğurlarken anne ve kızlarına ayrı ayrı, aynı coşkulu havası ile sarılmış, öpmüş, tanışmalarından memnun olduğunu, onları tekrar beklediğini defalarca söylemişti. Dört kızı da sıraya dizilmiş el sallamışlardı onlara neş'eli neş'eli.

Macid Bey ile Alper arabaya kadar gelmişlerdi, çok saygılı bir şekilde birisi arabanın ön, diğeri arka kapısını açmış, Hanımların binmesine yardım etmişlerdi.

— Hayırlı geceler diyerek, baba oğul hafifçe eğilmişler pencerelerden içeri bakarak onları yolcu etmişlerdi.

— Size de hayırlı geceler demişti babası.

Hepsinin üzerine güzel bir misafirliğin rehaveti çökmüş, sessizce oturmuş, camdan dışarısını seyretmişlerdi bir müddet. Vakit geç olduğundan dükkânlar kapalı, evlerin önü kaldırımlar bomboştu hemen hemen. Elektrik direkleri, ışıktan iki sicim gibi uzayıp gidiyordu Ziyaülhak Caddesi'nin iki tarafında.

— Hiperaktif bir oğlu var Macid Bey'in. Okumasa babasına iyi bir yardımcı. Yemekte bana çok hizmet etti, beni sevdi galiba, Hanım?

— Beni de sevdi, Nuran teyzeciğim diye hitab etti çünkü.

— Kızları nasıl buldun?

— Şımarık, hayatı güle oynaya geçmiş, yarın endişesini hiç tatmamış, modern, zıpır kızlar. Kalkıp bir çatalı, bir kaşığı dahi kendileri almıyor, hizmetçiden istiyorlar, sinir oldum. Anneleri de ne geniş kadın bir tâne şaklatmıyor ağızlarına. Macid Bey ben de biraz hovarda bir adam intibasını bıraktı; hep milyarla konuşuyor. Sen bu işe büyük bir cesaretle atılıyorsun, ama ya kaybedersen Hilmi.

— Kaybetme yok!

— Ne demekmiş yok, Kenan Ars nasıl battı, bütün Türkiye çalkalandı, âileler yollara döküldü paralarını almak için.

— Biraz risk alınacak göze, bu dünyada rizikosuz ne var?

— Olayları yaşamak duymak gibi değildir, derler.

— Yahu Hanım bozmasan olmaz neş'emi!

Hilye başını arka koltuğun kenarına dayamış, gözlerini yummuş, anne-babasının konuşmalarını hiç istemediği halde mecburen dinlemişti. Alper'in sesi kulaklarında çınlamış, yüzü gözlerinin önüne dikilmiş, gitmemişti bir türlü.

Canlı kişiliği, zekice imaları ve parlâk esprileriyle çok eğlenceliydi arkadaşlığı. Bütün güncel konular hakkında da akıllıca konuşuyordu.

Hilye kahkahalarla gülmüştü şakalarına. Kusursuz sosyal davranışlarını hayranlıkla izlemişti. Yoğun bir mutluluk hissediyordu genç kız kalbinde.

Efe ile Ege birbirlerine yaslanmışlar uyuyorlardı. Hilâl dirseğiyle Hilye'yi dürtmüştü.

— Senin, demişti arabada uyuma huyun yoktu, artı böyle şeylere sinir olursun, bu gece nerden peydahladın bu huyu? Ne oldu sana? Kıpırdamadan gözleri kapalı uyku numarasına devam ederken cevap vermişti genç kızın kalbi "Yıllardır korktuğuma uğradım, aşık oldum birden." Sözlere dökmeden içinden kendi kendine konuşabilmek güzel bir şeydi, çok rahatlatıyordu insanı. Hilâl, dışa dönük bir ruh yapısına sahipti, tüm duygularını döküverirdi ortaya, gizliyemezdi hiçbir şeyini. Hilye ona benzemezdi. Uzun zaman, Alper'in kendisine olan hislerini farkettirmemeye çalışmış, bunda muvaffak da olmuştu. Fakat âilelerin birbirlerine gidip gelmeleri sıklaşınca bu imkânsızlaşmıştı. Her fırsatta ikisinin bir köşeye çekilip yalnız kalmayı gözetlediklerini anlamayan kalmamıştı. Hilye, Efe ile Ege'nin dahi diline düşmüştü. "Bugün gene iyisin abla" diyorlardı, her Alper'lere misafirliğe gidişlerinde. Hilâl biraz kırılmıştı ona.

— İnsan kız kardeşinden saklar mı? Ne de ketûm kızmışsın, diyordu.

Macid Bey'in, Çamlıdere'deki yazlık evini Hilâl pek beğenmişti, daha karşıdan gördüğünde:

— Bu güzel yazlık evin gelini olacakmışsın da bana söylemiyorsun, küstüm işte sana demiş, sitem etmişti Hilye'ye.

Hilye'nin tahmin ettiği gibi kızkardeşi, daha evlenmeden, nişanları olmadan, hatta bir söz kesilmeden önce Alper'in karısı yapıvermişti onu. Hayâl bakımından dünyanın en zenginleri arasındaydı, Eczacı Hanım ve Çiğdem gibi.

Halk arasında sözlerin saati vardır denirdi. Hilâl'in de falcılığı çıkmış, Macid Bey birkaç gün sonra Hilye'yi babasından Alper'e istemiş, genç kızı gelinleri olarak görmekten çok mutlu olacaklarını söylemişti. Babası bu haberi eve neş'eyle getirmişti. Hilye'nin Alper ile evlenmesi ortaklıklarını daha da perçinleyeceği için buna hepsi sevinmişti.

Şimdilik iki gence birer yüzük takacaklar, altı ay sonra büyük bir nişan yapacaklar, Alper tıbbı bitirince de onları evlendireceklerdi. Hilye olayların bu kadar fevkalâde akışına inanmakta zorlanmıştı biraz. Alper'i tanıyan bir çok genç kızın hayallerine almaya asla cesaret edemedikleri bir rüyayı Hilye yatağında her gece şekillendirmiş, kafasında sahnelemişti. Onu sevdiğini binlerce kez fısıldamıştı, Alper'in karanlıklara sinmiş hayâline. Fakat her hayalde umut kadar umutsuzluk da uzar giderdi sonsuzluğa. Hayallerin hakikate dönüşmemesi ne kadar acı ise gerçekleşmesi de o derece güzeldi. Genç kız çok mes'uttu; yoğun bir mutluluk duymuştu.

Söz yüzüklerinin takıldığı gece genç kız pembe dünyasına uygun olarak, pembe renk bir elbise giymişti. Gözlerinin mâvisi daha meydana çıkmış, kumral saçları, ışık yığınını anımsatmıştı. Alper'in bir içtenliğin şaheseri olan komplimanları karşısında bir mum gibi erimişti Hilye. Tek üzüntüsü birkaç ay önce vefat eden babaannesinin onu görememesi olmuştu.

Sözlenmelerinin üzerinden ancak iki hafta geçmişti ki hayal kırıklıkları ve acılar bir kasırga gibi esmişti hayatlarında. Macid Bey kumar oynamış, kaybetmiş, kazanırım ümidi ile devam etmiş, her seferinde biraz daha batarak nihayet kendisinin ve ortağının bütün paralarını masada bırakmıştı. Onunla da yetinmemiş moral çöküntüsü ile birkaç gün sonra evi, arsaları ve arabasını ortaya koyarak yine oynamaya devam etmişti. Fakat şans ona gülmemiş sırtındaki elbiseleri ile kalmıştı. Ev almak için Macid Bey'e para verenler haberi duyunca koşmuşlar, kimin eline ne geçtiyse yazıhanesinden ve evinden alıp götürmüştü. Ergünler babalarının kumarından sebep sefil olmuşlardı. Anne ve babasının bağrışmaları dünmüş gibi çınlıyordu genç kızın kulaklarında. Araba, ev ve biriktirip vermiş oldukları paraların hepsi gitmişti. Babasına bir aptal yerine konmak çok ağır gelmiş, kurtuluşu Ankara'dan kaçmakta bulmuştu. Sattıkları evlerinde oturma müddetleri de bitmişti. Bir gün içinde toplanmışlar eşyalarını iki kamyonla İstanbul'a göndermişlerdi. Kendileri de otobüsle gitmişlerdi.

Bakırköy'deki evin üst katı kira haricinde tutulduğundan, gelip oraya yerleşmişler, zamanla kiracı çıkınca alt katı da işgal etmişlerdi. Babası bir arkadaşının yanına girmiş, onunla çalışmaya başlamıştı. Muhiti tanıdığı için geçimde zorlanmamışlardı.

Hilye elini kaldırdı, odanın alaca karanlığında yüzük parmağına baktı, bir zamanlar orada Alper'in yüzüğü takılıydı. Babası "çıkar kızım yüzüklerini onların yüzüne çarpalım" demişti. Genç kız sanki kalbini yerinden çıkarıp uzatmış gibi bir acı ile vermişti yüzüğü babasına. "Hatıralar.." diye fısıldadı tekrar "ben, onun sesini de, gözlerinin rengini de, kendini de unutmak istiyorum. Lütfen lütfen acıyın bana!

İpek gibi ince, yumuşacık, bahar çiçeklerinin kokularını taşıyan bir rüzgar, açık pencereden içeri giriyor, Hilye'nin parlak, hafif dalgalı saç telleri ile oynuyordu. Sabahtan beri havada bir sıkıntı dolaşıyor, insana bunaltı veriyordu. Genç kız iki elini ensesine götürdü, arkasına dökülen saçlarını tutup doladı, ucunu, başının ön tarafına taktığı büyük fırketenin altına sokuşturdu.

— Öff! Amma da sıcak, dedi. İyi ki bizim ev rüzgâr alıyor. Bilhassa da şu benim tam arkamdaki pencereden rüzgâr çok güzel esiyor.

Rüzgâr yatak üzerinde serili gelinliğe de ulaşıyor onun dantel eteklerini havalandırıyordu. Nikah günü de böyle sıcak olursa Hilye o eteği, kat kat şeyi nasıl giyecekti? Üst kısmı bedenine çok sıkı oturuyordu, sonra kimbilir onu kaç saat sırtında taşıyacaktı..

— Anne dedi, birden gelinlik giymesem! Şart mı bu, değil. Bej renk döpiyesimin ceketi bunun gibi dar değil, çok rahat bir kıyafet, kumaşı da Avrupa'dan, onu giyeyim, kim ne diyebilir ki?

Anne, alışıktı kızının garip fikirlerine ama bu kadarı çok fazlaydı.

— Durduk yerde zirzopluk yapma Hilye, dedi, azarlayan bir ses tonuyla.

Rahmetlik babaannenin de vardı, buna benzer densizlikleri. Ne zaman ne giyileceğini bilmezdi. Herkesten farklı, tuhaf bir şekilde bol elbiseler giyer, beni sinir küpü ederdi.

Kayınvalidesinden bahsederken, eski kini depreştiğinden öleli on sene olduğu halde gene de öfkeli konuşmuştu.

Hilâl divana bağdaş kurarak oturmuş, az önce aldığı aylık dergiyi önüne koymuş, sahifelerini çeviriyordu. Pür dikkat resimlerine bakıyor, altındaki yazıları okuyor, önemli bulduğu makalelere de şöyle bir göz gezdiriyordu.

Hilâl babaannesini hiç unutmamıştı, gelip geçen seneler içinde. Erken yaşlarda ağarmaya başladığından babaannesinin saçları bembeyazdı. Saf bakışlı gözleri koyu gri renkteydi, çok sevecen bir kadındı. Hilâl'in onunla ilgili çocukluk anıları ne de güzeldi. Babası onları, babaannelerinin evine götürdüğünde, oturur, saatlerce uğraşır, memnun olmaları için Hilye ile ikisine ayrı ayrı bezden bebekler yapardı. Uyuyacakları zaman ayaklarını uzatır, üzerine bir yastık yerleştirir hangisi gidip yatarsa takatı tamamen kesilinceye dek sallardı. Kibritçi Kız'ı, Hain Kurt'u, Yedi Cüceler ve Pamuk Prenses'i anlatırdı hiç üşenmeden uzun uzun...

Çantasında illâ onlar için alıp sakladığı bir şeyler bulunurdu; ciklet, bisküvi, çukulata, minik oyuncaklar... Hilye de severdi onu.

Öldüğü zaman iki kardeş tabutunun arkasından bir müddet ağlayarak gitmişlerdi el ele tutuşarak.

— Anne, dedi Hilâl, aradan bunca sene geçti, babaanneme karşı olan kinini nasıl muhafaza edebildin kalbinde böyle?

— Yanılıyorsun, ona karşı öyle bir duygum olmadı benim. Sadece aramız soğuktu, buz gibiydi.

— Ne garip konuşuyorsun anne?

— Tamamı tamamına on yedi sene onun gelini olarak yaşadım, aramızda olup biteni senden iyi bilirim.

— Ama anne, biraraya geldiğiniz saatleri toplasanız 17 gün etmez.

Nuran Hanım ayaklarını önündeki sandalyeye uzattı.

— Birbirimizi sevemedik işte. Ne edelim, dedi.

Hilâl ağır ağır başını salladı:

— Bana kalırsa anne sen onu sevmeyi hiç denemedin, anlaşmanız için en ufak bir gayret göstermedin. Aranıza soğuk, kalın demirlerle Berlin Duvarı koydun, onu muhafaza etmek için didindin durdun. Dâima demir perde gerisinde durdun. O muhakkak anlıyordu bunu. Çok çekinirdi senden. Sana olan gücenikliğinden ne kadar az söylerdi ismini. Ben onda "Nuran" dediğini çok az duymuşumdur. Zavallı babama da "Senin anneni sevmiyorum" demişsin, bu çok acı bir şey anne! Buna ne gerek vardı ona söylemeye?

— Bugün nedense ukalâlığın üstünde! Bilgiçlik taslama bana!

Hilâl cevap vermedi. Babaannesini müdafaa etmiş olmanın verdiği vicdan rahatlığı ile derin bir nefes aldı, annesine farkettirmeden zevkle. Sonra dışarı verdi nefesini yavaş yavaş, hiç etkilenmemişti annesinin hakaretinden, omuzlarını silkti, dergisinin sahifelerini çevirmeye başladı.

Hilye hiç karışmamıştı onların ağız dalaşlarına. O pür dikkat el tırnaklarını ojeliyordu. Sustuklarını görünce:

— Anne, dedi, neden diretiyorsun gelinlik giymem için? Atilla'nın bunu önemseyeceğini hiç mi hiç sanmıyorum.

Nuran Hanım bir hoş güldü, problem etmezdi hiçbir meseleyi damadı da, dünürü de, valla buna da birşey demezlerdi.

— Ben de sanmıyorum, dedi. Ama unutma ki sen dul kadın değilsin. Olsan da ne farkeder? Şimdi birçok âdet ve ananeler değişti, dullar da evlenince gelinlik giyiyor. Nükhet Duru ikinci evliliğinde gelinlik giydi meselâ, yadırgamadı kimse. Ah o topuzuna yerleştirilmiş kocaman beyaz çiçeği ne güzeldi.

79

Kurutmak için Hilye tek tek parmaklarının ojesine üfledi bitirince:

— Her mevsimin genel olarak kendine has değişmez temel renkleri vardır anne, dedi. Siyah, lacivert, kışın renkleridir. Sarı, kahverengi sonbaharın, yeşil, mor ilkbaharın, bejin her tonu, açık pembeler de yazın...

— Fakat beyaz, gelinlik rengi olarak her mevsim kullanılır, dedi Nuran Hanım kızının sözünü keserek.

Ojeleri kurumuş görünüyorsa da Hilye her ihtimale karşı iki elinin parmaklarını birbirinden ayrı tutmaya çalışarak, asiton ve oje şişelerinin kapaklarını sıktı.

— Fırtına ortalığı alt üst ediyorken, ağaçlar devriliyorken, yağmurlar, dolular yağıyorken, gelinler illâ de bembeyaz giysilerle evlenirler.

— Kızım, dedi anne ikna edici bir tonla, beyaz renk târihi süreci için safiyetin sembolü olmuştur. Hayatın belli zamanlarının, belli şiirsel güzellikleri vardır. Bunlardan biri de düğündür.

Hilye, alnına düşen kaküllerini avucuyla yukarı kaldırırken;

— Biri de ölüm herhalde. Vefat ettikten sonra insanların vücudlarını beyaz patiskalara sarıyorlar, dedi ısırgan bir sesle.

Anne gelinliğin yanına oturmuş olan Hilye'nin ona bir yabancı gibi baktığını farketti. Birden anladı, kızı gelinliği değil, gelin olmayı istemiyordu aslında... Zorla gelin olmaz derlerdi, ama olacaktı işte. Alper ile olan evlilik meselesi kapanmıştı, hem de bir daha açılmamak üzere... Atilla da bir anne-babanın kızları adına katiyyen vazgeçemeyeceği bir damad adayı idi.

Tehlikeli bir söz akıntısına kapılmışlardı, kızının yatışmış duyguları dikleşirse bir anafor onu merkezine çekip yutabilirdi.

Nuran Hanım zihnine gelen bu düşünceden şiddetle irkildi, onları savuracakmış gibi eli ile birkaç defa gayet sert itme hareketi yaptı:

— Ben sarı renk tayyörümü giymeye karar verdim ne diyorsunuz kızlar? dedi çok yüksek bir ses tonuyla.

Hilye dalgınlığından sıyrıldı, iki kaşı birden yukarı kalktı, hayret etmişti; hem annesinin bir sağırla konuşurmuş gibi bağırmasına hem de söylediği şeye.

Eyvah! Fropon renk sevgisini nikahta da sergileyecekti demek!

— Ne? Sarı renk tayyörünü mü? dedi şaşkın şaşkın.

Anne konunun değişmesinden gayet memnun olduğundan sevinçle:

— Evet dedi, sarı renk nereye girerse girsin bir ışık gibi doğar. Sarı, renk olarak belki öyleydi de, annesinin koyu esmer teni, o tayyörün sarısı ile çok çirkin bir zıtlık oluşturuyordu. Hilye, annesi o tayyörü daha ilk giydiğinde bu gerçeği söylemeyi düşünmüş, ama cesaret edememişti, bir şey söylemedi yine, sadece içini çekti. Yerinden kalktı gitti, odadan çıkmış olan Hilâl'in yerine oturdu. Onun bıraktığı dergiyi eline aldı, kucağına yerleştirdi.

— Nihayetinde kızım evleniyor, dedi Nuran Hanım kendi kendine söylenir gibi. Düğün bizim. Saçlarımın arasına şöyle küçük bir çiçek taksam mı acaba?

Annesinin kararları ne de rüküştü! Hilye içinden gelen sinirsel gülmeyi bastırmak için arka arkaya yutkundu, bir eli ile de boynunu tutuyordu. Nuran Hanım merak ve hayretle baktı kızına:

— İyi misin, kıpkırmızı oldun?

— Evet, tabiî iyiyim anne, ama beni çok şaşırttığını söylemeliyim.

Hilye sözlerinin ardından koyverdi kendini. Açıktan açığa minik minik kahkahaları atıyordu arka arkaya...

— Gülmene gerek yok, ciddi söylüyorum.

— Bundan zerre kadar şüphem yok anne, olsa gülmem zaten.

Anne, anlayamadı kızının ne demek istediğini, ama kasdettiği hiçbir mânâyı önemseyecek değildi, boş verdi.

— Anne, Nükhet Duru'ya mı gıpta ettin yoksa?
— Terbiyeni takın lütfen. Hevesimi kırmasan olmaz.
— Teyzem kedileri, sen de çiçekleri seversiniz. Şu sıkışık, dar zarurî eşyalarımızın üst üste olduğu mutfağımız da dahi çiçek saltanatı var, tam on saksı. Elbiselerinin yakalarını sık sık çiçeklerle süslersin. Bu defa başına da takacaksın demek.

Hilye'nin annesi elli beş yaşındaydı. Teyzesi ondan 8 yaş küçüktü. O Giresun'a gelin gitmiş orada oturuyordu. Beşi oğlan ikisi kız yedi çocuğu vardı. Hilye teyzesini üç kere görmüştü, daha ziyade telefonla görüşüyorlardı. Her konuşmalarında son olarak sayılarını ona çıkardığı kedilerinden bahsederdi. Orada burada vıcık vıcık gezinen kedileri tahayyül etmeye dahi tahammülü yoktu Hilye'nin, yüzünü buruşturdu tiksintiyle.

— Hiye arkana bakma ve yum gözlerini.

Hilâl vücudunu duvarın arkasına gizleyerek kapıdan başını uzatmış neşe ile konuşuyordu.

— Pekâlâ, dedi Hilye, tamam dediklerini yaptım harfi harfine.

Hilâl sekerek bir kaç adımda odanın ortasına geldi.

— Şimdi gözlerini açabilirsin.

Hilye, günlerdir özenle kendisinden gizlenen elbisenin nihayet ona gösterileceğini tahmin etmişti. Göz kapaklarını kaldırdı ağır ağır ve kardeşine çevirdi bakışlarını.

Fakat kardeşi cılız, ince uzun bedenini sıkıca saran gri renk elbisesi ile tam bir çiroza benziyordu. Şu, yumurtasını bırakmış, eti lezzetsiz ve yağsız olduğu için kurutulmaya bırakılmış uskumrulara...

Annesi ve kızkardeşi kadar zevksizlikleri birbirine bu derece uyan bir başka ana-kız bulunamazdı herhalde bu dünyada!

— Ne o beğenmedin mi? Sesin çıkmıyor.

Hilâl kırılgan bir tipti, balık burcunun tüm özelliklerini onda bulmak mümkündü. Henüz bir kelime etmediği halde Hilye'nin bakışlarından çıkardığı mânâ ile incinmişti hemen.

— Ne kadar da balık kızısın. Mart ayı gibi giriyorsun havadan havaya. Çok açık yeşil renkte bir elbise düşünüyorum, demiştin bana.

Hilâl iki elini beline dayadı, kavgaya hazır:

— Ne var bunda, dedi, yeşilden vazgeçip gri almışsam?

— Bir şey yok tabiî... Sen kurutulmuş uskumru tonlarını seviyorsan ben ne diyebilirim ki? Bazı uskumrular beş günde, bazısı da iki haftada kuruyormuş, biliyorsun anlatmıştı babam. Senin elbisen 15 günde kurutulan balık renginde.

— Aaa...!

— Aa...!

Hilye ikisinin hayret nidalarına da cevap vermedi, fazla ileri gittiğini anladığından suskun kaldı, ardından vicdanında bir rahatsızlık duydu. Onları incitmenin ne gereği vardı şimdi?

Annesinin arkadaş grubunda olanların hepsi de onun gibiydi; gençliklerini yitirmenin verdiği aşağılık kompleksi ile dudaklarına kıpkıpmızı ruj sürerler, kirpiklerini rimelle kalınlaştırırlar, kırışık göz kapaklarını, yeşil farla renklendirirler, derisi sarkmış boyunlarına incecik altın zincir takarlardı. Çoğunun saçı kızıl veya sarı renge boyatılmıştı. Ve hepsinin de elbise boyları diz kapaklarının çok üstündeydi.

Hilâl'e gelince, bir çılgın, bir hayalperest, bir deli, her ne ise fakat herkes için bir ilgi odağı olmayı beceremiyor muydu? Hem de nasıl?

Hilye, siz bana boş verin gibilerden elini yana savurdu. Onun fikirleri önemli değildi, hiç kimse için geçerli de değildi...

— Ben nikâhta fırst lady olacağım, dedi Nuran Hanım.
Hilâl neşe ile ellerini çırptı:

— Ah ne güzel anne! Belime geniş tokamı taktım mı saçlarımı ince ince permalayıp başımın etrafında tabii hali ile salkım saçak bıraktım mı bende "Fırst girl" dedi.

Hilye derginin son yaprağına gelmişti, bakışlarını sahifesinden ayırmadan:

— Hilâl, diye kardeşine seslendi. Mıchelle Pfefiffer, Kim Bassinger ve Meg Ryan'ın şu resimlerini gördün mü?

— Hayır, dedi Hilâl.

Oralara bakamamıştı daha. Kızkardeşine yaklaştı, onun omuzunun üzerinden üç kızın resmini dikkatle inceledi gözlerini kısarak. Bir eli ile dergiyi ucundan tutup biraz yukarı kaldırdı ve yüksek sesle okumaya başladı:

— "Hepsi güzel, hepsi kusursuz ve hepsi zengin. Bu üç özelliğin birbirleriyle olan ilişkisini inkâr etmek mümkün değil..."

Hilâl dergiyi bıraktı:

— Meg Ryan Romantik komedilerin vazgeçilmez oyuncusu hepsinden sevimli, dedi. Gözlerinin üzerine inen kısacık güneş rengi saçları, sempatik duruşu ve karizmatik kişiliği ile evet o, diğer ikisinden daha farklı. Ne hoş. Amerika'nın sıcak kalpli kızlarının temsilciliğini yapıyor.

Doğallığı, samimiyeti ve zekice parlayan mavi gözleri ile filmcilerin göz bebeği. Koşup duruyorlar onun peşinde... Anne de meraklanmıştı; dizkapaklarını tutarak ayağa kalktı, kızlarının yanına sokuldu. Hilye'nin diğer omuzunun üzerinden üç resme ayrı ayrı bakıp inceledi:

— Klâsik Hollywood güzellerinden değiller, dedi. Ava Gardner, Greta, Garbot, Liz Taylor, nerde onların güzellikleri...

— Onları biz de beğeniyoruz anne, dedi Hilye.

Hilâl küçük bir yumruk attı, kızkardeşinin omuzuna:

— Ne mutlu sana, dedi gözleri parlayarak, dudaklarını hafifçe şişirerek.

— Neden ben mutlu oluyormuşum da, dedi Hilye, sen olmuyormuşsun?

Hilâl yüzüne şakacı bir ifâde vererek cevap verdi:

— Sen belkim, bu artistlerden de daha güzelsin sevgili kardeşim. Hele o kendi güzelliğinin farkında değilmişsin gibi havan yok mu?

Bir yere girdiğin zaman dikkati çekecek bir davranışta bulunmana gerek yok senin. Herkes, sana döner bakar, manyetik bir kutupmuşsun gibi câziben çeker insanları. Gözlerini şanslı olarak açtın dünyaya. Dört beş dakikalık bir farktan sebep yükselen burçlarımız başka. Horoskoplarımızı bir astroloğa çıkartmıştım biliyorsun, getireyim istersen, tekkar bir daha gör.

Hilâl şakacı halini sürdürüyordu ama, kederli, kaderine isyan eden bakışları onu yalanlıyordu.

— Ne münasebet, hiç de kabul etmiyorum dediklerini, benden fazla sevilirsin sen âile çevremizde.

— Evet ama ne uğraşarak, onlara ne fedâkarlıklar yaparak. Benim yükselenim de balık, biz kendiliğimizden sevilmeyiz.

Nuran Hanım, iki kızını ayrı ayrı tepelerinden ayak uçlarına kadar süzdü, ilk defa görüyormuş gibi dikkatli. Hilye oval yüzü, dolgun dudakları, düzgün burnu, hafifçe kalkık ince fakat gür kahverengi kaşları ile ne kadar çekici ve güzel, Hilâl etsiz yuvarlak yüzü, kocaman ağzı, belirsiz dudak hatları ile ne de nasipsizdi. Hele şu anda bu bakımsız pejmürde hâli Sırp esaretinden az önce çıkmış hissi veriyordu insana. Nuran Hanım çok acıdı, elini Hilâl'in siyah saçları üzerinde gezdirerek onu okşadı.

— Sen çirkin bir kız değilsin ama eskiden, atalarımızdan dedelerimizden kalma bir deyim vardır; "çirkinler talihi olsun" derler.

Hilâl başını annesinin parmakları altından şiddetle çekerken:

— İnsanı amma da teselli ediyormuşsun anne dedi, ağlamaklı bir sesle.

— Zırr... Zır...

— Telefon, dedi anne iki kızına birden bakarak.

Hilâl ayakta idi.

— Ben bakarım, diyerek odadan çıktı, salona geçti.

Ahizeyi kaldırdı, sesinin güzel çıkmasına dikkat ederek:

— Alo, dedi.

— ...

— Evet.

— ...

— Hepimiz iyiyiz enişte.

— ...

— Yok gelmedi.

— ...

— Çok, çok teşekkürler enişte, zahmet etmişsin.

— ...

— by by, enişte.

Hilâl ahizeyi sabırsızlıktan gürültülü bir şekilde yerine koydu.

— Hilye, dedi, eniştem Atilla. Bize çiçek göndermiş, aldınız mı diye soruyor.

— Bayram değil, seyran değil, bu çocuk bana şimdi niye çiçek gönderdi.

— Çok nazik çocuk da ondan

— Zırrr...

Bu defa da kapının zili çalıyordu.

— İşte çiçekler geldi, dedi Nuran Hanım, terliklerini her adım atışında sürükleyerek koştu, kapıyı açtı.

Evet, doğru tahmin etmişti, zile basan sokağın caddeye açılan köşesindeki çiçekçi de çalışan çocuktu. Bahşiş umuduyla çok nazikti ve tebessüm ediyordu. Ancak Nuran Hanım bunu hiç anlamadı. Çocuğun elinden çiçekleri aldığı gibi pat diye kapıyı kapattı.

İçinde tek bir beyaz gül olan jelâtin ambalajın üstündeki etikette "Hilye'ye" yazıyordu. Diğeri de bir buket pembe güldü, onun jelâtinine iliştirilmiş etikette de yazı vardı. Nuran Hanım heyecanla "Kayınvalideme ve baldızım Hilâl'e" diye okudu. Öylesine şaşırmış ve memnun olmuştu ki büyük bir sevinç yüzünde dans ederek dolaşıyordu.

— Benim adımı yazmayı, kayınvalideme demeyi unutmamış dedi, dişlerinin hepsini gösteren bir gülüşle.

— Çabuk kızlar getirin iki vazo da çiçeklerimizi koyalım. Kapalı pencere camlarından tıpırtılar gelmeye başlamıştı.

— Yağmur, dedi Nuran Hanım. Belliydi yağacağı, o ne sıkıntıydı öyle.

— Anne! Pencereden bakar mısın?

Ege'nin sesi geliyordu bahçeden. Nuran Hanım kafasını pencereden dışarı uzattı, kollarını pervaza dayayarak, oğlunu araştırdı. Bir gül yaprağını parmaklarının arasına almış oğuşturuyordu durduğu yerde.

— Ne var Ege? dedi anne, niye duruyorsun yağmurun altında?

— Azıcık gezinsin diye tavuğumu dışarı bırakmıştım, şimdi girmiyor kümese, üşüyecek!

— Merak etme, tüyleri ve telekleri onu korur.

— Islandılar ama!

— Herhalde; yağmur yağdığına göre.

Ege'nin geçmemişti endişesi, dudaklarını kemiriyor, olduğu yerden kıpırdamıyordu.

— Hastalanacak anne!

— Oğlum bulut geçiyor, şimdi güneş açar, onun her tarafı kurur, sen kendini koru. İçeri gel de üstünü değiştireyim, ıslanmışsındır.

Fakat Ege annesinin dediğini yapmak için her hangi bir davranışta bulunmadı, tavuğunun kümese kapatılmasına yardım edilmesi için sessiz direnişe geçti. Başını öne eğmiş, annesinin veya ablalarından birinin bahçeye inmesini bekliyordu.

— Hay Allah! Hay Allah! Ege'nin hayvanlara karşı olan şu merhameti yok mu? Teyzesine çekti, o kedi, bu da tavuk ve kuş hastası.

Nuran Hanım başını kızlarına doğru çevirdi, göz kırptı:

— Ege'nin hobisi daha güzel ama ablaları dedi, bol bol yiyeceksiniz tavuk etlerini, kuş etlerini.

Sonra tekrar Ege'ye döndü:

— Efe nerede? dedi.

— Top sahasında.

— Oynuyorlar mı yoksa?

— Evet!

— Çabuk git onu da al gel. Ben korum tavuğu kümese, dedi anne.

Genetik açıklamalara göre ikizler tek yumurta ikiziyse aynı cinsiyette olurlar, birbirlerine benzerlerdi. Ama bu kâidenin dışındaydı onun oğlan ikizleri. Cinsiyetleri hariç, hiçbir tarafları birbirine benzemezdi ve huyları tamamen birbirine zıttı. Bir de ikisi de pek tabiî ki aynı burçtan, "ikizler" çocuğuydular. Bunu istese olmazdı.

— Dört çocuğumun her biri ayrı karakterde, ben, kendim hangi burçtandım Hilâl dedi.

Hilâl son altı ay içinde burçlar konusunu çok araştırmış, bir hayli malumat edinmişti. Nerdeyse bir astrolog gibi konuşuyordu.

— Sen Akrepsin anneciğim, dedi.
— Pek beğendiğin o Mısırlı müneccim ne diyor Akrepler için?
— Burçların içinde Akrep kadar iyi olabileni bulunmadığı gibi, kızdığında da ondan kötüsü yokmuş.
— Senin Mısırlı benden puan alamıyacak, çünkü benim kimseye bir kötülüğüm olmadı.
— Oldu anne, hep bunu söyler durursun, ama özür dilerim, alâsı oldu.
— Vah, vah, benim kötülük ettiğim kimmiş? Söyle de ben de öğreneyim o zavallıyı?
— Babaannem.
— Ne?
— Evet anne, babaannem.

Arkadaşlarını, dostlarını, bize en uzak insanları evimize çağırır, getirtir, misafir eder, bir babaannemi davet etmezdin. Zavallı babaannem senede bir defa ancak geliyordu bize ben hatırlıyorum anne. Bir hata yapar, seni kızdırır, bir geçimsizliğe sebep olur diye çekinerek otururdu. Beni çok üzerdi onun o mahzun duruşu. Senden bir bardak su istemezdi, kalkar kendi alır, içerdi. Hasret gitti biz torunlarına da, oğluna da. Değer miydi anne?

Nuran Hanım kızını dinlerken bütün sinir hücrelerinden şiddetli bir öfke fırlamış, hızla gidip hepsi tepesinde toplanmıştı, tepinip duruyorlardı. Fakat vicdanı kurşundan bir balyoz olmuş, tokmaklıyordu kalbini. Nereden geldiğini anlayamadığı bir ses de kızının haklı olduğunu fısıldıyordu ona. Ruhuna kan damlıyordu, acıyordu canı. Gözleri buğulandı, seçemez oldu Hilye'nin vazo ile önüne getirip koyduğu gülleri.

— Hilye, sen git tavuğu kümese kışkışla, dedi. Yüzünü güllerin gerisine çekerek:

— Yağmur durdu, sen de Hilâl balkona çay hazırla.

Nuran Hanım cümlesini zor tamamlamıştı, dudakları titriyordu. Yalnız kalınca dirseklerini masaya dayadı, başını avuçları içine aldı, hiç kıpırdanmadan kaldı. Kayınvalidesine katiyyen normal davranmazdı o nadir gelişlerinde dahi. Bir gezmeye gidecekleri zaman kocası, annesini de beraberlerine alır korkusu ile titrerdi. Gençliği çıkıp gitmiş, sıhhatini kaybetmiş, yaşama karşı gücü kuvveti tükenmiş, hiçbir şeyi hazır bulmamış, eşi tembel olduğu için senelerce terzilik yapmış, çalışmaya mecbur kalmış o kadına çok haksızlıklar etmişti. İki yavrusunu kimbilir ne hayallerle büyütmüştü. O yorgun kadının istediği sadece arada sırada onlarla ve torunları ile beraber olup, hayattan bir yudumcuk sevinç almaktı. Ancak, o kayınvalidesinin elinden kadehini almış, yere çarpmış parça parça etmişti onu.

Kayınvalidesine karşı yaptığı saygısızlıklar, haince davranışlar arka arkaya sıralanmış gözlerinin önünden geçiyordu bir bir. Nuran Hanım gözkapaklarını indirdi, utanarak yumdu gözlerini sıkı sıkıya.

Hayır... Hayır hayır, onları görmek istemiyordu. hiçbirini yapmamış olmayı ne kadar isterdi! Ah! Şu geç gelen nedametler! Onların hiçbir faydası olmuyordu insana.

Gözlerinden akan yaşlar önüne düşmüş, bir gülün yapraklarına tutunmuş kalmış, küçük parlak kurşun saçmaları gibi duruyordu.

Parmaklarının ucu ile göz pınarlarındaki yaşları kuruladı, avuçlarını bastırdı yanaklarına, bakışlarını güllere dikti:

— Hayır, değmezdi, dedi yavaşça...

Seneler, seneler vardı, kayınvalidesini görmeyeli... sesini işitmeyeli... ondan bir haber almayalı. O güzel duygulu kadın, hüzünlerini, hasretlerini, sabrını da beraberinde götürerek bir avuç toprağa karışmış, gitmişti... Ondan kurtulmuştu... Vicdanı gene tokmaklıyordu kalbini. Nuran Hanım elini ağzına götürüp birden kapatmasaydı belki de feryad edecekti.

Alnını masanın kenarına dayadı, omuzları sarsıla sarsıla sâkinleşinceye kadar ağladı. Ayağa kalktığında biraz başı döndü, oğlanları kırkbeş yaşında iken doğurduğundan, doğumu zor olmuş, çok kan kaybetmişti. O zamandan beri kansızlık çekiyordu.

— Kızlar, dedi, yüksek sesle, gözleri, açılmış bir gülün yere dökülmüş olan yapraklarındaydı. Bu çiçeklere kimse dokunmasın, onları yarın babaannenizin mezarına götüreceğim.

Kızların ikisi de annelerinin sözünü duymadılar, mutfakta çay hazırlığındaydılar.

Üçü balkon masasının etrafında toplandıklarında iki kız kardeş, annelerinin kıpkırmızı olmuş ve şiş göz kapaklarına, yanaklarının üzerine doğru akmış sürmelerine aval aval baktılar, kaldılar.

— Biliyor musunuz çocuklar, dedi Nuran Hanım, gözlerine gene yaşlar hücum ediyordu ama bu defa tutuyordu onları.

— Meğer kayınvalidelerin bütün istediği az sonra solacak, kuruyacak, yaprakları dökülecek, sonu mutlaka çürümek olan bir küçük gülmüş.

Bugün Atilla ile saat kaçta çıkıyorsunuz? diye anne sordu.

Genç kızın yüzünü bir şaşkınlık kapladı; Şu anda Atilla aklına gelebilecek en son kişiydi. Halaya gidileceğini de unutmuş gitmişti tamamen.

— Ben..., ben henüz karar vermedim.

— Delirdin mi, bu öyle uzun boylu düşünülecek bir şey değil, halanızın nikâh dâvetiyesini götüreceksiniz, geç dahi kaldınız. Onun dâvetiyesini en son mu götüreceksiniz, ne saygısızlık! Geçtiğimiz hafta ertelemeyi becerdin, ama artık önünde atlatabileceğin gün yok, bunu biliyorsundur, dedi Nuran Hanım sinirle.

Annesi ne kadar da haksız bağırıyordu, genç kızın mâvi bakışlarında öfke kıvılcımları çaktı. Halaya gitmeyi Hilye, bir art düşüncesi olmadan tehir etmişti bugüne, canı sadece giyinip dışarı çıkmak istememişti o kadar!

— Anne, dedi o da sinirli bir sesle, ben şimdi ne söyledim de öfkelendirdim seni.

Nuran Hanım sesinin tonunda zerrece bir değişiklik yapmadan:

— Beni kızdıran, söylediğin değil ima ettiğin şey! dedi, kaşlarını çatarak.

— Ben herhangi bir şey demek istemiş filân değilim! Biraz yavaş konuş anne, pencereler açık, kavga ettiğimizi zannedecek komşular.

— Kavga ediyoruz zâten!

Nuran Hanım geldi kızının yanına oturdu. Bir şey araştırıyormuş gibi uzun uzun Hilye'nin yüzünü tetkik etti bir kaç dakika, dişleri kenetli olarak. Kızının bakışlarından ve halinden hiçbir ipucu yakalayamadı. Üzgün olup olmadığını dahi anlayamıyordu. Sesinin yumuşak çıkmasına gayret göstererek:

— Bana doğruyu söyle de rahatlasın şu içim dedi. Bütün gün kafamın içi karmakarışık bir halde dolaşmayayım, işler karıştırıp durmayayım şaşkınlıktan. Alper'i hiç düşünmediğinden, zihninden çıkardığından emin olmak istiyorum.

Üç senedir evde kimsenin açmadığı, tek söz etmediği konunun perdesini annesi bıçağıyla aralamaya çalışıyordu, öğrenmek istiyordu genç kızın kalbinde yer edip etmediğini Alper'in. Geçen seneler genç kızı olgunlaştırmıştı. Annesi bağırsa da, hakaret etse de korkmadan, konuşabiliyordu onunla artık!

Düşünmüyorum demek isterdim ama anne bilirsin yalan söyleyemem.

— Tanrı aşkına Hilye arada sırada yalan söyle!

Hilâl banyodan çıkmış, sırtındaki bornozu ile yanlarına gelip kendini koltuğa bırakmıştı. Başına doladığı havlusunu eline aldı, saçlarını kurutmaya başladı.

— Anne, anne, dedi, havlunun altından, kızdığın zaman, neler de diyorsun kızlarına!

— Hukuk fakültesini bitirmiş biri dahi seninle baş edemez, sus da asabımı daha fazla bozma, hem de sen karışma!

Hilâl havlunun altından başını çıkarıp uzattı:

— Bir dakika dedi, kapı çalınıyor galiba, duymuyor musunuz? Üçü de durup dinlediler.

Evet, biri zile basıyordu.

— Atillâ'dır, dedi Hilye ayağa kalktı, gitti, askıdan çantasını aldı omuzuna astı.

— Ne...! Bu kıyafetle mi gidiyorsun halaya Hilye? dedi, Nuran Hanım. Her tarafı gülüyordu, çok neşelenmişti bir anda. Endişeli bir gece geçirmiş, kızının Alper ile gizlice anlaşmış olabileceğinden çok korkmuştu.

Kocasına bu meseleyi açmamış, sabahı zor etmişti. Uyanıp, yatağından kalktığından beri Hilye'nin davranışlarını gözetliyor, nereye gitse izliyordu onu. Kızına sorduğu suallere aldığı cevaplar Nuran Hanım'ı daha tedirgin etmişken, Hilye Atilla ile beraber nikâh davetiyesini Fatih'e götürmek için evden çıkıyordu. Değil şu mor pantolonu, beyaz kazağı ile, eski yırtık bir gecelikle gitse sesini çıkaracak değildi, espri olsun diye öyle konuşmuştu. Hilye'nin boynuna sarılmak, yanaklarından öpmek, kumral saçlarını okşamak geliyordu içinden. İkinci bir kasırgayı göğüsleyecek bir güç yoktu hiçbirinde. Kocası sözlerinde haklıydı, yaşlanmışlardı, rahat ve huzur arıyordu ruhları da bedenleri de... Kalktı, merdivenlerin başına geldi, kızının basamakları inişini seyretti. Genç kız kapıdan çıkarken dönüp el salladı.

— Hoşça kal anne, dedi.

— Güle güle yavrum, benden de selâm götür.

Yavrum sözünü çok nadir kullanırdı annesi, bu onun bayramlık kelimelerindendi, ancak çok sevinçli olduğunda söylerdi. Annesinin yüzünde hasıl olan mutlu gülüş, genç kızın kalbine sevinç verdi, fedâkarlıklar pek çok pahalıydı, ama değiyordu doğrusu... Ne garipti, aslında insan hayatlarını bir takım kurallar idare edip duruyordu sessizce. O geçerli kurallara karşı çıkmaya kalkarsanız bağlı bulunduğunuz kimseler acı çekiyordu, olduğu gibi kabullenirseniz kendiniz acı çekiyordunuz. Genç kızın ızdırabının bedeli bir yaslı, bir kırışık gülüştü. Annesinin o hayalini gözlerinin önünde sıkı sıkı tutarak arabaya bindi, Atillâ'nın yanına oturdu:

— Merhaba, dedi.

— Merhaba, hoşgeldin. Atillâ pür neşeydi. Genç ve pırıl pırıl bir gülüş ışıldıyordu yüzünde.

Genç kızın fedâkarlığına karşı bir kişi daha mutluydu. Hilye'nin hasretle kavrulan, acı çeken kalbine karşılık bu gülüşler onun hayatını kutluyordu. Arabada giderlerken dışarıya bir göz attı, ilkbaharda büyük bir kutlama içindeydi, mevsimin sevincinden.

Bu sene Mayıs ayı İstanbul'da tam bir imparatorluk saltanatı ile başlamıştı. Ve ikinci haftasını aynı şekilde sürdürüyordu. Kenar semtlerin en küçük bahçelerinde sıkışmış kalmış bodur kiraz ağaçları, dut ağaçları, şeftali, elma, kayısı, erik ağaçları, vişne ağaçları, dahi çiçeklerle donanmıştı. Her rüzgar esişinde havada kısacık süreli bir çiçek yağmuru oluyor, dalından ayrılan pembe-beyaz çiçekler havada eşsiz güzellikte figürler yaparak kiremitler üzerine düşüyor, süzülerek gencecik otların kolları arasına sokuluyordu hafif bir nazla.

Ne kadar bitki çeşidi varsa hepsinin yaprakları güneş ışınları altında taptaze, yemyeşil, ortalığa neşe saçıyordu. Çiçekçi kızlarla dolmuştu, yolcu vapur iskeleleri, otobüs garları, ana caddelerin kaldırımları. Küçük menekşe ve nergis demetlerinin önlerinden geçen herkese uzatıyorlar:

— Çiçeklerimiz taze, çiçeklerimiz çok taze... Hediyelik... Hediyelik, diye bağırıyorlardı.

Bir gün önce bir arkadaşına, davetiye götürmek için karşıya geçtiğinde Üsküdar vapur iskelesinde, çiçekçilerin bu feryatlarını susturmak isteği duymuştu Hilye. O yayvan, çirkin ağdalı sesler tam bir feryattı çünkü. Çiçek ve müzik değil de, çiçek ve böğürtü. Üstelik bu çiçekçi kızların hemen hemen hepsinin yüzleri, elleri, ayakları kirli, tırnak araları pislik içinde, sırtlarında garip desenli ve de biçimsiz giysiler vardı.

Çiçek ve güzellik değil de, çiçek ve çirkinlik. O çiçekçiler hiç yakışmıyorlardı pespembe güllerin, bembeyaz zambakların, mor menekşelerin arasına.

"Çiçekçi Kız"daki Audrey Hepburn'dan ne kadar da farklıydılar. İncecik, uzun boylu, her hareketi zarif prenses edalı Audrey Hepburn'dan. Nitekim "Roma Tatili"nde de bir prensesti. Çok eski olmasına rağmen Hilye zevkle seyretmişti o filmi. Hayran kalmıştı gazeteci ile prenses arasında geçen kısa süreli fakat kuvvetli, kalplerinde kalıcı, saf ve unutulmaz aşklarına. O da hayatının plâketi gibi saklayacaktı sevgisini kalbinin en derin bir köşesinde, bilmiyecekti hiç kimseler...

Atilla, hiçbir söz etmeyen, nişanlısına dönüp çabucak baktı. Dizlerini birbirine bitiştirmiş, elleri kucağında tuttuğu çantasının üzerinde, temiz ve namuslu bir âile kızı görünümü içinde gayet resmi oturuyordu. Serin ve kıpırtısız bir göl gibi rahat, sâkin, sessiz duruyordu. Kumral kakülleri genişçe olan alnına düşmüş ona çocuksu bir hava vermişti, çok saf ve masum bir hali vardı ve de çekingen.

— Sıcakladınsa pencereni aç Hilye, dedi Atillâ bir ağabey tavrıyla.

Genç kız kıpırdandı, pencere kolunu tuttu, yavaş yavaş cam en aşağıya ininceye kadar çevirdi. Atilla, derin bir nefes çekti, ardından bir kere daha.

— Ne güzel arabanın içine leylâk kokusu geldi, dedi.

Hilye'nin dudaklarında kırık bir tebessüm dolaştı, hatıralara dalmak üzereyken, nişanlısı farkında olmadan konuşması ile onu dürtmüştü. Aşkını hayal etmeye dahi vakit yoktu, müsaade edilmiyordu, yasaktı. Gözlerini birkaç defa açtı kapadı, dikkatini nişanlısına yöneltti.

— Bakırköy'ün arka sokakları böyle, dedi. Eskiden kalmış evlerin bahçelerinde, mutlaka en azından bir meyve ağacı var, leylâklar, papatyalar ise bol bol. Yarı yarıya çürümüş, demir bahçe kapılarının etrafını saran Hanımelleri, küçük çardakların üstüne yığılan mor salkımlar, insana geçmişi hatırlatıyor, buralar canlı târih.

Atillâ önündeki kamyonu solladıktan sonra:

— Burası Bizans Devri'nde sayfiye semtiymiş, dedi. Makrohora adıyla anılırmış, Osmanlılar Makri köy demişler. Uzak köy mânasına geliyormuş galiba. Cumhuriyet'ten sonra da "Bakırköy" olmuş. İstanbul'un en ünlü mesîre yerleri burada bulunurmuş. Nice seneler bu sokaklardan feracelerine bürünmüş genç kadınlar, iki büklüm çarşaflı neneler, sarıklı, sakallı, şalvarlı dedeler, fesini hafifçe yana eğmiş külhanbeyler gidip gelmişlerdir.

Atillâ neşesini aksettiren bir kahkaha attı:

— Şimdi de pantalon ya da mini etek giymiş kadınlar, kızlar geçiyor diye ilave etti sözlerine.

Ani olarak birinciden daha şiddetli bir kahkaha patlattı:

— Hatırıma ne geldi biliyor musun? Belki de yirmi-otuz sene sonra, sıcak yaz günlerinde elbise giymek ortadan kalkacak, herkes mayosu ile yetinecek. Hiç gelemem sıcağa, en önce ben uygularım bu mayo giyme işini.

Atilla çok mutluydu. Birkaç gün sonra evlenecek olan insanların o isimlendirilemeyen garip sersemliği ve inanılmazlığı içinde bir hoştu. Her an gülmek istiyordu. Biraz serserileştiğini düşünerek, omuzlarını dikleştirdi, konuyu değiştirdi çabucak:

— Her mevsim, dedi, tabiat sessiz sessiz şarkılar söyler. Her mevsimin şarkısı başkadır, ayrı güzeldir. Bahar şarkılarına keman eşlik ediyordur bence, piyano da olabilir. Kış orkestrasında eminim, bangır bangır davullar, yaz da cayır cayır gitar var. Evet, sıcak yaz günlerinin çalgısı şeksiz, şübhesiz gitar. Ve o ağustos böceklerinin gürültülü korosu ne hoştur. Ben her zaman, herkesin düğününün baharda yapılmasını istemişimdir, bülbül sesleri arasında.

— Ben de tam tersine. Her taraf takır takır buz, rüzgâr sokak aralarından ıslık çalarak geçip giderken severim düğünleri, dedi Hilye, ağzında akide şekeri varmış gibi ağır ağır.

— Söz, dedi Atilla neş'esi daha ziyadeleşerek, oğlumuzun ve kızımızın düğünlerini kar lâpa lâpa yağarken yaparız, karga sesleri arasında.

Kaldırım kenarında, uzun elbiseler giymiş, saçları bir eşarpla tamamen örtülü bir genç kız karşıdan karşıya geçmek için onların arabalarının geçmesini bekliyordu. Atillâ vites değiştirirken, gözünün ucuyla kıza baktı, acele olarak başından ayaklarına kadar süzdü.

— Tarih tekerrürden ibarettir denir. Örtüler daha farklı bir şekilde geri geliyor galiba.

Yüzü ve ellerinden başka her tarafa kapalı kızı Hilye de görmüştü.

— Buna benzeyen bir kaç kişiyi ben çarşıda da gördüm. Pek kapıcılara veya köylülere benzemiyorlardı, giyimlerinde renk uyumu ve kalite vardı, sosyal davranışları normal insanlardı.

— Fatih'e gidiyoruz, orada daha fazlasını göreceksin. Fâtih, İstanbul'da müslümanların en çok toplandığı semtlerden biri.

Sen Fâtih'i görmedin herhalde?

— Hayır, dedi Hilye başını sallayarak Fatih'i hiç bilmem, sâdece adını duyarım. Bir de târih dersinden orada Fâtih Sultan Mehmed Han'ın yaptırdığı bir câmi olduğunu, kendisinin türbesinin onun avlusunda bulunduğunu hatırlıyorum. Bir de külliyesi olacak.

— Tarih dersinden yıldızlı pek iyi mi alıyordun yoksa Hilye, detaylarına kadar hatırlıyorsun çünkü.

— Benim hiçbir dersten öyle lükslerim olmadı dedi Hilye, ayrıca târih en sevmediğim dersler arasındaydı. Doğru dürüst hiçbir devletin târihini bilmem. Yalnız Osmanlı Târihi biraz ilgi çekici. Din gayreti ile çok büyük bir imparatorluk kurmuşlar, farklılık içinde birliği temin etmişler, günümüzde birçok ulus için sâdece hoş bir rüya olan durumu yıllarca sürdürmüşler.

Fatih Sultan Mehmet Han'ı İstanbul surları önünde gösteren Zonaro'nun tablosundan çok etkilenirim. At üzerindeki görünümü çok ihtişamlı, pek heybetli! Mantık öğretmenimiz anlatmıştı, ilk tahta çıkışında 12 yaşındaymış. Düşmanlar buna sevinerek derhal 100.000 kişilik bir ordu hazırlayıp 5. Haçlı seferine çıkmışlar. Sultan II. Mehmet babasına haber gönderip idâreyi ele almasını istemiş. Babası II. Murat kabul etmemiş. Çocuk padişah babasına şöyle cevap vermiş: "Eğer padişah biz isek, emrediyoruz gelip ordunun başına geçin; yok siz iseniz devletinizi kendiniz müdafaa edin!" II. Murat bu sözleri işitince derhal harekete geçiyor, görevini üstleniyor.

Atilla sağ şeritte 60 km.lik bir hızla gittiğinden araba gezisine çıkmış gibiydiler, çok rahat konuşuyorlardı.

— Fatih Sultan Mehmet, dedi Atillâ yanlarından geçen arabalara dikkat ederek, çok genç yaşta padişah olunca, Edirne'de âlimleri toplamış, İstanbul'un fethini görüşmüş onlarla. Çoğu İstanbul'un alınamayacağı kanaatinde imişler. O zamanın büyük hocalarından Akşemseddin Hazretleri bunu duymuş. "Kostantiniyye'yi, Sultan Mehmet Han fedheyler inşaallah" demiş. Fatih Sultan Mehmet, onun sözüne itibar ederek, fetih hazırlıklarına başlamış, İstanbul'un meşhur surlarını yıkabilmek için Edirne'de toplar döktürmüş. Dökülen topların en büyüğü, 2 ton ağırlığındaki gülleyi 1.5 km. uzağa fırlatıyormuş. 67 parça küçük gemiden meydana gelmiş Osmanlı donanmasının karadan yürütülerek Haliç'e indirilmesi müthiş bir olay. Fatih Sultan Mehmed'in mükemmel bir eğitim gördüğü ve askerî bir dehaya sahip olduğu çok açık bir gerçek.

Hilye yüzünü çevirerek Atillâ'nın profiline baktı uzun uzun, bir prof edasıyla konuşuyordu.

— Tarihten dedi, Hilye, senin devamlı on aldığına bahse girerim, nasıl tuttun o rakkamları hatırında.

Ona çok yakışan bir tebessüm belirdi Atillâ'nın yüzünde:

— Bunu ancak anne-baban öğretmen olsaydı anlardın, Hilye. Gece uyumak için yatağıma yattığım zaman dahi bırakmazlardı peşimi. Ne yapar eder, bilgi sokuştururlardı kafama. Halamda çok sever Fatih Sultan Mehmed'i. Anne-babamdan harbin safhalarını, halamdan da hocalar ile olan münasebetlerini bir çok defalar dinlemişimdir. Halam anlatmıştı: "Fatih Sultan Mehmet İstanbul'u fethettikten sonra, Akşemseddin Hazretlerine giderek tarikata girmek istediğini söylemiş, Akşemseddin Hoca: "Sen sâlik değil ancak mâliksin. Halvetin lezzetini alırsan dünya işlerini idâre edemezsin" demiş.

— Ne demek istemiş, ben birşey anlamadım.

— Ben de tam bilmiyorum. Sâlik anladığım kadarıyla tarikate giren kimse, halvette yalnızlık. Yani Akşemseddin Fatih Sultan Mehmed'in ibâdet için inzivaya çekilmesini istemiyor, tahtında kalmasını tercih ediyor.

— Yobaz hocalardan değilmiş demek, dedi Hilye hayretle.

— Öyle görünüyor. Fakat bu hoca, çok dindarmış. Yine halamdan işitmiştim. "Bir gün Şeyh Akşemseddin'in yedi oğlu bir sofrada oturmuş, kahvaltı ediyorlarmış muhabbet ederek. Şeyh onları bu halde görünce:

— Elhamdülillah demiş.

Büyük oğlu:

— Yedi oğlu oturmuş, muhabbetle kahvaltı ediyorlar. Babamın bu hamdı onun içindir demiş.

Şeyh Akşemseddin bu söze aldırmamış, hiçbir cevap da bulunmamış. Nûrü'l-Hüda adındaki oğlu ise:

— Babam ona hamd etmez. Belki yedi oğlundan birisini olsun sevmeyip Allah'ı sevdiğine hamd eder, demiş.

Şeyh Akşemseddin, derhal:

— Sadakte yâ veledî! diyerek ona cevap vermiş. Türkçesi "Doğru söylüyorsun ey oğul" demek.

— Atillâ, Arapça mı biliyorsun yoksa?
— Yok canım. Ne Şam'ın şekeri, ne Arab'ın yüzü derler. Bir tek "Yâlelli, yalelli"yi bilirim. Fakat müslüman kesim; "Peygamberimiz bir arap kavmine mensup Kur'ân-ı Kerim Arapça indi, cennette de Arapça konuşulacak, biz onları seviyoruz" diyorlar.
— Din bu çağda da etkisini sürdürüyor yer yer Atillâ.
— Orası öyle. O sıcak uzun günlerde oruç tutuyoruz diye saatlerce aç ve susuz kalabiliyorlar. Ben bir saat duramam su içmeden veya da çay, gazoz filân. Yazın neyse belki kaldırır da kışın o soğuk günlerinde beş defa yüzü kolları, ayakları yıkamak mesele. Halamdan biliyorum, inan başediyorlar. Halam son üç senedir her seferinde hacca'da gidiyor. Hacc zamanında hava alanı tam bir curcuna, bir görsen şaşar kalırsın kalabalığa.

Atillâ ışıklarda Aksaray'a sapmamış, arabayı aynı doğrultuda sürmeye devam etmişti.

— Atillâ, dedi Hilye halana gitmiyor muyduk?
— Hava çok güzel, şurda bir kenarda duralım biraz, manzara seyredelim, sonra Unkapanına çıkıp, oradan gideriz.

Kıyı boyunca bir sürü yaşlı adam sıralanmış balık tutuyordu. Yolun karşı tarafında bir ağacın gölgesinde bir küçük kız yalnız olarak top oynuyor, genç bir kadın da bir banka oturmuş, onun hareketlerini izliyordu. Onüç, ondört yaşlarında iki erkek çocuk yan yana ayakta durmuş, avuçlarındaki taşlardan alıp birer birer denize fırlatıyor, eğleniyorlardı.

İleri geri hareketler yaparak, Atillâ arabayı boş bulduğu bir yere aldı, frene bastı. İkisi de açık pencereden birkaç dakika hiç konuşmadan dışarıyı seyrettiler. Güneş ışınlarının dimdik vurduğu denizin yüzü dokunmadan yeni çıkmış bir atlas gibi parlıyor, incecik dalgalar, neş'e içinde kıyılara koşuşuyordu, parça parça beyaz köpükten yapılmış incecik dantelleri taşıyarak.

— Martıların bahar çığlıkları, dalga sesleri, güneş ve tâ ufuklara kimbilir hangi sahillere kadar varan deniz, dedi Atillâ.

— Denizi çok mu seviyorsun?
— Başka bir şeyi onun kadar seviyor musun diye de sorabilirdin. Deniz tabiattaki en büyük aşkım. Yâ sen Hilye, sever misin denizi?
— Severim.
— Kilyos'ta yazlık evimiz var, dışarıya çıkmadığım zamanlar bütün tatillerim orada geçmiştir. Kilyos sâhilini karış karış bilirim. Arada sırada bacaklarıma ağrı girmesi Kilyos gezilerimden kalmıştır.

— Biz de, dedi Hilye gülerek, İstanbul'a geldiğimizden beri Pazar günleri deniz kıyılarına gidip oralarda göçebe hayatı yaşayarak gideriyoruz deniz özlemimizi.

— Bizim ev iki katlı. Katların birbiri ile bağlantısı yok tamamen müstakil. Birisini sizin aileye tahsis ederiz Efe ile Ege bütün yaz oynasınlar kumda. Biz de annemin babamın yanında alt katta kalırız. Çocuklarımız olunca ileri de bir kat daha çıkarız, yer çok müsait.

Hilye hafifçe sinirlendi, canının sıkıldığını belli eden bir sesle:
— Çocuklarımız, çocuklarımız, deyip duruyorsun, belki de olmaz, dedi.
— İkimiz de sıhhatli insanlarız, âilelerimizde de bir anormallik yok ki Hilye, neden öyle düşünüyorsun? Sonra şimdi Tıb çok ilerledi biliyorsun. Halam dahi benim çocuklarımı bekliyor bizim âilede. Bütün servetini gönül rahatlığı ile bırakabileceği bir vâris peşinde. Benim Ezher'e gitmemi çok arzu etti. Fakat ben..

Genç kız bu ismi hiç mi hiç duymamıştı, merakla Atillâ'nın sözünü kesti:
— Ezher de neymiş?
— Kahire'de bir Arap üniversitesi. Şeriat öğretiyormuş.
— Ne? dedi, Hilye, şeriatın bir de üniversitesi mi varmış?

— Biz Arapları önemsemiyoruz ama uyanık insanlar, İslâm dinini devam ettirmek için okullar açmışlar.

— Bir zamanlar bizde de medreseler varmış ya, ama kapatılmış, dedi Hilye bilgiç bilgiç.

— En netice tâbi öyle olacaktı; halk uyutulmaya devam edemezdi sonsuza dek.

— Peki, halan nasıl geri dönüş yaptı, dedi Hilye kelimeleri ağzında geveleyerek. Lâf olsun diye soruyordu; hiç istemiyordu konuşmak.

— O mu? Bir arkadaşının ona verdiği kitapları okumuş, ondan tesirlenmiş, okudukça yaşam tarzını değiştirdi. Meşgul olacağı bir çocuğu yok, kocası ölünce, geceli gündüzlü kendini kitaplara verdi, iki sene evvel de Fâtih'te bir daire alıp oraya taşındı.

— Kaç sene oldu dönüş yapalı?

— Sekiz sene filân!

Atilla kolları ile direksiyona yaslandı.

— Yalnız bir dakika, dedi, biz geri dönüş kelimelerini yobazlığa başlama, onlar da cehenneme doğru yol alınıyorken, bundan vazgeçip, cennete yönelme mânâsına alıyorlar. Ne ise ki bizim iki âilede de böyle din takıntılarımız yok. Bilhassa babanla bizim frekanslarımız tam tuttu. Parolamız "Neden sağ, sol, sol sol." Babam ile annem altmışiki, halam altmışbeş yaşında, çok da yaşlı sayılmaz ama evinden pek çıkmaz, nişanımıza gelmemişti meselâ. Bizim solcu olduğumuzu bilir. İlk zamanlar bizimle çok uğraştı, fakat söz geçiremeyince bizden uzaklaştı. Beni vârisi yapacaktı, Onun dediği Ezher'e gitseydim. Ben Ezher'e gidecek adam mıyım? Kâhire'ye gitsem önünden dahi geçmem o şeriat üniversitesinin. Nerden girdik bu nostaljik konuya, boş ver. Akşam "Görevimiz Tehlike" filmini gördün mü?

— Evet.

— Nasıl buldun?

— Gerçek bir görsel şölen.

— Hilye sanırım aklından bir sürü şey geçiyor, veya da kafan bir şeye takılmış. Ağzını açtırmak için jeton lâzım. Burada biraz durup manzara seyretmemize memnun olduğundan emin misin?

— Galiba Evet...

— Benim anladığıma göre şu anda ben konuşmak istiyorum sen susmak. Bad girlsün (kötü kız).

Atillâ konuşurken sözlerinin arasına arada sırada İngilizce kelimeler serpiştirmeyi çok seviyordu. Bu son senelerde bütün gençler arasında pek modaydı bu. Sadece "By by" ile yetinilmiyordu daha önce olduğu gibi. Atillâ'nın İngilizce'si de çok güzeldi, iki sene devamlı Londra da kalmasına değmişti.

— Sen de bad man, dedi Hilye, çok uyduruk bir gülüşle.

— Hayır, ben Süper man, haydi gidiyoruz.

Genç kız bakışlarını genç adamın direksiyonu rahat bir şekilde kavrayan ellerine dikti. Direksiyonun siyahı üzerinde cildinin sarı rengi çok tuhaf duruyordu. Becerikli hareketliliği olmasa sanki ölü eli. Hilye yüzünü kaldırdı, bakışlarını onun boynunda ve yüzünde gezdirdi; oralarda da derisi aynı acaip sarılıkta idi. Neresi "Süper man" "Dead men" "ölü adam"dı.

Hilye hafifçe bir vicdan azabı duydu, evlerinin hazırlanmasında çoğunlukla Atillâ meşgul olmuştu. Oturabilecekleri güzel bir dâire aramış bulmuş, satın almış, salonu, oturma odasını ve mutfağı tamamen o döşemişti. Arada uğrayıp kataloglar getirmiş, herşeyi Hilye'nin zevkine göre yapmaya çalışmıştı. Babası ısrar edip araya girmese, yatak odasının mobilyasını da getirip koyacaktı. Çok cömert ve ard düşünceleri olmayan bir insandı, düğün alışverişi için bütün imkânlarını seferber etmişti. Evin bir anahtarını Hilye'nin annesine vermişti, onlar arada gidip olanları bakıyor, ihtiyaçları tesbit ediyorlardı. Atillâ, âile hayatını seviyordu, bir an önce yuvasını en mükemmel şekilde kurmak istiyordu. Hilye'ye karşı çok saygılı davranıyor, onu yalnız olarak gezdirme tekliflerinde katiyyen bulunmuyordu. Ancak evliliğin bir an önce olması hususunda çok acele ediyor, hayretler içinde bırakıyordu herkesi. Kayınvalidesi arada şaka yapıyordu: "Yıldırım aşkına yıldırım evlilik." Hilye sararıp solmasını normal buldu bunları düşününce. Arada trafik tıkanıklığı olduysa da Fatih'e çok çabuk gelmişlerdi.

— Halıcılar Caddesi'nden geçiyoruz, dedi Atilla, ışıklardan sola döndük mü Sarıgüzel Caddesi'ne girmiş olacağız, az ileride de bir câmi vardır, halamın evi onun tam karşısında.

Atillâ'nın dediği gibi gerek ana caddede, gerekse Halıcılar ve Sarıgüzel caddelerinde, birçok kapalı kadın görüyorlardı. Atilla "İskender Paşa Câmisi" yazılı kapının önünden geçerek, daha ileride yeni kalkmakta olan bir arabanın yerine yanaştı, frene bastı, arabayı durdurdu. Arkasına dönüp:

— İşte, dedi parmağı ile gri renk apartmanı göstererek halamın dairesi şu binanın ikinci katında.

Her yaşta erkek vardı câminin önünde ve çok kalabalıktı. İçi boş, büyük iki otobüs duruyordu kaldırımın kenarında. Yerlere kadar uzun giysili, saçları tamamen örtülü, kızlar, kadınlar, yaşlı neneler bir sokağa giriyorlardı arka arkaya, yanlarında küçük kız ve erkek çocukları koşuşuyordu.

Caminin içinden yüksek tonda konuşan birinin sesi geliyordu. Fakat geçen arabaların gürültüsünden anlayamadılar ne dediğini. Hilye çok şaşırmıştı, bakışlarını alamıyordu bir türlü kalabalıktan.

— Vaaz var, dedi Atilla. Kalabalığın sebebi bu! Otobüslerin birinin üzerinde "Gebze" diğerininkin de "İzmit" yazıyor. Demek ki tâ oralardan kalkıp buraya konuşma dinlemeye geliyorlar.

İkisi yan yana yürüyerek apartmanın önüne geldiklerinde kapıyı açık buldular. Apartmanın içine girince gürültü hafifledi.

— Bu cadde çok işlek, dedi Hilye, basamakları çıkarlarken. Halan o yaşlı hâli ile nasıl dayanıyor bu patırdıya.

Atillâ önce zile bastı sonra Hilye'ye dönüp cevap verdi:

— Halamın kulakları ağır işitir. Yanında top atılsa bana mı demez.

— Kulaklık kullanmıyor mu?

— Hayır, sıkılırmış.

— Zarurî bir şey için sıkılmak olur mu?

— Denemiş, fakat takamamış. Halamın kendine has daha birçok özellikleri vardır. Bana Atilla demez meselâ.

— Ya ne der?

— Ahmet.

— Nesi varmış Atillâ isminin? Hunların en ünlü hükümdarı.

— Teşekkür ederim efendim, dedi Atilla hafifçe dikleşerek.

Hilye güldü; Atilla, Alper'den daha şakacı idi, hiçbir espriyi kaçırmıyordu.

— Sen, değil, dedi genç kız gülmesini sürdürerek.

— Tabiî, onunki sadece Atillâ, benimki Atillâ Ahmed, halamın icadları sebebi ile.

— Senin halanın da herşeyi değişik.

— Halam, orjinal kadındır. Kuzu gibi uysal görünür, öyledir de ama bir anda kedi gibi cür'etkâr olur en olmadık soruları sorar, aslan gibi de saldırgan olabilir.

— Ne yapar yâni.

— İnsanı sözleri ile sus-pus eder.

— Beni basbayağı korkuttun Atillâ.

— Haksızlık olur.

— Neden.

— Gönül almasını da çok iyi bilir.

— Senin halan hakkındaki sözlerinin toplamını yapıp neticeye varmama imkân yok.

— Hiç uğraşma, az sonra kendin karar verirsin. Genç adam kapıyı eli ile iteledi. Kapı açılmadı, duymamıştı muhakkak.

Atilla bir daha ve daha uzun müddet tekrar bastı zile. Hilye ve Atilla gözlerini kapıya dikerek beklemeye başladılar. Birkaç dakika daha geçtikten sonra kapının arkasından yorgun kalınca bir ses geldi:

— Kim o?

— Biziz hala, ben Atillâ.

Kapı açıldı ve hala göründü, sırtında uzun yeşil bir elbise ve başında beyaz bir namaz örtüsü vardı. Yüzünde memnun olduğunu ifade eden bir tebessüm dolaşıyordu.

— Hoş geldiniz çocuklar, buyrun, buyrun.

Hala Hanım kenara çekildi. Hilye ile Atilla içeri girip kapıyı kapattılar.

— Sana söylemeyi unuttum, dedi Atilla yavaş bir sesle, ayakkabılarımızı çıkarmamız gerekiyor. Yoksa ilk karşılaşmada müthiş bir puan kaybına uğrarsın.

Sonra halasına döndü çok sevimli bir ifadeyle ve duyurabilmek için çok yüksek sesle sordu:

— Halacığım salona mı geçelim?

— Evet, evet, buyrun oturun lütfen, ben beş dakikalık bir müsaade istiyeceğim sizden.

— Halacığım, hiçbir acelemiz yok bizim, on dakikada olur, hiç telaşlanma. Yalnız öpelim şu mübarek elini.

Hilye, Hala'nın elini yakaladı aceleyle öptü, böyle törenlerden oldum olası hoşlanmazdı. Ardından da Atilla, sevgi ile halasının elini ve yanaklarını öptü.

Salonun penceresi açıktı, Câmide vaaz veren hocanın sesi çok rahat ve tamamen anlaşılır bir biçimde duyuluyordu. Ayakta durup dinlediler.

"Bu dünyada ne kadar İslâmî hayat yaşarsak o kadar insanızdır. Ölümden sonra mutlu olmak isteyen yaşamında kendisine Kur'an-ı Kerim'i rehber edinmelidir.

— Bu hoca bizi dört ayaklı yaptı, dedi Hilye, sedirlerden birine yerleşirken. İslâmı hiç yaşamayan, hiç insan olmuyor demektir.

Atillâ gürültülü bir kahkaha savurdu:

— Estağfirullah, tevbe tevbe dedi.

Hilye tebessüm etti ama cevap vermedi, dikkatini Hoca'nın konuşmalarına vermişti:

— İslam en güzel nizamdır ve çok büyük hedefleri vardır. İslam'ı anlayan ona hayran olur.

— Bu hocanın konuşmasıdevam edecek kapatayım şu pencereyi.

— Sen bilirsin, dedi Hilye.

Odanın eşyalarına bakınmaya başladı. Halı, birkaç sedir ve renkli Afgan işi yastıklardan ibaretti döşemesi. Dekoratif eşya olarak sadece duvarda kocaman yeşil bir fon üzerine oturtulmuş Kâbe tablosu bulunuyordu. Öyle ağır pahalı eşyalar yoktu, fakat herşey inceliği ve güzelliği çağrıştırıyordu. Her taraftan insanı ilk baharın yeşili kuşatıyordu.

— Atillâ niçin kapattın pencereyi?

Halasının salona girip, pencereye doğru yürümesi öyle âni olmuştu ki Atilla yerinden sıçradı birden.

— Ödümü patlatacaktın az daha hala!

— Korkuttumsa özür dilerim, diye konuştu Hala, ama pencere açık kalsın.

— Bize vaaz dinletmeyi koydu kafasına Hilye.

— Biz de kendi aramızda konuşur dinlemeyiz onu, dedi genç kız, Hala'nın ayaklarını sürüye sürüye yürüyüşüne bakarak.

— Tabî yâ, cin gibi geldi birden, ne kadın.

Hocanın sesi, sanki o da odada oturuyor, onlarla konuşuyormuş gibi yakından ve net geliyordu, diyordu ki:

"Türkiye'de İslâm var mı, yok mu? Havaalanında yok, lüks yerlerde yok, Elhamdülillah, Anadolu'da, Fatih'te, İskender Paşa Camiinde var. Birçok yerlerde, halkın giyiminde İslâm kalmamış, hareketlerinde davranışlarında, İslâm kalmamış, düşüncelerinde İslâm kalmamış, kaymış gitmişler. Şimdi öyle etekler yapmışlar ki, etek demek mesele. Hanımlar elbiselerinin illâ bir yerine yırtmaç koymuşlar, illâ bir haram olan kısmı gösteriyorlar. Seks modayı istilâ etmiş durumda. Seks çok kuvvetli bir duygudur. Birçok kimse buradan İslâmiyet ile olan bağlarını koparıyor, cennetle alâkasını kesiyor, kendisini büyük bir tehlikeye atıyor, muhterem kardeşlerim.

Genç kızın gayri ihtiyarı hatırından Eczacı Nursel Hanım'ın konuşmaları geçti. Onu dinlerken çok sıkılmıştı. Bu Hoca'nın sözlerinde genç kız bir tanıdıklık, bir yakınlık seziyordu kendine. Alper'in "Bana dön Hilye" diye ona mütemmadiyen yalvaran bakışları dahi şu an silinmişti gözlerinin önünden. Hala Hanım gelmiş, o da sedire oturmuştu. Esmer ve karakteristik yüzünde anlamlı çizgiler ve farklı bir ifâde bulunuyordu insanın alakasını çeken.

— Çocuklar iyisinizdir inşaallah? diye soruyordu.

— Çok iyiyiz Hala'cığım. Davetiyeni getirdik, dedi Atillâ bağırarak.

— Teşekkür ederim. Kızımızın ismi Hilye imiş.

— Evet, Hala Hilye.

Atillâ öne doğru şakacı bir tavırla uzandı ve yavaş sesle:

— Korkma dedi, annenin Hillary ismine olan hayranlığından bir kızına Hilâl, ona uygun olması için de sana Hilye koyduğunu kırk yıl düşünse bulamaz. Annen söylemese idi ben de bilemezdim.

— Niye soruyor, dedi genç kız, hafifçe suratını asarak.

— Aman Hilye, biraz gül, Atillâ şakacı halini sürdürüyordu. Sonra sana kalın değil ince bilezik takar, düğün hediyesi olarak. Hilye duyulmamış bir isim, acaibine gitmiştir.

— Benim bir İngiliz ya da bir Alman ismini aldığımdan şüphelenmiş olmasın bu kadın?

Atilla doyasıya bir kahkaha atmak için ağzını açmıştı ki halası:

— Katiyyen, dedi, bilâkis isminizi çok beğendim.

Genç adam kahkaha yerine:

— Ne? diye adeta çığlık attı. Hala sen duymuyordun ama!

— Kulaklık kullanmaya başladım.

— Allerji yapıyor, diyordun?

— Profesör Özcan Tahsin, özel olarak Avrupa'dan getirtti, yine zorlandım ama alıştım, iki gündür hiç çıkarmadım.

— Ama Hala'cığım dedi, Atilla bizi kapıda tam yarım saat beklettin.

— Mübalağalandırma, ancak beş dakika geciktim, namaza yeni durmuştum, selâm verince koştum açtım kapıyı size.

Hilye, kendisinin saygısızca konuşmalarından çok utanmıştı, kazağının ucunu avuçlamış onu didikliyor, bir budala gibi oturuyordu. Hala Hanım, genç kızın şaşkınlığını ve mahcubiyetini anlamıştı, hiçbir şey duymamış gibi okşayan bir sesle:

— Hilye, isminin mânâsı çok güzel dedi.

Hilye, yirmi beş yaşındayken isminin ne anlama geldiğini öğrenecekti, merakla yüzünü Hala'ya döndürdü.

— Hilye-i Saadet, Peygamber efendimizin, görünüşü, tanınması. Fevkalâde sıfatları, güzel huyları.

— Peygamberin mi, dedi genç kız, kekelememek için hecelerini tek tek kuvvetle vurgulayarak.

— Evet, yavrum, buna çok sevinmelisin.

Atilla halasını çok iyi tanıyordu, aynen dediği gibi idi, insanı bir cümle ile rahatlatıveriyordu. Meşhur biri ile alâkasının olması hoşuna gitmişti Hilye'nin. Hocanın sesi daha yüksek gelmeye başlamıştı.

— Yaz modaları, kış modaları...

— Senin şu Hocaefendi, dedi Atilla, cümlenin sonunu dinletmeyerek, modaya çok karşı, boşuna konuşuyor. Moda gündemdeki parlak yerini her zaman koruyacaktır Hala'cığım. Genç kızların, kadınların câzip bulduğu konulardan biridir o.

Hala Hanım bir an bakışları ile yeğeninin boynundan göğsüne doğru sarkan altın zinciri didikledi.

— Erkeklerin de dedi, kınayan bir ses tonuyla, bakışlarını zincirden ayırmadan.

— Orası öyle Hala'cığım, artık bizler de modayı yakından takip eder olduk. Zamane gençliği n'aparsın? Moda seyri hoş ve renkli bir dünya. İnsanların özgün zevklerini hatta yaşam anlayışlarını şık ve orjinal bir biçimde yansıtıyor.

Hala Hanım gözlerini kıstı, yeğeninin kılık kıyafeti ona her zaman biraz maskaramsı gelirdi, fakat şimdi tam bir maskara olmuştu. Sonra hareketlerine ve tüm davranışlarına bir yapmacıklık yapışmıştı, belki de kendini nişanlısına beğendirmeye uğraşıyordu.

— İnsan ruhunun serseri taraflarını da yansıtıyor, dedi sesini yeğenine doğru savurarak.

— Bu söze alınabilirim ama Hala'cığım. Herkesin dilediği gibi birleştirebileceği, istediği gibi ayrıştırabileceği renk ve biçim çeşitleri ile moda bir sonsuzluk dünyasıdır. Farklı markalarla değişik tarzlarda çok çeşitli giyim eşyaları ve aksesuar sergileniyor. Onlardan dilediğimizi alıp, zevkle kullanıyoruz. Montesqieu "bir zamanın gerçeği, bir zamanın yalanı olabilir" der. Devir değiştikçe, değer yargıları da değişiyor.

— Çok doğru, İslâmı yaşamayan insanların hayat tarzları da, düşünceleri de, modaları da bomboş şeyler, zamanla mâziye karışıp gidiyorlar, günahlarını o insanlara bırakarak. Şu taklitçilik mahvetti bizi. İçkisiyle kumarıyla, kadınıyla, uyuşturucusuyla, had-hudut tanımaz ahlâksızlığıyla Batı bütün müslüman dünyasındaki gençlere kötü bir örnek. Her ülkenin dinamik unsuru olan gençlik, köyümüzde ve şehirlerimizde inanılmaz bir değişim süreci geçirdi, devam da ediyor. Medyanın küfür bombardımanından en çok yara alanlar, büyük zarar görenler onlar. Radyo, televizyon, gazete, dergi ve mecmualar el ele tutunmuş horon tepiyorlar, gençleri, hayatın gerçeklerine değil de, hayâlin ve emmare halindeki nefsin sınırsız isteklerine itmek için.

— Sen üzülme Hala'cığım, dedi Atillâ, biz senin dediğin kadar hayalperest sayılmayız. Sadece, her kimliğe, her renge, her düşünceye, her kültüre açık insanlarız. Rock müziğin süper babaannesi Tina Turner gelsin, Fenerbahçe stadyumunda bir konser versin, biz de dinleyelim, Serdar Ortaç İspanya'ya gitsin, "Ben Adam Olmam" ve "Yaz Yağmuru" isimli parçalarını, ispanyollara, ispanyolca okusun Madrid'de, biz de burada sevinelim isteriz, ne kötülük var bunda? Bugünün gençliğinin en büyük tutkusu hayatı farklı, özgür ve renkli yaşamak o kadar!

— Bir de psikolojik problemlerini meditasyonla çözmeye çalışmak, dedi Hala, bazıları da eroin kullanarak, sıkıntıdan kurtulmaya çalışıyor. İnsanların kendilerini nefsin başıboşluğuna bırakmaları, her zaman kötü sonuçlar verir.

Aklın idrâk kabiliyeti dâima sınırlı ve kusurludur. Mutlak hikmet sâhibi Allah (c.c.)tır. Nelerin iyi ve nelerin kötü olduğunu en iyi o bilir. İyi de kötü de Rabbimizin bildirdikleridir. İyi ile kötü birbirine karşıt kavramlardır. İnsan sâdece aklına güvenerek yaşayamaz, o tek başına, devamlı olarak iyi ve kötüyü ayırdedemez. Aklın hükmü ile dinin hükmü her zaman mutâbık olmayabilir. Oysa bizim Allah'a karşı bir sorumluluğumuz vardır. İyilik, her hususta Hakk'ın rızasını gözetmek, Allah'ı görürcesine ibâdet etmektir. Her türlü yanlış inanç ve yaşayış tarzlarından kurtulmak, İslamı hayata uygulamakla olur ancak.

— Halacığım, biz kuzu gibi de yaşasak sana göre yine hatalı, kötü, fena hayat biçimleri içindeyiz yani.

— Bu benim değil Allah'ın hükmü.

Atilla cevap vermedi. Din konusunda daha tek kelime etmeyecekti. Fakat kendi aralarında konuşmadıkları zamanda câmideki hocayı dinleme mecburiyetinde kalıyorlardı. İki ateş arasında sıkışmak buna denirdi işte! Hoca vaazına hiç susmayacakmışcasına devam ediyordu.

— "Âlemlerin Rabbi Allahu Teâlâ'nın varlığı ve birliğine bütün kalbimizle, çok derin inanmışız, elhamdülillah; küfrü, şirki, ateizmi, İslâm'dan gayrı tüm bâtıl, boş, saçma, sapık, akıl ve ilme zıt, insanların dünya ve âhiretlerine çok zararlı çağdışı inançları reddediyor; herkesi akl-ı selime, ilme, mantığa, insafa, hakkı ve doğruyu kabule dâ'vet ediyoruz. Dâvetimiz, Allah'ın emri, Allah Rasüllerinin (salavatullahi ve selâmuhû aleyhim ecmain) tebliğlerinin devamıdır. Biz, Hz. Adem'in, Hz. İbrahim'in, Hz. Musa'nın, Hz. İsa'nın, Hz. Muhammed Mustafa'nın bozulmamış, tahrif edilmemiş aslî ve hakikî yolunun yolcusuyuz...

Dinledikçe, Atilla'nın canı sıkıldı, ne diye bu aksi saatte gelmişlerdi sanki, pekâlâ da başka bir saate denk getirebilirdi. Halasından her pazar ikindiden sonra câmilerinde konuşma olduğunu kaç kez duymuştu. Azıcık kafasını kullansaydı bu duruma düşmeyecekti. Sıkılmaya başlamıştı nişanlısı, konuşmaların bir an önce bitmesini ister gibi tedirgin oturuyordu, yüzü asıktı. Haklıydı, hem de çok haklıydı.

— Duâ başladı, ellerinizi yukarı kaldırıp siz de iştirak edin Ahmed! dedi Hala'.

Genç adam sevindi, hemen avuçlarını açtı. Hilye'de duâ pozisyonunu aldı, hocanın dediklerini hiç dinlemeyerek, aklı bin ışık yılı mesafedeyken buradan. Yeni tanıdığı bu çevreye karşı hissettiği alâka çok kısa sürmüş, bütün duyguları tekrar Alper'in hayaline konmuştu. Bu defa içinden bir ses ona "Henüz vaktin var mutlu olman için, ona dön! Ona dön! diyordu. Kimdi ona fısıldıyan... İblisti... Şeytandı.. Belki de melek?

— Âmin!

Genç kız, hocanın duasını takib etmediğinin anlaşılmaması için acele olarak:

— Âmin dedi.

Vaazını ve nihayet duasını tamamlamış olduğundan Atilla Hocaefendi'ye içinden bütün kalbiyle teşekkür ediyordu, canı gönülden yüksek sesle tekrar:

— Âmin! dedi.

Hala Hanım ellerini yüzüne sürdükten sonra:

— Ben, dedi, gidip size biraz bir şeyler getireyim yemeniz için.

— İstemez, diyerek Atilla kalkmaya davranan Hala'sına eli ile dur, işareti yaptı.

— Biz burdan çıktıktan sonra Gelik'e uğrayacağız, iştahımız kapanmasın.

— Ama olur mu Atillâ hiç ikramsız?

— Oldu, gitti Hala'cığım, Hilye'yi de beni de her ne hazırladınsa yedik kabul ediver. Balayımızdan sonra söz veriyorum sana yemeğe geleceğiz.

— Allah kısmet ederse.

— Tamam Hala'cığım, Allah kısmet ederse.

Aman o her ne diyorsa öyle olsundu, yeter ki bugün şu sıkıntılı atmosferden çıksınlar, firar etsinlerdi bir an önce.

Dışarıdan çocuk ağlamaları, kuvvetli korna sesleri gelmeye başlamıştı.

— Cami cemaatı dağılıyor, dedi hala. Birden kuvvetli bir patırdı ve birçok erkeğin konuşmaları geldi.

— Müsaade ediniz ağabey biraz da ben tutayım!

— Sen öne geç.

— Yolu açın lütfen!

— Kenara kenara!

— Ne oluyor böyle? diye Atilla sordu.

Hala ayağa kalktı, pencerenin yanına geldi, biraz uzaktan bakarak:

— Cenâze var, dedi. Önemli biri olmalı, cemaat çok kalabalık.

Atilla hışımla başını kaldırdı, hemen kalkıp gidemeyeceklerdi, cenaze caddeden çıkıncaya kadar mecburdular beklemeye. Arabayı çok ters bir yere park etmişti.

— Ahmed gel de bak, cenazeyi arabaya götürüyorlar.

— Cenaze işlerinden hiç hoşlanmam hala. Kusur kalsın görmem.

— Nasıl söz o öyle oğlum, tabiî ki hoşlanılacak bir şey değil. Mantıksızca konuştuğunu anladığından Atilla bozulmuştu, onu telafi etmek maksadı ile:

— Ölüden, ölümden korkuyorum halacığım, dedi biraz şakacı olmaya çalışarak.

— Ölüden, ölümden korkuyor musun? Ama bu korkunun ölümümüze faydası yok. Haydi, üşenme kalk gel buraya.

Atillâ ağır ağır yerinden doğruldu, halasının önüne geçip, dışarıya baktı. Hilye de meraklanmıştı:

— Ben de göreyim, dedi, çantasını kucağından alıp sedire bıraktı, kaçırmamak için aceleyle yerinden fırladı, Atillâ'nın yanına geldi, durdu. Tabutun sert hatlı sarı tahtaları, alay eder gibi, çevresindeki insanlara sizi de bir gün bunun içine alacağım der gibi, göze çarpacak bir şekilde soğuk soğuk parlıyordu, insanların omuzları üstünde.

— Tabutların şekli mezar taşlarına benziyor, dedi Hilye.

— Gerçekten de, hiç dikkat etmemiştim bugüne kadar diye cevap verdi Atillâ.

— Tabuta konan yeşil örtü bana başucunda yükselecek olan selvileri anımsatıyor.

— Bana da, ondan sebep selvi ağaçlarını hiç sevmem, onlar mezarlık ağaçlarıdır, tıklım tıklım orayı doldursunlar o hayata küskün yeşil tonlarıyla.

Tabutu yerleştirilme işi bitmiş, yavaş yavaş hareket etmişti araba. Ardına da bir sürü hususî araba sıralanmıştı. Aralarında bir büyük otobüs de vardı, içi mezarlığa gidecek olan cemaatla dolu idi. Cenaze arabası köşeyi dönüp görünmez olunca Atilla yerine geçip oturdu:

— Ehh.. halacığım dedi, evinde ne ev ama. Ertesi gün düğünleri olacak insanlara şok manzaralar seyrettiriyor.

— Bir gün gelecek, seyrediyor değil, o tabutun içinde olacağız oğlum.

— Şimdi de şok açıklamalar, dedi Atillâ. Gelik'e gitme isteği bir balon gibi sönmüş pörsümüş kalmıştı bir yerlerde.

— Şu en önde giden arkasından bir sürü insanın koşuştuğu adam mı Hocaefendi hala? dedi, merakla.

— Evet.

— Soylu ve vakur bir hali var, dedi Atilla samimiyetle.

— Edebiyat Fakültesi'nden mezun.

— Yok canım, bizim imamlarımız, müezzinlerimiz hep ilk okulu bitirmiş insanlardır.

— Dinî konularla hiç mi hiç alâkadar olmadığın için böyle büyük gaflar yapıyorsun. Bizim hocalarımız her zaman tahsil görmüş insanlardır. Osmanlılar zamanında da üniversitelerde okuyorlardı, ama ismi başkaydı, Medrese deniyordu. Gördüğün Esad Hocaefendi, 1977-1980 seneleri arasında Sakarya Devlet Mimarlık ve Mühendislik Akademisi'nde "Türk Dili ve Edebiyatı" dersleri vermiş, 1982 yılında Profesör olmuş, Sosyal ve kültürel faaliyetlere daha fazla zaman ayırabilmek düşüncesiyle emekliliğini isteyerek üniversiteden ayrılmış. Yalnız vaaz verip, kenara çekilmiyor, basın ve yayın çalışmalarıyla da yakından ilgileniyor, "İslam", "Kadın ve Aile", "İlim ve Sanat", sağlık ve bilimle ilgili konularda "Panzehir", küçükler için "Gülçocuk" adı altında bir sürü dergi çıkarıyor.

Esad Hocaefendinin son yıllarda Avustralya'da katıldığı eğitim programları çerçevesinde yaptığı sohbetler kitaplaştırılmış. Güzel bir kapakla üçüncüsü çıkmış piyasaya, alamadım henüz, reklamını gördüm dergide. İslâm'ın yayılması ve doğru bir biçimde anlaşılması için irşad faaliyetleri her dönemde önemli olmuştur. Bu gayretler daha çok da tarikat ehli tarafından yapılmıştır. İslâm dinini tebliğ etme çalışmalarına kıtalar ötesinde de sürdürmüşlerdir.

— Peki de, dedi Atilla, lisan meselesini nasıl hallediyorlar.

— Hocaefendi, Doğu dillerinden, Arapça ve Farsça'yı, batı dillerinden Almanca ve İngilizce'yi biliyor.

Bu profesör hoca belki biraz bir aferini hak ediyordu fakat Atillanın içinden hiç mi hiç böyle bir şey söylemek gelmiyordu. Üniversitede kalmamış olduğuna kızmıştı üstelik. Bu çalışkan ve kültürlü adam, aktivitesini başka şeylere kanalize edebilirdi. Kendini bir câmi köşesine sıkıştırmanın ne mânâsı vardı. Halası hayatını detaylarına kadar bildiğine göre belki de onun tarikatına girmişti.

— Sen Hocaefendiye mi bağlandın yoksa Hala, dedi?
— Evet.
— Niçin, başka hocalara değil de bu hocaya?

— Hakkı ve hayrı, iyiyi ve güzeli tebliğ etme yönünde şumüllü ve verimli çalışmalar yapıyor, onu çok takdir ediyorum da ondan. Mehmed Zâhid Kotku Efendi bizzat elinden tutup kürsüye oturtmuş. Önce hadis dersleri vermiş. Mehmed Zâhid Kotku'nun vefatından sonra, cemaatın eğitimi ve her türlü meseleleri ile ilgilenmeye başlamış, tebliğ ve irşad görevini üstlenmiş. Pazar günleri geliniz, sen erkekler, Hilye de kadınlar bölümünde dinleyin Hocaefendi'yi.

— Biz mi hala? dedi Atilla aptalca. Onun ne programları vardı tatil günleri için, sırada bekliyordu hepsi. Yaşlılık biraz saflaştırmıştı halasını. Değil söylemesine, böyle bir şeyi hatırından geçirmesine dahi şaşırmış kalmıştı genç adam. Halası onun nasıl bir yaşamı olduğunu herkesten iyi bilirdi, hayata bakış açısını da, dolu dolu yaşamak istediğini de..

— Sağol, dedi, bizi düşündüğüne çok teşekkür ederiz. Sen kendin dinle, geldiğimiz zamanlarda anlatırsın bize.

Atilla bir kahkaha attı, sesinin fazla çıkmaması için de elini ağzının üstüne kapadı, parmaklarının arasından:

— Pardon dedi, bize konferans verirsin.

Elini ağzından çekti, gizlemeyi gereksiz görmüştü, açıkça tekrar güldü. Son günlerde gülünecek bir şey yakaladı mı gümbür gümbür kahkaha atıyordu. Hayat ona her gün biraz daha gülüyor, o da her gün biraz daha fazla neş'eleniyor, basıyordu kahkahaları. Hala Hanım yeğenine yan yan baktı, fakat o da gülüyordu:

— Senin alfa dalgalarının artışına ihtiyacın yok, dedi.

— Halacığım şimdi de neler diyorsun?

— Transandantal meditasyondan bahsediyorum. Senin meditasyon yapmana gerek yok maşallah. Stres, çağın hastalığı diyorlar biliyorsun, az veya çok hemen hemen herkeste varmış. Yaşam şartlarının zorluğu trafik, hava kirliliği, kalabalık, gürültü, negatif faktörler stres yapıyormuş. Dr. Kodama bedenin stres biriktirmesinin, zihinsel ve davranışsal etkileri olduğunu söylemiş.

Zihinsel yönden, sinirlilik, depresyon, endişe ve nevroz belirtileri gösteriyormuş; fiziksel yönden, mide ülserleri, yüksek tansiyon, damar sertliği, davranış açısından ise, aşırı sigara içme, yemek ve içki tüketimi başlıyabiliyor, hatta kişinin insan ilişkileri bozulabiliyormuş. Pek çok olumsuz etkileri olan stres, meditasyona yenik düşüyormuş. Kısaca T.M denen Transandantal Meditasyonunu uygulayanların beyin dalgaları, zihin ve bedende rahatlama göstergesi olan alfa dalgaları artışı sergiliyormuş. Transandantal Meditasyon zihin ve bedene derin dinlenme kazandırıyormuş. Bu teknikle mutluluğu bulma peşine düşen Amerikalıların sayısı onbinleri bulmuş. Dünyada T.M. ile sağlıklı ve mutlu bireylerden oluşan toplumlar oluşacakmış.

— Hep mışlı konuşuyorsun hala, sen bütün bunlara inanmıyor musun?

— T.M. nin etkileri üzerine 500'den fazla bilimsel araştırma yapılmış oğlum. Zamanımızda akupunktur revaçta. Benim demek istediğim dünya toz pembe ancak İslâm ile olur. Vahşi dikenli güller ve kalın tel örgüler arasında sıkışıp kalmışken papatya toplayamazsınız.

— Canım halacığım, dedi Atilla, onu gerçekten çok severdi çünkü.

— Herşeyi şu İslâm ile noktalaman yok mu?

Genç adamın sesinden bıkkınlık akıyordu, yüz ifâdesi de değişmiş, kalın kaşları hafifçe çatılmıştı.

Atillâ İslâm'ın üzerine koyduğu kırmızı çarpı işaretinin zamanını dahi hatırlamıyordu, doğal olarak da kalbi daralıyordu bu konudan. Halasının eşinin hayatta olduğu dönemler onunla hiçbir problemleri olmamıştı. İki âile hep beraber gezer eğlenirlerdi. Hümanist yaklaşımları ile halası herkese saydırırdı kendini. Hiçbir modaya ihanet etmez, yakışanı da giyerdi, yakışmayanı da giyerdi. Kocası İlker Cengiz sosyetenin tanınmış dekoratörlerindendi. Halası birkaç sene özel bir okulda sekreter olarak çalışmış, sonra evlenince ayrılmıştı. Karı-koca seçkin davetlerin devamsızlığı hiç olmayan, uyumlu çiftlerindendi. Halası içten neş'esi, orijinal ve realist kişiliği ile çekici bir kadındı. Hayatı, şarkıcılar, mankenler, artistler, dul zengin kadınları arasında geçen kocasını kendisine bağlamasını çok iyi bilmişti. İlker Cengiz, çocuklarının olmasını pek fazla istemiş, Hanım'ını bunun için Avrupa'ya götürmüş baktırmış, tedavi ettirmeğe çalışmış, fakat ayrılmamıştı ondan. Bir gün acele ile merdivenden inerken düşüp beyin kanaması geçirdiğinde, geriye büyük bir servet bırakmıştı.

Halası, uzun müddet bu ölüm olayının etkisinde kalmış, haftalarca eve kapanmıştı. Sevgili kocasının ölümünü bir türlü kabullenememişti. Bir arkadaşının kitaplar getirerek onu teselli etmeye çalışması bu devrede olmuştu. Atilla ne zaman halasına uğrasa onu dini kitapları okurken bulurdu. Türk toplumunun hiç hazır olmadığı gençlerin evlilik öncesi birlikte yaşayıp evlilik denemesini yapmalarını normal görecek kadar hoşgörülü olan halası pergelinin ucunu öyle bir 360 derece döndürmüştü ki, Atillâ'nın nişanında dahi bulunmamıştı. İslâm'da öğrendiği her kâideyi mutlaka hayatına geçiriyordu. İmam-ı Gazali'nin, İmam-ı Rabbâni'nin bütün kitaplarını almıştı. Bu âlimlerin isimlerin söylerken dahi özel saygılı bir ifade kullanıyor, her defasında "rahmetullahi aleyh" diyordu. Gözalıcı mücevherler takınan, çarpıcı parfümler sürünen, son moda aksesuarları ile dâima günün kadını olmayı beceren, çevresine yaşama sevinci saçan kadını değiştiren kuvvetin şiddetine herkes şaşırmış kalmıştı!

Halasının Atillâ'nın anne ve babası ile olan çekişmeleri, kavgaya varmadıkça bitmezdi, asla bir sonuca varamazlardı. Nihayet iki taraf da inançlarını birbirlerine kabul ettiremeyeceklerini kesin olarak anlayınca bağları kopmuştu, çok az görüşür olmuşlardı.

Atilla halası ile alakasını hiçbir zaman kesmemişti; bayramları nerde olsa gider onu bulur, elini öper, çok sık telefonla hatırını sorar, bir şeye ihtiyacı olduğunda derhal yanına koşardı. Halasının şu solgun yüzü, kırışık alnı, yalnız hâli genç adamın kalbini sızlattı. Hayatı nasıl da böyle değişmişti. Onu bir başka Hala yapan şeyi anlıyamıyordu Atillâ bir türlü.

— Halacığım, dedi onu okşayan ve saran bir sesle, nikahıma gelmemekte kararlı mısın?

— Oğlum hiç sizin nikahınızda bulunmayı istemez miyim? Fakat şartlarınız gayri İslâmî.

— Ve nokta, dedi Atillâ.

Hala Hanım'ın yüzünde saf ve parlak bir tebessüm ışıldadı:

— Evet, nokta, dedi gülümsemesine zıt bir ciddi tonla.

— Sen ki halacığım "Türkiye'de Kadın Haklarını Koruma" cemiyeti kurmayı düşünüyordun, daha önce bu yolda yapılan teşebbüslerin hiçbirini beğenmemiştin. Çok çalışacaktın, sesini tüm·Türkiye'ye duyuracaktın.

— Beni ondan Allah (c.c.) korudu elhamdülillah.

— Niçin?

— Ben, egemenlik kurarak erkeklerle eşit olmak istiyordum. Kadın sorunun varlığı ayrı şey, çarpıtılması ayrı şeymiş meğerse. Geçmişten günümüze kadar kadın sorunu hep mevcuttur. Fakat bu meselenin yegâne hal çâresinin Hz. Peygamber devrinde kadınlara hangi haklar tanındıysa, bugün de o hakların onlara verilmesinden ibaret olduğunu öğrendim çok şükür. Müslümanların feminizm sorunu yok. Erkeklerin de, kadınların da hak ve görevlerini öğrenmesi meselesi var.

— Ve nokta halacığım.

— Evet nokta.

— Eminim ki Halacığım Hilye'yi çok korkuttun, hiç konuşacak bir şey bulamıyor, anlattıkların karşısında, sus pus oldu.

Hala Hanım yüzünü Genç kıza çevirdi:

— Öyle mi yavrum? diye yumuşacık, kadife gibi bir sesle sordu.

— Katiyyen, dedi, Hilye, telâşla, yanakları üzerine pembecik birer tâze gül konarken. Söylediklerinize çok yabancıyım ama korkmadım.

— Hilye bugün senin nostaljiye ne kadar meraklı olduğunu öğrendi halacığım.

— Lütfen Atillâ, kelime oyunları yapma, İslâm kıyametlere kadar gelecek bütün çağların dinidir. Büyük bir müjdeyi yaşamaya başladık, İslâm Avrupa ufuklarında göründü. Batı Hristiyanlık gayreti ve taassubu ile yıllarca İslâm'a çullandı ama onu silemedi, sindiremedi, karalayamadı ve yenik düştü. Avrupa'da güçlü bir İslâm rüzgârı esiyor, Allah'ın dinine savaş açılan diyarlardan, beyaz bayraklar sallanıyor. Müslüman olanların sayısı hergün biraz daha artıyor. Martın Lings'i duydunuz mu?

— Şarkıcı mı, oyuncu mu hala, dedi Atilla birden, sonra bir gaf yaptığını hissederek, veya da yazar mı? diye ilâve etti.

— Attın ama sonunda tuttun, sevgili yeğenim. Martın Lings, Oxford Üniversitesi'nde İngiliz Edebiyatı okuyan, önceleri protestan, sonra ateist olan bir yazar. Dünya dinlerini incelemiş sonra büyük sufi Şeyh Ahmed Alevî eş-Şazelî ile tanışmış müslüman olmuş. Ebubekir Siraceddin adını almış. "Hz. Muhammed'in hayatı" isimli eseri "siret ödülü"ne lâyık görülmüş.

Sîret kelimesinin ne mânâya geldiğini sormak hatırına geldiyse de Hilye merak etmediğinden boş verdi, sormadı.

Atilla aniden yerinden doğruldu:

— Bize müsaade halacığım, senin Ebu Bekir Siraceddin'i, balayı dönüşümüzde gelir dinleriz.

— Allah kısmet ederse.

— Eder eder endişelenme, balayımız uzun sürmeyecek, yirmi gün filan kalırız ancak. Biz şimdi gider, yemek yeriz, sonra da ben Hilye'yi evine bırakırım. Bir arzun isteğin var mı halacığım?

— Çok teşekkür ederim, şimdilik yok.

Atillâ'nın bakışları sehpanın üstüne gitti. Düğün dâvetiyeleri koyduğu gibi duruyordu.

— Pes doğrusu dedi, halasının sırtını okşayarak, dâvetiyemizi açıp da şöyle bir bakmadın?

— Sizin ardınızdan oturup bakacağım elbette oğlum. Türkiye'de hiçbir kutsal değer tanımayan bir nesil peydahlandı, ahiretlerini de dünyâlarını da zâyi ediyorlar, sizi uyarmaya çalıştım, görüşmemizi fırsat bilerek.

Son dakikada ayrılırlarken dâhi vaaz veriyordu halası.

— Ahmed, dedi halası birden, az daha unutuyordum oğlum. Pasaportum yetişir bugün vizeyi alabilirse avukatım, yarın akşam Cidde'ye hareket ediyorum arkadaşlarla.

— Haziranın başında gidecektin, öyle söylemiştin hala, bu ne acele?

— Arkadaş bulunca yanıma, o zamana kadar beklemeyi gereksiz gördüm. Yalnız vizenin alınacağından hiç ümidim yok.

— Senin Avukat Taner becerikli adam, allem kallem eder halleder meseleni. Şu halde halacığım balayı dönüşümüzde gelemeyeceğiz sana. Arabistan seyahatından sonra ancak.

— Evet, inşaallah Umreye gidip gelebilirsem, diye Hala Atilla'nın sözünü düzeltti.

— Hayırlı yolculuklar halacığım.

Basamaktan aşağı adımını atmak için tetikte bekleyen Hilye de:

— Güle güle gidiniz, dedi.

— Teşekkür ederim, diye cevap verdi hala, sonra Atilla'nın kolunu tuttu, evimin sende anahtarı var, her arzu ettiğiniz zaman gelip kalabilirsiniz, burada. Pazar gününü tercih ederseniz Esad Coşan Hocaefendi'yi de dinlemiş olursunuz.

— Amma taktın kafana bize hocayı dinletmeye halacığım.

— Bir vaazını olsun başladığı andan, sonuna kadar takib etseniz memnun kalacaksınız.

— Bizim adımıza üzülme, ben ve Hilye halimizden böyle de memnunuz halacığım.

Atilla nişanlanmasından sonra şu geçen iki ay içinde, evlilik hazırlığı telaşlarından halasına uğrayamamıştı; sadece telefonla konuşmuşlardı. O da birkaç kelime hal ve hatır sorma olmuştu. Gördüğü kadarı ile halasının dini duyguları daha yoğunlaşmıştı ve davasında daha atılgan olmuştu. Üstelik diretiyor, ısrar da ediyordu etkilemek için. Ama boşuna nefes tüketiyordu onlara tesir edemeyecekti hiçbir şeyle!

— Hoşçakal Hala, dediler Atilla ve Hilye arka arkaya.

— Allah'ın selâmeti üzerinize olsun çocuklar. Cenâb-ı Hak size kendi rızasına uygun hayatlar nasib etsin.

Apartman kapısından çıkarlarken Atillâ:

— Ne demek istediğini anladın değil mi Hilye, dedi.

— Evet, tahmin ediyorum bizim nasıl yaşamamızı istediğini...

— Günde beş vakit namaz kılacağız, her sene bir ay oruç tutacağız, sen halamın ifadesiyle pür tesettür olacaksın, ben sakal bırakacağım, öyle dar pantolanlar giymeyeceğim, plajlardan denize girmeyeceğiz, kadınlı erkekli eğlence yerlerine gidemeyeceğiz, evimize gelen misafirler için haremlik selâmlık bölümleri yapacağız ve bunlara benzer daha neler de neler.

— Ne sıkıcı bir hayat biçimi.

— Fakat halam bunu yaşıyor Hilye, ne var ki İslâm karşısında aldığı ödünsüz tavrı selâmlanabilir. Nasıl buldun Hala mı?

Mobilyacıların önünde durmuş, arabaların geçmesini bekliyorlardı.

— Rahat ve sade bir hayatı tercih etmiş ama, dedi Hilye, evinde fevkalâde bir renk uyumu var. Çok dindar, ancak Japonya'daki Kitazato Araştırma Enstitüsü'nden haberdar, Dr. Kodama'dan söz ediyor. Giyimi bizden farklı, fakat zarif.

— Selvi rengi uzun bol elbisesi, kefeni hatırlatan beyaz başörtüsü ile mümkün değil beğenesin halamı, dedi Atillâ.

— Elbisesi su yeşili idi, serinletici ve ferahlık verici.

— Yoksa mümkün mü Hilye?

Yol tamamen tenhalaşmıştı; hiç acele etmeden karşıya geçtiler, eczanenin önünde park ettikleri arabalarına bindiler. Atilla debriyaja bastı, kontak anahtarını çevirdi, araba çalıştı, hareket ettiler. Berr Oteli'nin önünden geçerlerken, Atilla'nın artık cevap vermeyeceğini zannettiği bir anda Hilye başını çevirmeden tek bir kelime söyledi:

— Mümkün.

ℬir ağrı kesici iğne yaptım, dedi doktor, nişanlınız bir on dakika kadar içeride yatacak.
— Teşekkür ederiz, dedi Hilye.
— Sizinle biraz konuşabilir miyiz, diye sordu doktor. Doktor elli ellibeş yaşları arasında gösteriyordu ama, hareketleri çok ağır olduğundan insanda daha ihtiyar olduğu zannı uyandırıyordu.
— Buyrun, dedi genç kız, onun kısa ve seyrek kirpiklerle çevrili elâ gözlerine bakarak.
— Bu gece kına geceniz olmuş, nişanlınız söyledi.
— Evet, dedi Hilye.
— Yarın da evleniyormuşsunuz.
— Evet, öğleden sonra nikâhımız kıyılacak.
— Nişanlınızı muayene ettim. Neticeyi size açıklamaya mecburum.
Neyi açıklıyacaktı acaba? Genç kız pek merak etmeden doktorun lâfın gerisini getirmesini bekledi. Doktor susuyordu. Hilye sıkıldı, ne söyleyecekse hemen desindi, uzatmaya ne gerek vardı böyle?
Doktor genç kızın aklından geçenleri okumuş gibi sımsıkı yumulu dudaklarını araladı.
— Lütfen söyleyeceğim şeyleri dinlerken kuvvetli olmaya çalışın, dedi.

— Ben, dedi Hilye, doktora güven vermek için yerinde dikleşirken, optimistimdir; her şeyi iyi yönünden almaya çalışırım. Benim adıma endişelenmeyin, sivri çıkışlarım yoktur olaylara karşı!

— Nişanlınız kanser! dedi doktor nerdeyse heceleyerek fakat birden.

Zamanın nabzı duruverdi sanki, genç kız nerdeyse nefes alıp vermiyordu. Doktor da mermerden yapılmış bir heykel gibi soğuk ve kıpırtısız kalmıştı. Yoksa kalpsiz olarak mı doğmuştu bu adam? Ama hayır mermerden değildi, sıkıntıyla alnını oğuşturuyordu, kalbi de olmalıydı ki yüzünde bir hüzün bulutu dolaşıyordu. Hilye yanaklarında ıslaklık hissedince şaşırdı, hiç farketmemişti ağladığını! Bu defa daha yüksek sesle daha fazla ağlamaya başladı. Doktor masada duran bir paketten kolonyalı bir mendil çıkarıp genç kıza uzattı:

— Bunu alın kullanın, diye âdeta emretti.

Hilye isterik bir şekilde ağlıyordu. Susması ancak bir müddet sonra mümkün olacaktı herhalde, müthiş bir ağlama ihtiyacı hücum ediyordu gözlerine. Yalnız Atilla için ağlamıyordu, hatırına yine en yoğun bir şekilde sevdiği insanla evlenemediği de gelmişti çok garip olmasına rağmen.

— Düğünü ertelemelisiniz bence, dedi doktor.

Hilye kağıt mendili toplayıp çantasını attı, doktorun sözü bağırarak ağlama isteğini paramparça etmişti.

— Niçin? diye sordu, ne saçma teklif bu dercesine.

— Kan tahlili, idrar tahlili olsun, kesin neticeyi alın, ona göre hareket edersiniz.

— Bunu asla yapamam ve yapmam doktor bey!

— Gençlikte insanın en büyük hatası diye cevap verdi doktor, olaylara natürel bakamamasıdır. Gençler duygusal hareket ederek hayatlarının alt-üst olmasına sebebiyet verirler. Yaşın verdiği gençlik, coşku, dinamizm ve enerji ile herşeyin üstesinden

geleceklerini hayal ederler. Jeanne Darc oynamak kolay değildir.
Bu sırada kapı açılmış, doktorun hemşiresi eşikte belirmişti:
— Yeni bir hasta geldi, dedi.
— Tamam, geliyorum.
Doktor Hilye'ye arkasını dönüp hiçbir şey demeden çıktı odadan. Genç kız da onun ardından bekleme salonuna geçti.

Hilye gönlü olmadığı için kına gecesini baba evinde bir saatlik bir eğlence ile geçiştirmişti. Kayınvalidesi, onların en yakın akrabaları, Hilye'nin arkadaşları, komşulardan yaşlı birkaç kadın gelmiş, çay içilmiş kekler yenmiş, ayrı ayrı kağıt peçetelere sarılı çerez hediye edilmişti her birine. Bir tabak dolusu kınanın ortasına konulan bir mum yanmış durmuştu yavaşça. Arzu edene kına da paketleyip vermişlerdi. Bu arada iki ailenin fertleri de bir sürü takı takmışlardı genç kıza. Saat onbirde Atillâ onu almaya geldiğinde henüz kimse gitmemişti; Hilye onlardan izin istemiş ve nişanlısı ile çıkmıştı. İkisinin de çok sevdiği sâhili takip ederek Emirgân'a gitmişler, bir kafeteryada sahlep içip kına gecesi hakkında kısa bir sohbet yaptıktan sonra oradan hemen ayrılmışlardı, ertesi gün erken kalkmaları gerekti çünkü! Bebek'te, geç ışıklarının yanmasını beklerken, Atillâ direksiyona iki büklüm kapanmış, şiddetli bir sancı geldiğini söylemişti. Genç adam binbir zorlukla arabayı bir sokak içine almış bir kenara park etmişti.

Gelip geçenlerden doktor sormuşlar, genç bir kadın onlara burasını göstermişti. Üç katlı müstakil bir bina idi tarif edilen yer. Kapıda "Dahiliye Mütehassısı Doktor Oktay Şen -24 Saat açıktır- yazılı büyük bir tabela bulunuyordu.

Onları içeriye buyur eden hemşire Hanım, ikinci ve üçüncü katların doktorun evi olduğunu; birinci katın da klinik olarak kullanıldığını söylemişti.

Eşyalar yeni, klinik temizdi. Nişanlınız kanser sözü zihninin her köşesini buz gibi etmiş genç kızı titretiyordu, oyalanmak için duvardaki tabloları tetkik etmeye zorladı kendini:

— Merhabalar kızım, diyen kısık bir ses duydu. Hemen başını çevirdi. Çok yaşlı bir kadın bastonuna tutunarak içeri girmişti.

— Merhaba, dedi Hilye, uyur gezer gibi.

— Doktor yok mu?

— Burda zannederim hasta muayene ediyor içeride.

— Sizde mi onu bekliyorsunuz?

— Hayır, dedi Hilye, nişanlımın, beline, bacaklarına sancı geldi de iğne yapıldı.

— Bu İstanbul'un havası çok ağır dedi, yaşlı kadın, yakında küçük çocuklarda da şikâyetler başlarsa şaşmamalı. Bu nem oranı mahvediyor hepimizi. Yaşlı kadın sesini kıstı, tam bir sene bu doktora bacaklarımın ve kollarımın ağrısından tedavi oldum. hiçbir fayda görmedim. Teşhisi beş para etmez, ondan memnun değil hiç kimse. Ben şimdi yalnız tansiyonuma baktırmaya geliyorum.

— Hilye, biz gidelim. Atillâ'nın gür ve neşeli çıkan sesi genç kızı serseme çevirdi aniden. Doktor ona kanserden bahsetmemişti anlaşılan.

— Evet, dedi genç kadın, sanırım öyle cevabını çok saçma sapan bularak.

Atillâ, nefti yeşil takım elbisesi içinde canlı ve Hilye'yi şaşkına çevirecek derecede iyi görünüyordu:

— Sancın geçmişe benziyor, dedi Hilye.

— Hiç kalmadı dedi Atilla gülerek, geçmiyecek de ne yapacaktı yani?

Yaşlı kadın bastonunu kuvvetli kuvvetli birkaç defa yere vurdu:

— Ah gençlik dedi, insanı böyle konuşturur işte. Haydi güle güle! Sen gene de gençliğine güvenip çok gezme oğlum.

— Tavsiyenize dikkat edeceğim Hanımefendi, dedi Atilla, kapıyı kapatmadan önce.

Önlerinden geçtikleri evlerin bahçelerinden meltem rüzgârının binbir mutlulukla taşıdığı bahar çiçeklerinin karışık kokuları geliyordu.

Ilık bir rüzgâr esiyor, denizin yumuşak dalgalarına karışarak, nefis gece şarkıları söylüyordu. İkisi de sessiz kalıp uzun bir yol boyunca onu dinlediler. Sonra Atilla konuşmaya başladı. Doktoru o da beğenmemişti; çok pimpirikli bulmuştu.

— Bir ağrı kesici iğneyi zor yaptı, tahlil istiyor benden gecenin onikisinde, diyordu alaylı olarak. Neyse geçti bırakalım bu doktor lâfını. Yarın erken gidelim salona ne dersin?

— Bence de iyi olur.

— Seni saat bir de gelirim almaya, o zamana kadar hazırlanırsın herhalde.

— Zannederim.

Eminönü'nde gecenin çok geç bir saati olduğu için hiçbir satıcı kalmamıştı. Kapalıçarşı gecenin esrarlı sessizliğine gömülmüş uyuyordu derin derin, her tarafın kepenkleri inikti.

Trafik açık olduğu için çok rahat hız yapıyordu Atilla. Topkapı ve Merter'de tenha idi. Ömür gazinosunda tek bir masada ikisi kadın ikisi erkek dört kişilik bir grup birşeyler yiyordu. Diğer masalar boşalmış, garsonlar tabakları bardakları topluyordu.

— Özür dilerim Hilye, dedi Atilla, seni bu gece çıkarmamalıydım dışarıya, evinde olsaydın çoktan yatmış olacaktın.

— Pek öyle değil, dedi Hilye, O zaman da misafirler daha oturur gitmezlerdi.

Hilye'nin evlerinde holden başka hiçbir yerde ışık görünmüyordu, karanlıktı her taraf.

— Benimkiler yattığına göre, dedi Hilye, arkamızdan hemen kalkmış misafirler.

Ay apartmanların üstünde sarı altın bir yumak gibi parlıyor, ışınlarının değdiği herşeye gizemli bir hava veriyordu. Genç kız ay ışınlarının çiçeklere öpücükler kondurduğu bu saatleri çok severdi. Yaprak kokusunu, toprak kokusunu, yaseminlerin kokusunu soludu derin derin.

Atillâ'nın onun eve girmesini beklediğini farkedince çabucak çantasından anahtarı çıkardı, kapıyı açtı, içeri daldı, hiç istemeyerek. Zerre miktarı yoktu uykusu. Anne-babasının odalarının kapısı açıktı, ayaklarının ucuna basarak, hiç gürültü etmeden geçmeye çalıştı önünden.

Annesi uyanmış ya da uyumamıştı onu beklemişti, seslendi yattığı yerden:

— Hilye sen misin?

Genç kız durakladı:

— Evet, benim anne.

— Çok geç kaldınız.

— Öyle oldu.

— Hemen yat emi?

— Yatmaya gidiyorum.

Rahatlamıştı annesinin içi, demedi başka bir şey.

Genç kız soyundu, geceliğini geçirdi sırtına. Giderken penceresini açık bırakmıştı, kimse dokunmamış yine öyle duruyordu. Görünen bütün evlerin ışıkları sönüktü ama müzik sesi geliyordu bir yerlerden hafifçe.

Hilye, sırtüstü yatağına uzandı, gecenin karanlığına ve sessizliğine gönül bahçesini açarak. Söylenen şarkının sözleri net olarak duyuluyordu, yanık ve duygulu bir erkek sesi mızrabını vuruyordu onu dinleyenlerin kalp tellerine.

Nikâhına beni de çağır sevgilim,
İstersen şahidin olurum senin,
Bu adam kim diye soran olursa,
Eski bir dost dersin sevgilim,

Hayaller kurardık biz yıllar önce,
Ayrılık hesapta yoktu bizce
Bilirsin ne kadar görmek isterdim,
Beyazlar içinde seni öylece,

Genç kız yüz üstü döndü yavaş yavaş. Bir dal akasya ve bir şarkı katılmıştı anılar galerisine. Hasret hançeri kalbine saplanmış, çıkmıyordu bir türlü, daha derine, daha derine iniyordu. Hilye birden yüzünü yastığa gömdü, ağladı ağladı.

Bahar aylarında, kuşlarda ayrı bir neş'e, bitkilerin hepsinde canlı bir yeşillik, çiçeklerde farklı bir güzellik, ufukta daha bir derinlik oluyordu. Tüm genç ve yaşlı insanlara da aksediyordu baharın neş'esi, canlılığı ve duygusallığı, Bakırköy Evlendirme Dairesinde Hilye ile Atillâ'nın nikâhları kıyılırken cıvıl cıvıldı herkes. Çocuklar ortada koşuşmuş, yaşlılar aralarında muhabbet etmiş, gençler en güzel şık kıyafetleri ile salonu podyum'a çevirmişlerdi. Ortalarına birer kocaman papatya yapıştırılmış nikah şekeri kutularını pek beğenmişti misafirler. Orjinallik olsun diye gelin arabasını da papatyalarla süsletmişti Atilla.

Nikâhtan sonra anneler, babalar, Hilye'nin kardeşleri, en yakın akrabalar birkaç arabaya doluşarak Lâle Bahçesi'ne gitmişler, birkaç saat orada eğlenmişlerdi. Akşama doğru da Arnavutköy'deki "Galaksi" gazinosuna gelmişler masalara yerleşmişlerdi hepsi ayrı ayrı. Ortadaki büyük havuzun kenarlarına yerleştirilmiş fıskiyelerden sular şarkılarla fışkırıyor notalar halinde etrafa saçılıyordu.

Nuran Hanım, bugün için özel olarak alıp sakladığı pembe ipek mendiliyle yavaşça gözlerinin ucunu sildi. Kısa dantel duvağı, ayak bileklerinde son bulan beyaz daracık saten elbisesi içinde kızı bir peri masalı prensesi, açık gri gömleği ve kurşûnî takım elbisesi ile damadı da bir peri masalı prensiydi sanki.

Hilye'nin yüzünde, gençliğin ve güzelliğin aydınlığı daha

parlaktı, yere düşen ay ışıklarından. Bir gören mutlaka ikinci kez, dönüp bakmıştı ona.

Müzisyenler, müşterilerin arasında gelinle damad bulunduğunu görmüş özel olarak "La Cumparsito"yu çalmışlardı onlar için. Atilla ile Hilye pistin ortasında dansa başlamışlar, yavaş yavaş diğer çiftler de etraflarını sarmıştı.

Sahneye çıkan her solist yeni evlilerin masasına gelmiş onlara bakarak aşk şarkıları söylemişti.

Nuran Hanım mutluluğundan Suzan Hanım'ın da gözlerinin yaşlarla dolduğunu görmüştü birkaç defa. Hiç kimse istememişti gecenin bitmesini. Ama sona ermeyen hangi hikâye olmuştu bu dünyada! Bu masal gecesinde mutlulukla hasret kucak kucağa oturmuştu.

Gazinodan ayrılmak için oturdukları yerden önce Atillâ ile Hilye kalkmıştı ayağa. Nuran Hanım dudakları suskun, gözlerinde hüzün, yüzünde sevinç, kalbinde ayrılığın acısı ile saadet yanyana, öyle şaşkın, garip, bir acaip uğurlamıştı kızını. Hilmi Bey de oğlunu askere gönderen bir baba gibi el etmişti, kızına ve damadına. Sonra karısına dönmüş, gözlerindeki yaşları göstermemek için bakışlarını kaçırarak:

— Meğer kız evlendirmek zormuş Hanım, demişti.

𝓑ütün bunlar Hilye'nin aklından geçerken karı-koca Acil Servis'in bekleme salonunda ayakta durmuş, hemşireden haber bekliyorlardı.

Atillâ'nın yüzü orada bir damlacık kan yokmuş gibi sapsarı ve allak bullaktı.

— Biraz olsun, dedi Hilye, sancın hafiflemedi mi?

— Çok azaldı, ama derinden derine var.

— Oturalım, belki daha rahat edersin!

— Hiç farketmiyor.

— Nerde kaldı bu hemşire?

— Arkadaşını arıyordur, neydi ismi?

— Alper Ergün.

— Nereden tanıyorsun onu?

— Ankara'dan.

— Kim oluyor?

Hilye'nin kalbi bir an göğüs kafesinde bir kuşun kanatlarını çırpması gibi titredi; evet Alper kim oluyordu? Bir zamanlar herşeyi, hayallerinin gerçekleşmiş prensiydi, ya şimdi? Bir gece komşularının teybinden gelen şarkıda ne diyordu? "Bu adam kim diye soran olursa, eski bir dost dersin sevgilim"

— Eski bir dost, dedi Hilye başını öne eğerek.

— Alper Ergün burda değil, hemşirenin, yorgun ve bıkkın sesi konuşmalarını bölmüştü. Fakat doktor Alper'in arkadaşı nöbetçi bugün. İstiyorsanız sizi onun yanına götüreyim.

— Tabiî dedi, Hilye, Alper Ergün doktorun olması şart değil. Bize yardımcı olur diye, ben size onun ismini verdim.

— Burası acil servis, dedi hemşire, gelen her hasta ile alâkadar olmamız görevimiz. Buyrun gidelim öyleyse.

Hemşire önde, Atilla ile Hilye de onun arkasında, yürüdüler. Üzerinde "Nöbetçi Doktor" yazılı kapıya gelince, hemşire durdu, kapıyı tıklattı, içeriden cevap almadan açtı, içeriye girdi:

— İşte doktor Bey dedi. Alper Ergün'ün arkadaşı bu Hanım, kocasının sancısı tutmuş.

Doktor, masasının üstünde açık duran kitabını kapattı, gözlüklerini çıkarıp, beyaz tertemiz önlüğünün üst cebine koydu, elini uzattı.

— Hoş geldiniz, dedi. Ben doktor Mehmet.

— Hoş bulduk, ben Atilla, dedi genç adam doktorun elini sıkarken. Ardından genç kadın:

— Ben de Hilye, dedi.

— Alper, benim iyi arkadaşımdır, onun dostları benim de dostumdur, buyrun şöyle oturun ve söyleyin nerenizden şikâyetiniz Atilla bey?

Atilla oturmadan öyle ayakta dikili birkaç saat önce gelen sancısını anlattı.

— Hastayı, muayenehâneye alalım hemşire Hanım, dedi doktor ve yerinden kalktı, masayı dolanarak Alper'in ve hemşirenin arkasından yan odaya geçti.

Bir gece önce, klinikteki doktorun söylediklerini unuttuğundan Hilye pek öyle büyük bir heyecan duymuyor, az sonra ellerinden bir reçete ile çıkıp gideceklerinin rahatlığı ile yalnız kaldığı odada, her tarafı dikkatle inceliyordu. Odanın eşyası, bir büyük gri masa, siyah eski bir koltuk, beyaz boyalı madeni bir dolap ve birkaç alelâde sandalyeden ibaretti. Masanın kenarında okunup bırakılmış bir günlük gazete duruyordu.

İçeride epey kalmışlardı, genç kadın gazeteyi ucundan tutarak şöyle bir katlarını karıştırdı, sıkılmıştı beklemekten. Ara kapı açılıp doktor göründüğünde elini gazeteden çekti. Doktor Mehmet kısa boylu, tombulca, çok ciddi görünümlü biriydi. Koltuğuna oturunca dirseklerini masaya dayadı, ellerini birbirine geçirdi, hafif çekik siyah gözlerini Atilla'ya dikti.

— Kan tahlili ve idrar tahlili gerekli, dedi.

— Bu tahlilleri sonra yaptırırım, dedi Atilla, siz şimdilik bir ilaç yazın beni rahatlatacak.

— Siz cahil biri değilsiniz Atilla Bey, kafadan atıp ilaç yazılmaz.

— Bu ağrım yeni değil benim, arada tutar böyle doktor Bey.

Doktor Mehmet, Atillâ'nın ısrarına kızdı biraz sert:

— Bu dedi, mühim olmadığını ifade etmez, durumunuz ciddi, çok ciddi.

— Peki, dedi Atillâ, hastalığının kötü bir şey olacağına hiç ihtimal vermeyerek, neden şüpheleniyorsunuz?

— Eskiden bu gibi hastalıklar, hastadan gizlenirdi, söylüyoruz şimdi, saklamıyoruz artık, kansersiniz; kemik kanseri.

Hilye doktorun sözlerini tamamen duyduğu halde, hayretle:

— Nee..? diye bağırdı. Genç kadın dünkü doktorun sözlerini de hatırlamış, ikisinin aynı teşhisi koymalarına şaşmıştı.

Doktor Mehmet ellerini açtı:

— Evet, dedi, kemik kanseri, daha kuvvetli bir sesle.

Atilla tam mânâsı ile şok olmuştu;

— Kan tahlili ve idrar tahlili istiyorsunuz, diye mırıldandı.

— Gâyet tabiî. Ortopedide bir film çektirmenizi de istiyeceğim. Kesin neticeyi o zaman göreceğiz hep beraber.

Doktor Mehmet yine bozulmuş, sinirlenmişti, hastanın teşhisine güvenmemesine.

— Buna inanamıyorum, katiyyen inanamıyorum, dedi Atillâ. Genç adam uykuda konuşur gibiydi. Doktor, Atillâ'nın haline acıdı ve sâkinleşti.

— Oturun Atillâ Bey, dedi.

Atillâ oturmadı, ama üzüntüsünü saklayabilmek amacıyla yüzünü öbür tarafa çevirdi, çok şaşkın ve çok perişandı.

Hilye aniden kocasını kolları arasına almak, başını göğsüne yaslayarak her şeyin yolunda gideceğini söylemek arzusu duydu. Herşey yolunda gidecekti elbette. Arkından "Doktor kanser diyor kendi kendini kandırmanın âlemi yok" dedi içinden. Doktor Mehmet bir kağıda kanda neler aranacağını yazıyor bir sürü tahlil istiyordu.

Atillâ, hemşirenin peşinden giderken durakladı ve doktora teşekkür etti. Ama neden teşekkür ettiğinden emin değildi. Genç kadın kocası ile gitmek için davranıyordu ki, doktor Mehmet:

— Siz kalın lütfen, dedi, hafifçe gülümsüyordu.

Hilye'nin gözleri yaşlı değildi fakat şaşkın olduğu açıkça görülüyordu. Onbeş yirmi dakika önce sâkin yüzünde sâdece ufak bir endişe dolaşan kadına benzemiyordu artık.

Doktor, onun o eski haline dönmesini sağlamak istediğini farketti.

— Çok zor bir durum olmakla beraber, metanetinizi elden bırakmamanız lâzım. Sabırlı olmalısınız. Hem böyle bir durumla karşılaşan yalnız siz değilsiniz.

Genç kadın isyanla savurdu saçlarını, tel tel uçuştular havada.

— Doktor bey, dedi, hiç evlendikleri ilk gecede hastahaneye gelen kimse oldu mu?

Doktor Mehmed'in soğukkanlı bakışlarının üzerinden ilk defa bir şefkat süzüldü, geçti.

— Yoksa bu gece mi evlendiniz, dedi.

— Evet, gündüz saat dörtte Bakırköy Evlendirme Dairesinde nikâhımız kıyıldı. Gece de akrabalar ve dostlarla kutlama için "Galaksi" gazinosuna gitmiştik, evimize geldiğimizde saat iki filandı, saat üçte de hastahanede idik.

Genç kadın ağrının nasıl başladığını da en ince teferruatına kadar anlattı doktora.

— Gerçekten çok kötü bir durum, dedi Doktor Mehmet samimiyetle.

Hilye terbiyesizlik olduğunu bildiği halde:

— Siz hiç hayatta acı çektiniz mi? diye sorarken buldu kendini.

Doktor mehmet kitabının arasına sıkıştırdığı kalemi oradan çıkardı, kalın, küt, siyah killi parmakları arasında evirip çevirdi birkaz kez. Aklından gecenin bu saatinde sâdece bir meslekdaşının dostu olduğunu söyleyen genç bir kadına geçmişinden bahsetmenin doğru olup olmadığı geçiyordu. Fakat gizli bir el zihninde bir bir mazisinin sahifelerini çeviriyordu okuması için.

— Evet, dedi, kayıtsız, ancak yaralı bir gülümsemeyle. Onbeş yaşımda evimden ayrıldığımda çok büyük bir acı duymuştum. Evimi terkettiğimde ne param, ne gidecek yerim, ne de kendisine yardım etmesi için müracaat edebileceğim bir arkadaşım vardı Hilye hanım.

— Evden mi ayrıldınız, ama niçin? diye sordu, Hilye doktorun o yaştaki cesaretine şaşarak.

— Annem ile babamın benim istikbalim hakkındaki bitmez tükenmez kavgalarına son vermeleri için. Annem okumamı isterdi, babam da benim defter ve kalemlerine verdiği paralardan bıktığını, usandığını, kendi zarûri ihtiyaçlarından kesip bunu artık devam ettiremeyeceğini söylerdi. Kimbilir belki babam da kendine göre haklıydı. Fakat ben çok kırılırdım sözlerine. Birgün yine kavgalarını duydum, çok öfkelendim. "Beni merak etmeyin, doktor olup size diplomamı getireceğim" diye bir yazı bırakıp evi terkettim. Babam boğa burcundandır, bu burçtan olanların bâzıları maddiyatçı ve egoist olurlar. Babam tamamıyle bu kategoriye dahildi.

— Ya anneniz? dedi genç kadın, doktorun burçlara inanmasını çok garipseyerek.

— O da, çok şefkatli, çok fedâkar, zayıf iradeli balık insanıdır.

— Sonra ne yaptınız sokaklarda yapayalnız?

— İlk gecemi kapısı açık kalmış bir apartmanın antresinde geçirdim. Sonra bir kitapçıda iş buldum, orda yattım kalktım, hem okudum, hem çalıştım.

— Yâ anneniz ve babanız ne oldu?

— Arada sırada telefon edip, durumumdan haberdar ettim onları. Ve bir gün anneme babama doktorluk diplomamı götürdüm, sözümde durdum. Şimdi beraber oturuyoruz.

Doktorun masasındaki çalışma lambasının ışığı Hilye'nin gözlerine vuruyordu, iyice rahatsız olunca sandalyesini geriye aldı.

— Sizin olayınız güzel neticelenmiş, dedi genç kadın, bizim sonuç ne olacak merak ediyorum. Bir hayli sürdü işleri, bu gidişle eve ancak sabahleyin gideriz.

Konuşurken genç kadın gözünün ucuyla kapıya doğru bakıyordu; Atillâ henüz gelmemişti. Doktor Mehmed'i ilk gördüğü an Hilye onun güçlü, kendinden emin, yenilmez biri olduğunu düşünmüştü. Ne var ki hayat hikâyesini dinlerken gözünde farklı bir insan belirmiş, Doktor Mehmed'e gönlü ısınmıştı. Şimdi onunla bir ağaBey kardeş havası ile konuşuyordu.

Doktor Mehmet, birden Hilye'nin kocasının hastalığının ciddiyetini tümüyle kavrayamadığını anladı. Genç kadın demek ondan sebep oturuyordu öyle sâkin sâkin.

— Hilye Hanım, dedi, Atilla Bey'in hastahanede kalması gerek.
Hilye daldı gitti, doktorun kendisine baktığını bildiği halde. Neler oluyordu gene hayatında? Kocası Alper'in çalıştığı hastahaneye yatacaktı; ne tuhaf bir yazgıydı bu. Kalbi, olmaz öyle şey diye çekiştiriyordu yakasından. Ondan kurtulmak için hırsla ayağa kalktı; burada kalmaya mecburdular en azından şimdilik!

— Doktor bey, dedi Hilye, çantasını sıkıca tutarken, müsaade ederseniz anneme telefon edeyim, Atillâ'ya gecelik, havlu, terlik filan getirsinler. Hastahanede kalacağımızı hiç düşünmediğimizden yanımızda hiçbir şey almadık.

— Ben ortopediye gidip bakayım, Atilla Bey oradadır, siz her istediğiniz yere telefon edebilirsiniz, buyrun, dedi Doktor Mehmet.

Genç kadın minnetle tebessüm etti:

— Bize gösterdiğiniz yakınlığı hiç unutmayacağız, diye cevap verdi.

— O kadar da büyütmeyin, dedi Doktor Mehmed, Alper de benim dostlarım ile ilgilenir.

Alper şimdi neredeydi kimbilir? Büyük bir ihtimalle kira ile tuttuğu dairesinde uyuyor olmalıydı? Sabahleyin geldiğinde çok şaşıracaktı; Doktor Mehmed'den haberleri alınca. Genç kadın evlerinin telefon numarasını çevirirken, annesinin yüzünde hasıl olacak panik geldi gözlerinin önüne. Yatağından acele fırlardı şimdi.

— Alo!.. Annesi âhizeyi kaldırmıştı, sinirli ve sert sesleniyordu; yanlış numara düştüğü zannındaydı.

— Anne korkma benim, ben Hilye, dedi genç kadın.

— Hilye yavrum, bu saatte niye telefon açıyorsun, birşey mi oldu, çabuk söyle?

— Telâşlanma anneciğim, Atillâ sancılandı, hastahaneye geldik!

141

— Hastahaneden mi telefon ediyorsun sen?

— Evet!

— Kızım, manyak mısınız siz ikiniz de, ufak bir ağrıdan sebep insan evlendiği ilk gece hastahaneye gider mi?

— Sancı ufak değil, anneciğim. Sen de anahtar var, babamı kaldır, bizim eve gidip Atillâ'ya gecelik, havlu, terlik, kolonya, mendil, ne hatırınıza gelirse dolaptaki küçük valize koyup getirin. Acil serviste Doktor Mehmed'i sorun, onun yanına gelin.

— Atillâ hastahanede mi kalacak?

— Evet.

— Anne babasına haber verdin mi?

— Hayır, sabahleyin telefon açarız.

— Ne diyeyim Hilye, söz bulamıyorum.

— Haydi anneciğim sen şimdi benim söylediklerimi yapıver.

— Peki kızım, başka bir şey gelmez elimizden zaten.

Genç kadın ahizeyi yerine koydu, halletmişti bir meseleyi. Masadan daha ayrılmadan Doktor Mehmet hızla içeriye girdi.

— Röntgen bozuk çıktı, dedi. Bacak kemikleri normal görüntüsünde değil. Konturları –sınırları– düzensiz. Olay ameliyat boyutlarını aşmış. Atillâ'yı Onkoloji'ye yatırıyoruz. İdrarı alınınca hemşire kocanızı götürecek odasına. Alper, Ortopedide biliyorsunuz, yarın bir de o bakar filmlere, hocasına da gösterir.

— Ben, dedi Hilye, dışarıda bekleyeyim annemi babamı, sizi rahatsız etmiyeyim daha fazla.

— Katiyyen müsaade etmem buna, oda sizin, ben hastaları viziteye çıkıyorum. Size bir demli çay göndereyim isterseniz?

Hilye hayır mânâsında elini kaldırdı. Çay içecek hâli mi vardı; boğazından aşağı bir damla su dahi geçemiyecekti.

— İçemeyeceğim, dedi.

— Anlıyorum!

Genç kadın, "hiçbir şey anlamıyor aslında" diye düşündü, nezâket gereği öyle konuşuyordu, insan bilemezdi yudumlamadığı acıyı. "Oda sizin," demişti Doktor Mehmet. Genç kadın isteksizce uzandı, aldı eline gazeteyi. Tekrar tekrar sahifelerini çevirerek hiç ilgisini çekmeyen spor haberlerine kadar okudu vakit geçirmek için. Gün ağarmış sabah olmuş, gelen giden kimse yoktu. Dışarıdan konuşmalar, tekerlek sesleri geliyordu. Annesi kapıdan girdiğinde Hilye odayı arşınlıyordu sıkıntı ve merakından. Annesi hızla kapıyı çarpıp kapattı, yalnızdı ve elinde valiz filan da yoktu.

— Babam nerede? diye genç kadın annesine doğru atıldı.

— Yukarıda. Uğradık kayınvalideni kayınpederini de aldık, hep beraber geldik. İnsanı yatırmazlar hastahanede önemli bir şey olmadan.

Nuran Hanım alnında biriken terleri sık sık eli ile siliyor, bazı heceleri acelesinden tam çıkarmadan anlatıyordu. Suzan Hanım ile Orhan Bey'i uyandırabilmek çok mesele olmuş, zillerini uzun müddet çalmıya mecbur olmuşlardı. Haberi duyunca önce tutulmuş kalmışlardı şaşkınlıklarından. Yol boyunca hiç konuşmamışlardı. Acil servise girip Atillâ'nın ismini verince daha bir hademe onları onun yanına götürmüştü. Çok patavatsız ve kaba bir adamdı hademe, odaya girerlerken, Atillâ'ya kemik kanseri teşhisi konduğunu söylemişti. Suzan Hanım damatlık elbiseleri ile yatağa uzanmış olan oğlunu görünce daha baygınlık geçirmişti, arkasından da Orhan Bey. Bir müddet onu ayıltmakla uğraşmışlardı. Doktor Mehmed gelmiş, anne bayı sâkinleştirmeye çalışmıştı. Onu buraya Doktor Mehmed getirmişti. Ve "mâlesef teşhis kesin" demişti. Hilye'nin yasını, odada Atillâ'ya pijamalarını giymesi için yardım ederi bırakmıştı.

Nuran Hanım Hilye'nin sandalye üzerinde duran çantasını işâret etti:

— Haydi, dedi, toparlan, yukarı çıkalım. Bize oturmamız için çok müsaade etmezler, kalkar gideriz. Annesi ya da babası kalır yanında tahmin ediyorum.

— Siz gidebilirsiniz anne.

— Sen gelmiyor musun bizimle?

— Kocamın yanında kalmam sana normal gelmiyor galiba anne?

Annenin bakışları kızının saçları arasında takılı kalmış birkaç küçük çiçeğe gitti. Yüzündeki gelin makyajı da olduğu gibi duruyordu. Biricik yavrusu, dünya güzeli kızının yazgısı bu mu olmalıydı gerdek gecesinde. Bundan sonra gelecek günler bugünden de kara idi. Atillâ'nın hastalığı her gün biraz daha artacaktı elbette, en sonunda da ölecekti. Hastalığı aylar mı sürer, yıllar mı sürer hiç belli olmazdı. Atillâ'nın bir sürü akrabası vardı, anne tarafından. Halası da Mekke'den gelebilirdi pek âlâ. Hilye ile Atilla muhakkak ki gerdeğe girmemişlerdi, onu alıp evlerine götürmeleri pek öyle yadırganmazdı. Bir anne olarak azıcık utanıyor, sıkılıyorsa da:

— Evliliğiniz sadece nüfus cüzdanında dedi, sen hakikatte onun hiçbir şeyi değilsin henüz. Seni alıp götürmemiz yadırganmaz değil mi?

Hilye'nin vücûdundaki bütün sinir uçlarında, derin bir öfke yandı, hayatının en büyük acılarını yaşadığı anlarda dâima annesi ona engizisyon sualleri mi soracaktı böyle?

Genç kadın kendi kulaklarına dahi yabancı gelen bir resmilik.

— Onun karısıyım anne, dedi. Atillâ'nın yanında kalmam için sence de yeterli bir sebeptir kanımca!

— Haydi oradan sen de. Atilla bir ara bana anlattı, senin yere düşen duvağını kaldırmak için eğilmiş, doğrulurken müthiş bir sancı olmuş, oracığa çökmüş. O sevdiği ev baklavasından yiyememiş bir tane dahi. Yatağınız da bozulmadan duruyordu.

Hilye sırtını dayadığı duvara başını da yasladı, gözlerini yumdu. Herşey silindi gözünden, aklı bu odadan, hastahaneden çok ötelere gitti, hiçbir ses de duymuyordu. Evde geçirdikleri bir saatin her anı hafızasına nakşolmuştu genç kadının. Atilla çok çok mutlu olmuştu. Yatağı neden düzgün gördüğünün hesabını hiç de verecek değildi annesine.

Hilye göz kapaklarını araladı; annesini süzdü, ağlamak üzereydi veya ağlayacağa benziyordu. Ana-kız şu dakikada ne kadar da birbirlerinden uzak duygular içindeydiler.

Genç kadın mıhlandığı, sadakat ve fedâkarlık okyanusunun dibinden onu kimsenin çıkaramayacağının eminliği ile duruyor, anne de kızını alıp evlerine götürmek için bir gladyatör mücâdelesi vermeye kararlı görünüyordu.

Nuran Hanım Hilye'yi bu gece götürebilirse onu kurtarabileceğine inanıyordu delice bir fikirle. Yavrusunun yaşamına kurşun sıkan hayata, o da pervasızca karşılık vermeye azmetmişti.

— Anne, dedi Hilye, anneciğim, lütfen beni anla, Atillâ benim kocam, onun yanında olmalıyım artık ne bahasına olursa olsun. Düşündüklerin, yapmak istediğin şey çok ayıp, insanlığa sığmaz. Benim mutluluğumu istemen, zorluklardan beni kurtarmaya çalışman seni haklı kılmaz.

— Ah! Hilye, yavrum, dedi Nuran Hanım, ana kalbi! Ah analık!

Annenin kelimelerinin her hecesinde yapış yapıştı hüzün!

— Anne dinler misin beni, diye genç kadın konuşmasına devam etmeye başlamıştı ki, derhal sustu.

Eğer annesi ağlasaydı bu kadar kötü olmayacaktı genç kadın. Şöyle gözlerinden yaşlar aka aka ağlasaydı. Buna katlanabilirdi; ancak annesinin kontrolünü kazanmak için mücadele verişi, gözlerinde biriken yaşları koyvermemek için direnişi çok zavallıydı!

— Seni kırmak istemezdim anne, dedi genç kadın üzgünüm. Nuran Hanım kupkuru yutkundu.

— Ben... ben sâdece seni düşündüğümden diye fısıldadı.

— Anne bundan asla, hiçbir zaman şüphe etmedim, dedi Hilye. Ancak eğer Atillâ'yı bu halde bırakıp sizinle gelirsem, bir an olsun vicdan azabından kurtulamam, ona bir hal olursa, bu benim için anılarımda kara leke olur hiç silemeyeceğim.

Doktor "olay ameliyat boyutlarını aşmış, malesef teşhis kesin" demişti. Yâni Atillâ'nın bu hastalıktan kurtulmasına ihtimal yoktu, umut yoktu, ümit yoktu.. Yoktu.. Kocası ölüm yolculuğuna çıkmıştı, hastahanenin morgunda bitecekti acı seferi! Sancı içinde kıvranarak Atilla koltuğun üzerine fırlatıp attığı gömleğini, pantalonunu, ceketini, çoraplarını giyerken, Hilye'de gardrobtan sâde bir elbise çekmiş almış ne aceleyle geçirmişti sırtına! Taksi çağırmak için telefona koşarken iki kere tökezlemişti. Kuvvet almak maksadıyla hastahaneye gelinceye kadar kocası sıkıca sarılmıştı onun beline. Cerrahpaşa'da Acil Servis'in önüne geldiklerinde, genç kadın şoförün parasını ödemiş, Atillâ'yı kolundan tutarak camlı kapıdan içeri sürüklemişti.

Hilye'nin ilk hatırına gelen Alper olmuştu. Ortalıkta birçok hemşire dolaşıyordu. Atillâ'yı bir kanepeye oturttuktan sonra genç kadın onlardan bir tanesine yaklaşıp:

— Doktor Alper Ergün'ü tanıyor musunuz, burda mı acaba? diye sormuştu. Evet, Doktor Alper Ergün'ü hemşire tanıyordu.

— Gidip Ortopedi'ye bir bakayım, bu gece nöbeti var mı yok mu bilmiyorum demişti.

Hilye'yi bekleyen Alper'e kocasını getirmişti. Bir depresyon kuyusunun kıyısına yaklaşmıştı genç kadın. Ama hayır onun çelikten sinirleri vardı, onları kullanacak bu trajediyi tebessümle karşılayacaktı. O kararlılıkla beklemişti, sevdiği insanı gelip kendilerine yardım etmesi için.

— Baban ve diğerleri merak etmiştir, çıkalım yukarıya.

Annesinin sesi Hilye'yi şaşırttı, birkaç saniye onun orada olduğunu unutmuştu.

— Özür dilerim anne, dedi, yorgunluktan ve üzüntüden olacak daldım.

— Haftada bir gün eve gelirsin ama, dedi Nuran Hanım.

— Gayet tabi anne, yıkanırım, elbiselerimi değiştiririm, ihtiyaçlarımı gideririm, mecburen olacak o kadar.

— İyi, dedi Nuran Hanım kararlı bir sesle. Saçmalamıştı, doğru olan böyle yapmalarıydı elbette.

İlkbaharın renk, şekil ve koku cümbüşü gitmiş, sarı, aydınlık yaz yerleşmişti her tarafa. Güneş ışınları sıcaktı, fakat, tatlı tatlı ısıtıyordu insanı rüzgâr estiği zamanlar.

Atillâ hayatının en büyük kavgasını yaşıyordu ruhunda. Bir iki hafta kalır çıkarım diye düşünürken iki aydır, bu karyolada çakılıp kalmıştı. Galerinin başına babası bir arkadaşını bulup getirmişti. Şimdilik işleri o idâre ediyor, arada gelip genç adama malumat veriyor; hesap görüyordu. Hastalığında hiçbir iyileşme olmadığı gibi üstelik ilerliyordu. Kemoterapiye başlanmıştı. Bütün bunlar asabını bozuyordu Atillâ'nın.

Annesi babası gündüz geliyor saatlerce kalıp dönüyorlardı sonra. Suzan Hanım oğlunu senelerce önce bacağında ağrı olduğunu söylediği ilk seferinde daha doktora götürmediğinden büyük bir vicdan azabı duyuyor ve bunu sık sık getiriyordu gündeme.

— "Ah! Ah! Benim nasıl dalgınlığıma geldi, kendini affetmem" diyordu. Hilye, bunda hiç kimsenin bir suçu olmadığını, karşılarındaki odada yatan hastanın her sene, bütün tahlillerini yaptırdığını, hastalanma korkusundan öksürse tâ Amerika'ya gittiği halde, tümörünün ancak metaztazdan sonra anlaşıldığını anlatıyor, çeşitli misaller vererek teselli etmeye çalışıyordu onu.

Kayınvalidesi de kayınpederi de bir müddet için rahatlıyor gibi görünüyor, az bir aradan sonra yine başlıyorlardı, pişmanlık çeşitleri üretmeye! Birkaç defa oğullarını Amerika'ya götürmeye teşebbüs ettilerse de danıştıkları her doktordan olumsuz cevap alınca vazgeçmişlerdi bu düşüncelerinden. Hilye'nin annesi babası sâdece hasta ziyaret günlerinde geliyorlardı, bazen Hilâl'i, bazen de Efe ile Ege'yi getiriyorlardı beraberlerinde. Nuran Hanım'ın bakışları damadı ile kızı arasında yüzlerce defa gidip geliyor, her ziyaretinde de omuzları çökmüş, dalgın, acıları daha koyulaşmış dönüyordu.

— Annen beni bugün korkuttu Hilye, dedi Atilla, genç kadın yatmaya hazırlanırken.

— Neden?

— Kemoterapi tedavisi uygulandığını duyunca çok fena oldu, bir ara bayılacağını sandım.

Hilye yatağına girdi, başını yastığa koydu:

— Annemin sinirleri aslında çok sağlamdır, fakat kendisi dramatik sahneler yaratmaya bayılır, dedi.

Bahçeden arka arkaya araba sesleri geliyordu, doktorlar dağılıyorlardı, belki Alper de çıkmıştı. Acil servis'e yattığı gecenin sabahında istenilen filmleri çektirmek üzere Ortopediye indikleri zaman karşılaşmışlardı Alper ile. Alper Atilla'ya çok yakınlık göstermiş bütün filmleri titizlikle kendi çekmişti. Hilye Alper'in kendisine gösterdiği ölçülü ve resmî davranışlarını çok takdir etmişti. Ondan sonraki günlerde de Alper onları hep uzaktan izlemiş, ancak gerektiği vakitler koşmuştu yardımlarına. Bir gün Hilye eve gitmek için koridordan yalnız olarak geçiyorken, Alper'e tesadüf ettiğinde o yalnız hatır sormuş, bir yabancı gibi yanından geçmiş uzaklaşmıştı. Annesi, babası da Alper'in hareket tarzını beğenmişler, her gördüklerinde Alper ile konuşur olmuşlardı.

Atilla, Hilye'nin düşüncelerinden habersiz:

— Ölümün siyah dişleri ürkütüyor anneni, dedi. İnsanı hayattan ölüme taşıyan nedenler bilinmedikçe rahat yok insanlara bu dünyada Ölüm sonatını dinlemeye mecbur herkes.

Hastalığının ilk zamanlarında ölümden hiç söz etmeyen genç adam, birkaç gündür aralıksız onu konuşuyor, acaip sualler soruyordu:

— Senin, benim şifa bulacağım hususundaki umutların törpülenmedi mi daha Hilye? dedi, genç kadın uyumak için gözlerini yumacağı sırada.

Genç kadın bocaladı, bir türlü makul bir cevap bulamıyordu, uykusu da gelmişti.

— Ben bir bekleyiş içindeyim, dedi sersem sersem.

Fakat bu bekleyişin ne nasıl peydahlandığını, ne başını ne sonunu biliyordu, ama, dediği doğruydu, neyi beklediğini bilmeden, bekliyordu.

— Gecelerin karanlığı ve meş'um sessizliği benim ölüm korkumu büyütüyor. Dün gece her uyanışımda, ölümü yanımda yatarken buldum; kolları ile beni sarıyordu.

— İnsana dehşet veren bir düşünce, dedi genç kadın onları kafandan atmaya çalış.

— Bunun hiç faydası olmuyor Hilye! Ölümü ahtapota benzetiyorum, gözleri kuvvetli hedefini şaşırmıyor, avını kolları arasına aldı mı ısırıp zehirliyor, sonra onu yiyor, bitiriyor, bana edeceği de bu.

Hilye, bu tatsız konunun uzamasını istemiyordu.

— İyi geceler Atilla, dedi, kusura bakma çok uykum geldi ve gözlerini yumdu.

Atilla çok az yemiş, fakat midesi fazla bulandığından bütün gün onun bu bulantısını gidermek için uğraşmışlardı.

Hilye bu gece kocasının hiç konuşamayacağı zannındaydı. Yatağına yattı, pikesini üzerine çekti.

— Benim ölümden korkmam erkekliğe yakışmıyor, dedi genç adam, kendi kendine konuşur gibi.

— Erkekliğe yakışmayan hilekârlık, sahtekârlık, dalavera zayıflara kaba kuvvetini göstermektir. Ölümden tabiî ki erkekler de korkar, dedi genç kadın. Atillâ'yı cevapsız bırakmaya gönlü razı olmayarak.

— Kollarımdan, bacaklarımdan güç kuvvet tamamen çekildi Hilye, ayağa kalkamaz oldum. Hastalığımın akciğerlerimde metastas yaptığını işitinceye dek, ümidimi kesmemiştim, birkaç sene daha yaşarım diyordum, ama şimdi ölümün soğuk nefesini ensemde hissediyorum devamlı olarak. Bir hasta bunu duymaya başladığı an, ölümden kaçmak imkânsızlaşır. Yapılacak tek şey kalmıştır ortada, onunla yüz yüze gelmek, tokalaşmak ve ona merhaba ölüm demek! Düello etmeyi düşünmek boşuna, ama olmuyor yapamıyorum. Koca bir ağacın yere yıkılması, önce yapraklarının sararıp kuruması, ardından dallarının, derken koca kalın gövdesinin çürümesi, zamanla da toprağa karışıp kaybolması ne acıdır. Atillâ yapmacık, kırgın, gürültülü bir kahkaha attı. Ses dalgalarının taşıdığı umutsuzluk odanın çıplak duvarlarına çarptı vahşice.

İşte ben de böyle bir ağaç gibiyim diye yüksek sesle devam etti, varken yok olacağım, hiçliğe karışacağım.

Genç kadının içi ürperdi, vücudunun bütün tüyleri dikildi, ölüm konuşmalarından dehşete kapılıyordu. Saat gecenin biriydi, hastaların çoğu uykuya dalmıştı herhalde. Atillâ'nın isteği üzerine ışığı kapattığından oda karanlıktı, sâdece pencereden bahçe lambâsının ışığı vuruyordu içeriye hafifçe.

Atilla, Hilye'nin kendisinden hiç ummadığı bir canlılıkla yine ölümden bahsediyordu. Arada sözünü kesiyor:

— Uykun geldiyse susayım Hilye, çekinme söyle, diyordu.

Uykusu varsa dahi genç kadın ölüm lâflarını işitince vücudu ok gibi geriliyordu. Atilla bu tarz konuşmaları için özellikle yanlarında kimsenin bulunmadığı, hemşirelerin ve doktorların odalarına çekildikleri saatleri tercih ediyordu. Genç kadın onu incitmek istemiyor, sabırla dinlemeye çalışıyordu. Kocası uyuduktan sonra uzun müddet daha gözleri korkusundan açık kalıyor, dalamıyordu bir türlü.

Bu gece kocasının psikolojik durumu daha da kötüydü, genç kadına uykusu olup olmadığını dahi sormuyordu akıl edip de.

— Her gidişin bir dönüşü vardır, dedi genç adam, ancak ölüm müstesna. Dibi bilinmeyen bir uçuruma yuvarlanmak ölüm. Ölüm geldi mi önüne geçilmez. Madem ki ölümle bitecek hayat, uzun veya kısa ne farkeder. Aristo, Hypanis Irmağı'nın suları üstünde bir tek gün yaşıyan küçük hayvanların bulunduğunu söylemiş.

Montaigne; "Bu hayvanlardan sabahın saat sekizinde ölen genç, akşamın saat beşinde ölen ihtiyar sayılır. Bu kadarcık bir ömrün bahtlısını, bahtsızını hesaplamak hangimizi gülünç etmez? Bazı hayvanların, ağaçların, yıldızların ömrü yanında bizim hayatımızın uzunu kısası da o kadar gülünçtür. Ölümün, ölmekte olana ettiği, ölmüş olana yaptığından daha acı, daha derin, daha can yakıcıdır" der. Ölümün siyah dişleri yalnız anneni ve beni değil herkesi korkutmuş.

Atillâ ölümü heyulâ haline getirmişti. O anlattıkça genç kadın kendi ölümünü yaşıyor, çığlık atmamak, saçlarını yolarak, kimbilir hangi hasta için ölümün sinsice gezindiği koridorlara bağırarak fırlamamak için her tarafı buz kesmiş kıpırdamadan yatıyordu. Odada sessizce iskeletler dolaşıyor gibisine geliyordu, hastalanmadan önceki Atillâ'yı ne kadar çok arar olmuştu. Bol kahkahayı, aşırı şakalaşmayı seven Atillâ'yı.

Atillâ'nın ölüm korkusu devamlı daha ziyadeleşiyordu. Öyle ki gündüzleri yalnız kaldıkları her anı da fırsat bilmeye, ölümün analizini yapmaya, onu sorgulamaya başlamıştı. Hayatta iken ölüyoruz, her an ölümümüzü hazırlıyoruz. Hayat ölümle bitiyor, peki ölüm ne ile bitiyor. Tabiat çok haksızlık ediyor, ölümde de hayat başlamalıydı diyordu.

Genç kadın ölüm konusundan bezmiş, kocası ölüm kelimelerini kustuğu zamanlar, onun ince dudaklarından tiksinir, ona bakamaz olmuştu. Izdırabından iniltili sesler çıkardığında ise üzüntüsünden kahroluyordu. Nefreti ve merhameti kalbinde tahtaravalli oynuyordu hiç kesintisiz. Birgün kalabalık bir ziyaretçi grubunun ardından Atillâ çok yorulmuş, sessizce, hiç konuşmadan, başı omuzuna düşmüş, uyumuş dalmıştı. Hilye'nin arkadaşı Emel, ziyaret saatini geçirmişti. Zorla içeri girdiğinde, arkadaşını derin düşünceler içinde, kocasının başını yastığa yerleştirirken gördü.

Emel bir aydır Atilla'yı görmemişti. Ama bu kadarcık bir zaman genç adamdan öyle çok şey alıp götürmüştü ki, hayret etti. Atilla, üzeri sarı bir deri ile kaplı, bir kemik yığını olmuştu. İnsan nefes alıp almadığından şüphe ediyordu gayri ihtiyarî, ama alıyordu. Emel, arkadaşını teselli etmek istedi.

— İyi olacağa benziyor Hilye, dedi.

Söylediği sözlere kendisi zerre kadar inanmayarak. Bu boş teselli Hilye'yi hiç etkilemedi, dudakları sımsıkı kapalı ümitsizce başını salladı. O yatakta hiç durmaksızın gücünü kaybeden, ölümün üzerine mühür vurduğu bir vücud yatıyordu.

Emel, getirdiği çiçek buketini karyolanın yanındaki sehpanın üzerine bıraktı. Ne diyeceğini bilemez bir halde birkaç dakika ayakta dikildi. Yüzünden gülüşü hiç eksik olmayan Emel dehşete kapılmış, tebessüm edemiyordu katiyyen. Atilla ruhu çıkmadan önce ölüm onu işkenceye tâbi tutmuş gibiydi ya da ölmüş de morgda soğuk mermerler üzerinde kendi kendine canlanmaya başlayan bir cesetti. Genç kız Atillâ'dan müthiş ürkmüştü, ziyaret saatini de geçirmiş bulunuyordu, şaşkın şaşkın, ölüm onu kovalarcasına arkadaşından utansa da çabucak koridora attı kendini. Her zaman entellektüel bir Polly Annacılık mesajını veren Emel veda öpüşmesini edemeden ayrıldı.

"Boşuna" diye mırıldandı Hilye, hiçbir çâre yoktu ölüme. Ölüm Emel'inde ölçülerini muhafaza etmek için onca emek verdiği vücuduna girecek, onu darmadağın edecekti. Genç kadın çiçek buketlerinin bir kısmını hemşireler odasına götürdü, arzu edene verdi, diğerlerini de vazolara yerleştirdi. Her ziyaret gününde oda çiçek bolluğundan küçük bir çiçekçi vitrinini andırıyordu. Atillâ, uyandığında ona hemen Emel'in hediyesi olan çiçekleri gösterdi eli ile işaret ederek:

— Bu güzel tâze çiçekleri, dedi, sen uyurken Emel getirdi.

Fakat genç adamın gözlerinde en ufak bir ilgi kırıntısı hâsıl olmadı. O gün gelen ziyaretçilerin hiçbiri ile alâkadar olmamış, gözlerini çevirip bakmamış, yüzüne eğildikleri zaman da canı sıkılmıştı.

Suzan Hanım oğlunun ruh hâlini anlamış, bir kağıda "ziyaretçi kabul edilmez", diye yazıp kapıya onu asmaya karar vermişti. Bundan böyle en yakın âile fertlerinden başka kimse odaya giremeyecekti. Hastalığı ilerledikçe Atillâ'nın huyları da değişiyordu. Hilye kocasının ilgisini çekmesi için:

— Emel çok zevk sahibi kızdır dedi, şu güllerin sarı tonu fevkâlâde, odaya çok yakıştılar.

— Asıl bana yakıştılar, sarı hastaya sarı güller.

— Çiçeklerden memnun olmalısın diye Hilye üsteledi, seni sevenler onları bu sebepten getiriyorlar.

— Tamam da, ölecek olan insan çiçekten nasıl zevk alabilir. Şu an bunlar bana bahçeleri parkları değil, çelenkleri hatırlattı.

Hilye, jelâtin kağıtlarını katlayıp dürüyordu:

— Sadece ölümden bahseder oldun Atillâ, dedi. Şaka yollu parlayarak, yeter artık ama diye ekledi.

— Beykoz'da altı dönümlük arsamızın arka tarafından dere, önünden geniş toprak bir yol geçer. Oraya tek katlı bir ev yaptıracaktık. Civardaki otlaklardan gelen kuzu meleyişleri, kuş sesleri arasında menekşelerin güneşe karşı sergiledikleri renk cümbüşünü seyredecektik. Bahçe masasını sümbüllerin yanına koyacak, yemeklerimizi çiçek kokuları arasında yiyecektik. Yapraklar ikimize yeşil yeşil tebessüm edecek, geceleri ay üzerimize çil çil altın serpecekti. Güneşin her sabah sevinçle, ortalığa aydınlıklar dağıtarak tabiatla nasıl kucaklaştığını görecektik balkondan el ele. Ve ayrılırken dünyayı kana bulayışını... Baharda yağmurların gümüş şarkılarını dinleyecektik. Her mevsim başka çeşit çiçeklerimiz açacak, her biri kendilerine hoş özel kokularını yayacaktı. Çevremizde çok az kimseler bulunacaktı, şehir hayatından soyutlanmış bir ev olacaktı bizimki, dünya coğrafyasında bir küçük cennet!.

Atillâ sanki sayıklıyordu, fakat genç kadın konunun değişmesine sevinmişti.

— Bir defasında bana Beykoz'da yaptıracağımız evin kapısına "Bülbül Yuvası" yazacağım demiştin telefonda, dedi çabucak.

— Hatırlıyorum, dedi genç adam yavaşça. Ne var ki bülbülün bahtsız bir kuş olduğunu hiç düşünmemiştim. Şimdi ne bahar kaldı, ne gül, ne de bülbül sesi var.

— Bu sözler bir şarkıya ait, ben öyle hatırlıyorum.
— Evet şarkı sözleri. Sanki benim için yazılmış.
Hilye çâresizlikle parmaklarını sıktı, tamamen karamsarlığa bürünmüş bir hastaya hayal satmak imkânsızdı.
— Beni, yarısı hatırlanan bir şarkı gibi gömeceksin mâzine Hilye.
— Lütfen Atillâ, ortada bir ölüm olayı yok!
— Ama olacak.
— Şu ölüm lafına boşver gitsin, ne söz edip duruyorsun ondan!
— Ölüm onu konuşmasak da gelecek Hilye. Sen benim solmuş çiçeklerimi canlandırmak istiyorsun. Elinde bir tabancayla öldürmek için kendisine yaklaşan birini gören hiç kimse buna aldırmamazlık edemez. Ölüm feci bir şey. Bu sabah erken uyanmıştım. Penceremden görünen çınar ağacının hazan çökmüş yapraklarının dallarından tek tek ayrılışına tanıklık ettim. İlkbaharda ve bütün bir yaz nasıl da hoşnuttular yerlerinden. Her biri ayrı bir sersemlikle toprağa düştü.
— Annen söylemiştir, bugün halan geliyormuş, baban havaalanına onu almaya gitmiş, dedi Hilye, pattadanak bir söz olmasını bile bile.
Bundan sonra umudunu yitirmeyecek, kocası ölüm lâfı etti mi o da mütemmadiyen başka konu açmaya çalışacaktı.
— Söyledi.
— Dört ay olmuş gideli, epey kaldı.
— Bu halamın uzun zamandır tasarladığı bir seyahattı. Daha önceki gidişlerinde az kalmıştı, onbeş gün filân. Bu seferki dört aylıktı.
— Belki de bundan böyle her sene gider.
— Zannederim. Bir de Hindistan'a gitmek istiyordu.

— Hindistan'a mı?

— Evet, İmam-ı Rabbânî'nin Serhend'de âile kabristânında olan mezarını görmeye çok meraklıdır.

— Bakıyorum, detayları unutmamışsın.

— Birkaç baskı olunca konuşmalar kalıcı oluyor mecbûren.

— Başka gitmeyi düşündüğü yer yok mu?

Hilye Atillâ'nın zihnini başka konulara kaydırmak için arka arkaya sorular soruyordu. Genç adam bazılarını hemen cevaplandırıyor, kimisinde de duraklayıp düşünüyordu.

— Buhara'yı da görmek istiyordu, yanlış hatırlamıyorsam. Bir gün ondan bahsetti.

— Buhara, Özbekistan'da; tâ oralara gitmesi çok zor.

— Benimle gitmeyi plânlıyordu, dedi Atillâ.

Konuşmadan, tek kelime etmeden, ikisinin de aklından aynı şey geçti. Bu plânını uygulayamayacaktı. Genç kadın derin bir soluk aldı, hangi konuyu konuşsalar, ölüm simsiyah rengi ile dikiliyordu karşılarına.

— Ben, dedi Hilye, senin iyi olacağına inanıyorum, moralimizi bozmazsak tıbbı şaşırtabiliriz, güven bana, mucize yaratacağız.

— Yiğit ve yürekli bir kadınsın Hilye.

— Teşekkür ederim, dedi genç kadın, ancak ben kendimi çok yargılarım cesaretsizliğimden sebep.

— Belki de fedâkarlığından birçok isteklerini yerine getirememeni yanlış isimlendiriyorsundur.

— Ben bazen, kendimi tanıyamam; duygular anaforunda tıkanır kalırım, kararsızın biriyimdir, beni iyi zannediyorsun sen.

Atillâ parmaklarını seyrelmiş saçlarının arasına bir kaç defa sokup çıkardı, onlara bir düzen verdi.

— Mütevazisin de, dedi.

— Peki, dedi Hilye, herhangi bir sebepten birine öfkelendiğim zaman o insanın canını yakacak bir şey yapmak gelir içimden, buna ne diyeceksin?

— Ama en ufak bir ceza veremezsin.

Hilye, ayakkabılarını çıkarıp, ayağına odada giydiği terlikleri geçirdi. Aklı kocasının söylediklerinde idi. Bu konuşma iyi gidiyordu.

— Çok iyimsersin Atillâ.

— Ben sana, kötümsersin diyemeyeceğim, bana moral vermek için onca gayret gösterirken.

Genç kadın sırtını karyolanın demirine dayadı. Kocası onun maksadını sezmişti. Bir senaryoda karşılıklı gönülden oyunculuk yapıyorlardı. Bir gerçeğin içine tıkılmışlar, ondan bir an olsun sıyrılamayacaklardı, alın yazılarını silemeyeceklerdi, hayatın onlara tahsis ettiği programı değiştiremeyeceklerdi.

Atilla hep ölümden söz edecek, Hilye dâima ölümü dinleyecekti, tâ ki kocası son nefesini verinceye kadar. "Kendimi aldatıyorum," dedi içinden, "her ne konuşsak gevezelikten başka bir şey olmuyor."

Atillâ, annesinden azar işitip bir kenara çekilmiş ma'sum bir çocuğa benzeyen karısını şefkatle süzdü, uzun, bol, pembe geceliği içinde ne kadar da güzeldi.

— Seni gerçekten sevdim Hilye, dedi Atilla, kalbinden kopup gelen sıcak bir sesle. Sevgin her an gönlümde başka renkler meydana çıkarıyordu. İnsan sevince alâlâde şeyler harikulâde oluyor. İsmet Bozdağ

"Sema daha güzel mâvi
Yaprak daha güzel yeşil
Çiçekler daha ince
İnsan sevince... "der.

Genç adam şiiri biraz yüksek sesle okuduğu için yorulmuştu. Kollarını yana bırakıp birkaç dakika dinlendi. Mısralarda duygularını hissettiği gibi, terennüm edememiş son kelimeyi ise nefesi yetişmediğinden zor okumuştu. Acı acı tebessüm etti. Onun için daha güzel mâvi, daha güzel yeşil olmayacaktı.

Atillâ susunca genç kadın kalktı onun yanına geldi.

— Ne oldu Atillâ? dedi.

— Ben tamamen tükenmişim Hilye. Bir şiiri dahi istediğim gibi okuyamadım.

— Hiçbir şey yemiyorsun, bu kadar güçsüz kalmana şaşılmaz. Bu akşam yiyecekleri gene geri çevirdin. Birer litrelik serum takılıyor arka arkaya.

Hilye acele acele konuşuyor, genç adam onun gök mavisi güzel gözlerine uzun kıvırcık kirpiklerine, dudaklarının saf kıvrıntısına bakıyordu. Onu çok kısa bir zaman içinde daha gördüğü ilk anda çok sevmişti. Güzelliğin sevgiyi doğurduğu söylenirdi genelde. Ama Hilye genç adamın gördüğü ilk güzel kız değildi, her güzel sevilmiyordu. Atilla senelerce sevebileceği kızı aramıştı, hep kendisine ait bir yuvanın özlemini çekmişti. Yavruları olacaktı cıvıl cıvıl. Evlilik hakkında biriktirdiği tatlı hayalleri bir anda darmadağın olmuştu. Paha biçilmez incisi çatlamıştı, derin bir hüzün duydu. Rüyâsı yarıda kalmıştı. Devam edemez miydi ona? Genç adamın gözleri kapandı, bir garip uykuya daldı. Saat on ikiye doğru nöbetçi doktor hastanın durumunu kontrol için uğradığında Hilye henüz yatmamış, gazete okuyordu.

— Doktor bey, dedi genç kadın, Atillâ bugün çok bitkindi.

— Öyledir. Hastalığı çok çabuk ilerliyor, müthiş habis bir tümör. Binde bir görülen vak'alardan biri de onun ki!

— Kayınvalidem, Amerika'ya götürelim diye tutturdu yine.

— Hiç faydası olmaz, iyi geceler.

— Size de iyi geceler doktor bey, dedi Hilye.

𝓗abibe Hanım, yeğeninin ne derece ağır hasta olduğunu ancak evine geldikten sonra öğrenmişti. Onu Yeşilköy havaalanından karşılamaya kardeşi gelmişti ama, yol boyunca ciddi bir malûmat vermemişti. Eve geldiklerinde de kardeşi eşyaların yerleşmesini, bir yarım saat kadar da onun istirahat etmesini beklemişti. Yardımcısı Güleser Hanım'a Medine'den telefon edip geleceğini bildirdiğinden, evi tertemiz bulmuştu Habibe Hanım. Güleser hamarât bir kadındı, çabucak kahve yapmıştı onlara. Kahvelerini karşılıklı içerken, kendiliğinden başlamıştı Atillâ'nın ağır durumundan bahsetmeye kardeşi.

Gözyaşları içinde ana-baba olarak onların da oğulları ile beraber nasıl acı çektiklerini, ızdırabın potasında nasıl eridiklerini, ne denli kahrolduklarını anlatmıştı. Biricik yavrularının hastalığı dermansızdı, göz göre göre onu yolcu ediyorlardı ölüme. Habibe Hanım yeğeninin durumuna çok kederlenmiş, akşam olduğu için hemen hastahaneye gidememiş, zor etmişti sabahı.

Ertesi günü, yeğeninin yatağın içine mıhlanmış küçülmüş vücudunu, çökmüş yüzünü, umudunu yitirmiş bakışlarını görünce şiddetli bir fırtınaya tutulmuş yaprak gibi titremişti Hala Hanım. Yeğeni halasını gördüğünden dolayı bir sevinç alâmeti dahi gösteremeyecek derecede tükenmiş, bitmişti. Kupkuru bakmıştı ona.

Kardeşi ve gelini Suzan, ikindiye yakın hastahaneden ayrılmıştı. Bir ara Hilye ile hemşireler odasında yalnız kalmışlar, genç kadın ona kocasının ölüm korkularını anlatmıştı. Habibe Hanım, bunun üzerine Hilye'yi evine göndermiş, kendi kalmıştı nöbete. Yeğeni ona Umresini hatta yolculuğununu nasıl geçtiğini dahi sormamıştı, soramamıştı.

Serumun biri bitip de yenisi takıldığında genç adam:

— Bu hastalık beni öldürüyor, hala dedi.

— Oğlum, dedi Hala, her insan, muhakkak Allah'ın verdiği ömür kadar yaşar, kazalar da, hastalıklar da sâdece birer sebeptirler. Yaşamımıza bir nefes ilâve edemeyiz, hayatımıza son vermek istesek o da mümkün değil. İnsan herşeyden ayrılabilir, ama ölüm gelmeden hayattan firar edemez, o da olmaz.

Hala Hanım'ın kalbi sessizce için için ağlıyordu Ahmed'in haline. Bir ser'a bitkisi gibi korumuş ve bakmıştı anne babası ona, ama şimdi onun kuruyuşunu izliyorlardı hepsi, hiç çâresiz.. Bir an gelecek boynu bükülüverecekti. Habibe Hanım telâşlandı, artık yeğeni için yegâne önemli olan şey, âhirete imanlı gidip gitmemesiydi. Yeğeninin yatağının kenarına oturdu, yumuşacık, okşar gibi:

— Bedenimizi de rûhumuzu da bize Allah bahşetmiştir Ahmet dedi, her ikisini de diri tutan unsurlar ve gıdalar vardır. Beden yeterli besinini Allah'ın yeryüzünde var ettiği maddî yiyecek ve içeceklerden temin eder.

— Ruh da, dedi Atillâ küstâhça; en coşkulu havaların çalınmasından, en pahalı likörleri içmekten, en nadide çerezleri atıştırmaktan, en şakrak konuşmalardan alıyordur.

— Hayır oğlum, diye cevap verdi Hala, yeğeninin hezeyanlarını anlamazlıktan gelerek; ruh gıdasını düşüncelerden, duygulardan, fikrî mefhumlardan ve Allah katından indirilmiş ilâhî mesajlardan alır. İlâhî mesajlar, kulları mânevî gıdalarla yetiştirmek için Allah'tan gelen rahmettir. Cenâb-ı Hakk, kerem sofrasında maddî nimetlerle beslediği gibi, kullarının ruhlarını da din vasıtasıyla doyuma ulaştırır.

— Sana göre Halacığım, dedi Atillâ sinirlenerek, müslümanların hiçbir ruhsal sorunu yok.

— Evet öyle Ahmet; ibâdetlerinden dolayı hakiki bir müminin ruhu pür neş'edir. Bütün insanlığın özlediği ama çoğunun elde edemediği mutluluğun sırrı müslümanların gönlündedir. Onlar her yerde o sırla otururlar, o büyüyle gezer, herşeye o sırla, o büyüyle bakarlar oğlum.

— İğnenizin saati geldi, yapabilir miyim, diyerek Nazlı Hemşire şişman bedeninden umulmayan çevik adımlarla gelip Hala ile yeğen arasında durdu, konuşmalarını kesti. Hemşire enjektörü hazırlarken Atillâ pijamasının kolunu sıvadı. Kolunun iç tarafı yukarılara kadar mosmordu. Atilla, kolunu hafifçe sağa sola döndürüyor, iğne batmadık bir yer araştırıyordu.

— Derimin delinmedik yeri kalmamış hemşire Hanım, dedi.

İncecik kalmış, iğne deliklerinin izleri ile dopdolu kol, halanın ciğerini dağladı.

— Ne veriyorsunuz hastaya? diye sordu hemşireye çekinerek.

— Sitostatik Vitamin, analjezik.

— İlaç verilmesine rağmen yine de ağrı oluyor arada sırada hala. İğne vurulmasa dayanılmaz o ağrılara.

— Saçlarının dökülmesi ağrıdan mı? dedi Hala.

Hemşire hastanın kolundan lastiği söküyordu:

— Kemoterapiden saçlar dökülür, dedi. Başka hastalarda saç dökülmesi daha had derecede oluyor.

Hemşire, Hala'nın uzun giysilerini, baş örtüsünü ayakkabılarını süzdü:

— Atillâ Bey sizin yeğeniniz oluyormuş, dedi.

— Evet.

— Arkadaşlar söyledi, dört ay Mekke'de kalmışsınız; nasıl buldunuz oraları?

— İslâm'ın doğduğu yer, dünya coğrafyasının en şerefli bölgesi, orada kalmak, orada ölmek istedim. Ömrüm olursa tekrar gitmeyi düşünüyorum.

— Yâni her sene, dedi Atillâ.

— Yaa! Ne mutlu size, öyle imkânlarınız var demek.

— Çok şükür, dedi Hala Hanım, Cenâb-ı Hakk'a duâ ediyorum, her isteyene kısmet etsin, diye.

— Âmin, dedi hemşire Hanım hevesle.

— İstemeyenlere de gitme arzusunu vermesini diledim Rabbimden, Kâ'be de ettiğim niyazlarımda, dedi hala.

— Halam, dedi Atilla, bu duâsına mutlaka beni katmıştır.

— Yoksa siz böyle bir şey arzu etmez misiniz Atilla Bey? dedi hemşire.

Atillâ iki kadının konuşmasına iştirak ettiğine pişman oldu, bir cevap vermedi.

Hemşire hastaların saçmalamalarına, kaprislerinin rüzgâr gibi yön değişikliklerine alışıktı, hiç önemsemedi Atillâ'nın cevap vermeyişini. Pencereye gitti, yüzünü cama dayadı, dışarıyı seyretti bir zaman.

— Sahil ve adalar ışıl ışıl, dedi hemşire, yüzünü camdan ayırmadan, ışıkların az olduğu yerler de var. İstanbul bu; bir kesiminde kokteyller, defileler, balolar, çalgılar, çengiler, yalılarda resepsiyonlar, zengin mönüler, bir başka kenar kesiminde sefâlet, hayata küskünlük, gariplik, çaresizlik. İçlerinde televizyonu olmayanlar var; erkenden yatıyorlar zavallılar, ne yapsınlar.

Nazlı hemşire halanın yanına geldi, ellerini cebine koydu:

— Benim dedi, erkek kardeşim tiyatro oyuncusu, küçük kız kardeşim şarkıcıdır. Sosyete dünyasını biraz tanırım; birbirinden lüks gösterişli kıyafetler içinde yat gezileri, pahalı arabalarla boğazda tur atmalar, yüzlerinde uyduruk gülücükler uçuşan patronlar, yapmacık öpücüklerle birbirini tebrik eden mankenler, ses sanatçıları, film yıldızları, hep oradadır. Üniversiteler de iyice bozuldu; kızlar şereflerini düşünmeden paralı veya flâş bir tip gördü mü ona parangalanıyor, ucuz sevgilerle oyalanıyorlar. Dini yaşamamak, bir insanın kimliğinden pek çok değeri söküp atıyor. Her işimizin bir ahiret yönü var, biraz düşünmeli insan.

— Ahirete inanmıyorlar ki, dedi hala, bu konuşmanın uzamasını bütün kalbiyle temenni ederek.

— İnanmamak âhirete gitmeye mâni değil, cennete girmeye mâni, Hanımefendi.

— İsminizi sorabilir miyim, dedi hemşire, hala Hanım'a.

— Habibe.

— Habibe Hanım diye devam etti hemşire, herkes tıpış tıpış gidecek ahirete değil mi?

Bu tıpış tıpış sözü Atilla'yı çok öfkelendirdi. Hiç çâresiz ve hiç ufuksuz olarak zaman, genç adamı önüne katmış, harfiyyen hemşirenin dediği gibi tıpış tıpış ölüme götürüyordu. Hemşire şimdi de:

— Cennet iman edenlerin yurdu diyordu. Allah Teâla cenneti yaratmış, oraya gireceklere mükâfat olarak da onu nimetlerle doldurmuş ne güzel. Cehennem iman etmeyenlerin ve günahkârların yurdu. Yüce Allah oraya gireceklere ceza olarak azapla doldurmuş, bu da ne korkunç. Çok şükür Rabbimize inanıyoruz âhirette ebediyyen azap yerinde kalmayacağız.

Hemşire, Hala Hanım'ın sözlerini hiç kesmeden arada sırada başı ile onu gönülden tasdik ederek dinlemesinden çok zevk almıştı. İyileşip yarın taburcu olacak iki hastasından başka iğnesini yapacağı kimse yoktu, bir on dakika daha sohbet edebilirdi. Hemşire etrafına bakınarak bir tabure araştırdı oturabileceği.

İlaç henüz tesirini göstermemişti, genç adam derinden derine ağrı hissediyordu, çok huzursuzdu, çok bozuktu asabı.

— Cennet, cehennem lâfları hastaların yanında konuşulmasa iyi olur kanaatindeyim dedi.

Hemşire Hanım bu kez, hastanın ukalalık olarak gördüğü sözlerine kızdı, on senedir hemşirelik yapıyordu, neyin konuşulup, konuşulmayacağını o bilirdi, ikaza gerek yoktu hiç.

— Kusura bakmayın ama, dedi, ben sizden farklı düşünüyorum bu konuda. Birçok günahlar işlemiş olsa da, bir kimsenin biraz cehennem de ceza görüp imanlı olduğu için sonra cennete gideceğini düşünmesi fevkâlâde bir olaydır. Cennet, mutlak huzur, güven, neş'e, sevinç ve mutluluk yeri. Cennetteki hayat şartlarının, dünyadaki hayat şartları ile kıyası mümkün değil. Cennetin ağaçları, nehirleri, hûrileri ve gılmânı, dünyâda olan şeylere benzemez. Cennette hiçbir dert ve tehlike yoktur. Orada ebediyyen kalacağız. Allahu Teâlâ Hazretleri orada ölümü yok edecek, ölüm ölecek!

Hemşire bir hoş güldü; ölürken öyle çok insan görmüştü ki, onları öldüren bir ceset haline getiren ölümün de bir gün öleceğini düşünmek her zaman rahatlatırdı onu.

— Nazlı hemşire ayakta kaldınız, otursaydınız, dedi Habibe Hanım.

— Teşekkür ederim, şunu da söyliyeyim gideceğim. Ahiret alemi sonsuzdur, ölüm olayının orada yeri ve hikmeti bulunmamaktadır. Garip fakat gerçek, herkes ölümü tadarak ölümsüz olacak. Mü'minler ebedi yaşama arzularına cennette erecekler.

Habibe Hanım, hemşirenin anlattıklarını iri iri açılmış gözlerle dinlemişti; şaşmış kalmıştı onun İslâmi bilgilerine.

— Cennetin adı "Dâru'l-hayâ", hayat yurdu; "Dâru'l huld", esenlik yurdu, dedi Habibe Hanım.

— Bunu bilmiyordum Habibe Hanım, sizden öğrenmiş oldum.

— Maşaallah İslâmi bilgileriniz kuvvetli sizin.

— Eh, işte biraz, fırsat buldukça okurum, dinimizle alâkalı kitapları. Bâzı hastalarımız çok dindar oluyor; onlar etkiledi beni. Teyemmümle abdest alıp beş vakit namazını kılan, tek bir namazını kaçırmayan hastalar gördüm. Parmaklarının arasında tesbihleri sarkarken veya ellerinde tuttukları Kur'ân'ı Kerimi göğüslerine bastırmış halde ölmüş kalmış hastalara tesadüf ettim. İmanlı insanların her hâli başka.

— Dışarıda da açık mı geziyorsunuz?

— Habibe Hanım bizim için dışarısı içerisi mi var zannediyorsunuz, hastahanede geçer saatlerimizin çoğu. Beni serbest bıraksalar, vallahi aynen sizin gibi giyinirim hastahanede.

— Rahatsız olmaz mısınız diye Habibe Hanım şaka yaptı.

— Hareketlerimiz asıl bu dar kıyafetler içinde zorlaşıyor, diyerek Hemşire Hanım ciddiyetle cevap verdi. Elini başına götürdü, parmaklarını kepinin üzerine yaydı, bunu tokalarla tutturmak ve muhafaza etmek ne kadar zamanımızı alıyor bir bilseniz! dedi hırsla.

— Sizin gibi düşünen başka hemşireler de vardır tabiî?

— Evet, var, bu hastanede biz beş kişiyiz örtünmek isteyen, fakat bırakmıyorlar.

— Başhekim, dedi Habibe Hanım, Sağlık Bakanı, devlet, bu kadar büyük bir vebali nasıl alıyor üstüne; şaşılacak bir şey!

— Evet, dedi hemşire, elleri hâlâ kepindeydi, Allah'a inançları olmayanların korkuları da yok tabiî, gönüllerince yaşıyorlar sere serpe.

Atillâ kanadından vurulmuş bir kuşun bulunduğu yerde durup kalması gibi pikesini omuzlarına kadar çekmiş, sessizce dinliyordu konuşmaları.

— O doktorlar ve diğerleri yasak olarak görmedikleri, İslâm'ın ise günah adını verdiği şeyleri dünyada çekinmeden yapıyorlar ama, ölüme gidemeyecekler öyle aldırmıyarak, diyordu hemşire hırçın bir sesle.

Yalnız kaldıklarında, hemşirenin ürkünç sesinin etkisi ile Atillâ:

— Gördüğün gibi hala, dedi, çok zayıfladım, oturuyorsam

yatmaya, yatıyorsam oturmaya gücüm yok. Müthiş, feci bir şekilde can vereceğim ben.

— Allah (c.c.) büyüktür; Ona tevekkül et oğlum! Musibet karşısında sabır göster! Doların üzerinde "in god we trust", (Allah'a güveniyoruz) yazılı. Elden ele dolaşırken, bir nevi mütevekkil olması da hatırlatılıyor dolar vasıtası ile her insana. Sabır, mezar taşlarına gül dalları sardırıyor. Hz. Âdem'den kıyâmetlere kadar bütün insanların yolları Allah'a gider Ahmed.

Omuzlarından tutup sarsmak geliyordu yeğenini Hala'nın kalbinden. Dolaşma çorak çöllerde susuz ve serseri, koş seni bekleyen vahalara, göğsünü niçin ucu zehirli küfür oklarına karşı açık tutuyorsun, gir altın çadırlar içine, ayakların kan içinde kalmış dikenlere basmaktan, yemyeşil, yumuşacık çimenler üzerinde yürü, ateşin ortasında durmuş yanıyorsun, duman yutuyorsun, at kendini önünde pırıl pırıl akan şelâleye kurtul" demek istiyordu. Ama bunları söyliyemiyordu hiçbir şey yapamıyordu, genç adamın isyânkâr tutumu, ürkütmüştü onu.

Yalnız sık sık yeğenin yanına varıp yatağın kenarına oturuyor, dudakları kıpır kıpır onun hidâyeti için aralıksız duâ ediyordu. Kardeşi, hastalığın oğlunu bir kadavraya çevirdiğini hiç söylememişti telefonda, ihtimal onun üzülmesini istememişti. "Atillâ hasta abla, tedâvi görüyor, hasta insan nasıl olur?" diyerek Ahmet ile ilgili haberleri teğet geçerdi.

Habibe Hanım hastahaneye gelip Ahmed'i gördüğünden beri bir şokun içindeydi âdeta. Gizli yapmış olduğu konuşmalarında doktorların hiçbiri ona en ufak bir ümit vermemiş, hepsi genç adamın günlerinin sayılı olduğunu söylemişti.

Yaşamında hiç tebessüm etmemiş gibi Ahmed'in yüzü durgun, bakışları yılgın, yanakları çökük, dudakları bembeyazdı. Akşam ve yatsı namazlarının ardından, yatmadan önce Hala yanında getirdiği duâ kitabından özel şifa duâları okudu ve üfledi yeğeninin üstüne. Teheccüt zamanı kalkmak için saatini kurdu,

Ahmed'i alnından öptü, erkenden yattı. Birkaç saat ancak olmuştu ki yatalı, acı bir feryatla gözlerini açtı, yatağının içinde doğruldu.

— Ölmek istemiyorum.
— Öl...mek istemiyoruuum! Bırakın beni!

Ahmed bağırıyordu; sözleri de gayet net anlaşılıyordu. Habibe Hanım, uyku sersemliği ile düşmemek için karyolanın kenarlarına tutunarak ayağa kalktı, ışığı yaktı. Lambadan çıkan ışık huzmeleri kuvvetli olarak yüzüne döküldüğü halde Ahmet gözlerini açmamış, kıpırdamamış, uyanmamıştı.

— Hayırr..! Hayıırr...!

Yarımşar veya birer dakikalık aralıklarla bağırtılarını tekrarlıyordu, kâbus görüyordu muhakkak. Alnında, yanaklarında ve dudaklarının çevresinde ter damlacıkları parlıyordu.

— Ahmed! Ahmed! Uyan yavrum! diye seslendi Habibe Hanım. Gözkapaklarını aralamasını beklerken yeğeninin.

— Hayıııırr...! diye diğerlerinden daha da dehşet verici bir şekilde bağırınca Hala geri çekildi, farkında olmadan.

Koridordan geçmekte olan iki hemşire feryadı duymuş yardıma gelmişlerdi. Hastayı tanıyorlardı. Bir tanesi, Atilla'nın elini tutup hafifçe sarstı.

— Atillâ Bey! Atillâ Bey! Uyanın! diye de sesleniyordu.

Önce feryatlar kesildi, ardından genç adam komadan çıkıyormuş gibi ağır ağır gözkapaklarını kaldırdı, donuk gözleri göründü.

— Hilye nerede? dedi.
— O bugün eve gitmişti, dedi hala, yeğeninin yanına yaklaşarak, bu gece ben kalmıştım ya.
— Özür dilerim, halacığım, bir an unuttum.
— Önemi yok. Hem sonra haklısın dört aydır burada değildim.

— Seni bu müddet içinde çok özledim halacığım, gelmeni arzuladım ansızın.

— Baban bana, hastalığını tam olarak anlatmadı, hep kapalı geçti, dedi hala, hemşirelerin yavaşça yanlarından çekilip gitmelerini izlerken.

— Seyahatini yarıda bırakıp geri dönmemen için gizlemiştir senden.

— Orası öyle de; burada bulunsaydım bazen de ben kalırdım refakatçi olarak.

— Sağol halacığım.

— İstersen bundan sonra ben durayım yanında.

— Hilye yeterli. Annem de sen de yaşlandınız, size zor gelir. Şunun şurasında daha kaç gün bekleyecek beni Hilye!

Habibe Hanım uykusunu almamıştı henüz, kafası kütük gibiydi, kelimeler ağzından kurşun ağırlığıyla çıkıyordu. Lavabonun yanına gidip bir iki avuç su serpti yüzüne açılmak için. Havlusu ile kurulanırken:

— Sen, dedi, sabah akşam, gece gündüz, her saat her an böyle ölümünü düşünerek yaşarsan, tabi kî kâbûslar görürsün. Buna dayanamaz hiç kimse!

— Ne edebilirim ki bir an olsun, kalbime konmuyor huzur.

— Ölmek istemiyorum diye bağırıyordun. Ne görüyordun rüyânda Ahmet?

— Beni dibi olmayan karanlık ve havasız bir uçuruma attılar rüyâmda. Her taraf simsiyahtı, hiçbir şey göremiyordum, yalnız devamlı yuvarlandığımı hissediyordum.

— Hayırdır inşaallah!

— Ben bu rüyayı ilk defa görmüyorum hala. Şu son bir haftadır hemen hemen her gece görüyorum aynı rüyayı. Yalnız bağırmıyordum yüksek sesle, ter içinde kalarak uyanıyordum.

— Yine terlemişsin.

— Sırtım çok terledi, biraz da göğsüm ıslak.
— Hemen değiştirelim Ahmet.
Hala Hanım dolaptan bir fanile çıkardı, yeğenine verdi.
— Ah Hala bunu kendi kendime değiştirecek kuvvet nerede bende?
— Ben yardım edeceğim oğlum.
Hala Hanım fanileyi iki ucundan tuttu, yeğeninin gövdesinden yavaş yavaş çekerek çıkardı. Hastanın kolları ve gövdesi tamamen meydanda kaldı. Ne kadar ne kadar da çok zayıflamıştı; göğüs kemikleri sayılabiliyordu tek tek. Bir havlu ile sırtını kurularken Hala kendini daha fazla tutamadı ağlamaya başladı. İçini çeke çeke ağlıyordu.

— Ağlama Hala dedi. Hasta soluyarak, fanilesi sırtından alınırken kollarını kaldırdığından çok yorulmuştu. Annem "herkesin hayatı ayrı bir filmdir," der her zaman, benim filmim böyleymiş halacığım, "The end" ve perdem kapanacak. Benim seyircilerim sonunu bildikleri için filmim bitmeden ağlıyorlar.

Habibe Hanım hıçkırıklarının arkasından:
— Bırak artık bu film laflarını oğlum, dedi azarlayan bir sesle.
— Ya ne diyeyim hala?
— Allah de çocuğum!

Hala başını yatağın demirine dayadı ağlamaya devam etti, öyle çok şeye ağlıyordu ki, şu an sebebini sorsalar, onlara kolayca cevap veremezdi. Sevgili yüzler birer birer çevresinden ayrılıp gitmişlerdi; ne de çoktular. Annesi, babası, iki küçük erkek kardeşi, üç ablası, teyzesi, halası, kocası, dedesi, anneannesi... ve şimdi de biricik yeğeni ardından koşuyordu katılmak için bu kervana. Bu acı bağrını deliyordu, hasret, kalbini avuçları arasına almış kavuruyordu döndüre döndüre, benliğini şule şule sarmış, yakıyordu her tarafını.

— Yetişkin insanlar ağlamaz halacığım, diye mırıldandı Atilla. Halasının kendisine olan düşkünlüğünü çok iyi bilirdi; onun ağlamasının sebebini tahmin edebiliyordu.

— Kusura bakma oğlum, dedi hala, yaşlı insanların sinirleri zayıf oluyor.

— Hastalığımın ilk üç ayında haftada birgün Hilye gitti, annem kaldı geceleri. Çoğu saatlerini ağlayarak geçirdi. Daha onu istemiyorum. Hilye gündüz işlerini görüp gece geliyor. Kırılma halacığım ama geceleri yanımda kalmanı sana da yasaklıyorum, bundan böyle.

— Haklısın çocuğum, dedi Habibe Hanım, bizler de hasta bakacak metanet kalmamış.

Pencereye yağmur taneleri düşüyor, dışarıdan şakırtılar geliyordu.

— Yağmur yağıyor, dedi Hala yerinden kalkarken.

Pencereye gitti, camı biraz araladı. Gece bir olay yaşıyordu. Gökyüzünde şimşekler arka arkaya çakarak müthiş bir gösteri yapıyor, gök gürültüleri de eşlik ediyordu ona. Yağmur yüzüne vuruyor, başörtüsü ıslanıyor ama Hala Hanım pencereyi kapatamıyordu bir türlü.

Yüce Allah'ın varlığının, birliğinin ve kemâl sıfatlarının delilleri ne de açıktı! "Allahu ekber" dedi, gönül tahtından.

Gönül illerine Allah sevgisini tâze yemyeşil bir fidan gibi dikmiş olanlara hiçbir şey zor gelmezdi. Ten mülkleri, dalında kuruyup sararan, sonra da düşen bir yaprak gibi olsa da!

Bakır altın, dert şifâ, diken güldü onlar için. Rûhları ebedî dirilişte idi sevenlerin. Ne diyordu halk şâiri;

"Ey kahrı ve lûtfu güzel,

Senden hem o hoş, hem bu hoş."

Dünyada ayrılığın acı şerbetini içenler, âhirette sevdiklerine kavuşmanın mutluluğunu tadacaklar, karşılıklı ebedî olmanın kadehini tokuşturacaklardı.

Habibe Hanım, pencereyi kapattı, başörtüsünün ucuyla yüzüne konmuş yağmur damlalarını sildi. Tefekkürü alev alev yanan kalbinde meltem rüzgârları estirmişti, serinletici ve ferahlık verici. Bir gün tüm hasretlikler bitecek, yalnızlıklar sona erecek, acılar dinecekti. İmanın menbaı gönüldü, oradan seller halinde her tarafa çağıl çağıl sukûn yayılıyordu. Ahmet, "huzursuzum" demişti. O aslında her zaman huzursuzdu, ancak huzursuzluğunu yeni farkediyordu. Kendi kalbinde onu sabırla bekleyen huzuru hep başka şeylerde aramıştı, başka şeyde sanmıştı. Hilye ile evlenmek istemesindeki aceleciliği ondandı, huzura ereceğini zannetmişti. Heyhat! Hasta olmasaydı da huzursuzluğu devam edecekti. Çünkü kalp, ancak sâhibi ile, huzurda olurdu. Yüce Allah ile bağlantısını kurmamış olan bir insanın dertler, belâlar ve musibetler karşısında serseme dönmesinden, güçsüzlüğünden doğan ruhsal çöküntüsünden daha tabii ne olabilirdi? Gecesi ve gündüzü, bütün saatleri, her anı onun için bir işkence olacağı besbelliydi.

— Cimriliği bırak, kalbini Rabbine aç oğlum, dedi Hala.

Hiçbir ses çıkmadı yeğeninden. Habibe Hanım bir cevap bekliyor değildi, onun susacağını tahmin etmişti. Kendisinin uykusu tamamen kaçmıştı, tarikat dersini yapmaya karar verdi. Sonra da oturup Kur'an okuyacaktı sabah namazı vakti girinceye kadar. Kur'ânı Kerim'ini yanında getirmediğini hatırladı. Belki kardeşi, Hanım'ı ya da Hilye akıl edip bir Kur'ânı Kerim getirmişlerdi, çekmeceleri açıp kapayarak araştırmaya başladı.

— Hala, dedi hasta uyumak üzereyken, bir şey mi istiyorsun?

— Evet, bir Kur'ân'ı Kerim bakındım.

— Hiç boşuna arama halacığım yoktur.

— Ama, olacak Ahmed, dedi Habibe Hanım çok ciddi. Allah kısmet eder yarın evime gidersem, bir saat sonra beni yine karşında göreceksin. Size Kur'ân'ı Kerim ve İmam-ı Rabbâni ile İmam-ı Gazali'nin bütün eserlerini getireceğim, Hilye ile yalnız kaldıkça okursunuz.

Hasta gözlerini yumdu:

— Gelmen bir saat sürmez Hala dedi, patlarsın sen, yarım saat geçmeden burdasındır, onları getirmek için.

Habibe Hanım, uykuya dalmaya başlayan yeğenine cevap vermedi, kendi kendine kurnazca hafifçe tebessüm etti yalnız. Sadece kitapları getirmekle kalmıyacaktı, Esad Hocaefendi'ye gidecek, yeğeninin yanına gelip onunla konuşmasını rica edecekti ondan. Biricik yeğenini dünyadan cehenneme değil, cennete yolcu etmeyi ah, öyle şiddetle istiyordu ki! Her çâreye başvuracaktı.

— *Hocaefendi* Allah kendisinden razı olsun, geldi işte, dedi Hala Hanım, odanın ortasına doğru yürürken.

Esad Hoca karyolanın biraz uzağında durdu:

— Geçmiş olsun Atillâ oğlum, dedi.

Genç adamın hocaya karşı bir kini, bir garazi yoktu, onu antipatik bulmuş da değildi. Yattığı yerde dikleşmeye çalışarak:

— Teşekkür ederim, dedi.

Halası, ziyaretçi kalabalığının arasında kulağına eğilmiş, Hocaefendinin onu ziyaret edeceğini söylemişti. Söylemişti de Atilla bunun hemen o günün akşamında gerçekleşeceğini hiç tahmin etmemiş, birkaç gün sonra geleceğini zannetmişti. Ziyaretçiler dağılmış, genç adamın anne ve babası da az önce ayrılmıştı.

Atilla, halasını ve Esad Hoca'yı ansızın odada görünce şaşırmıştı. İkisini de rahat ve sâkin karşılayışından Hilye'nin de daha önceden haberi olduğunu fakat ondan gizlediğini anladı. Reddedeceği düşüncesiyle emrî vaki yapmışlardı.

Halası, Hocaefendi'yi bir sandalyeyi gösterip oturması için buyur etmiş, kendisi Hilye ile beraber dışarı çıkmıştı. Anlaşılan Hoca efendiyi onunla yalnız bırakmayı da plânlamışlardı.

— Nasılsınız Atillâ?

— Gördüğünüz gibi perişanım.

Atillâ'nın saklayacak hâli mi kalmıştı, açık konuşmayı tercih etmişti. Esad Hocaefendi, sandalyeye oturdu.

— Ruhsal dengemi tamamen kaybettim Hocaefendi, bu belâyı çekemiyorum.

— Âsi olmayınız, dedi Esad Hocaefendi.

— Benim isyânkârlığım nedensiz değil, halam söylemiştir ölümcül hastayım. Ve ben depresyona girdim.

— Ölüm korkusundan mı?

— Evet. Halam sizin kitaplarınızdan getirdi, gündüzleri Hilye bazen onlardan bölümler okuyor, doktorlar ve hemşireler devamlı odama girip çıkıyor, annem babam son günlerde halam da geliyor, kâbus görmeye zaman kalmıyor, ama geceler öyle değil. Bir haftadır her gece rüyâmda def'alarca ölümü yaşıyorum. Esasında bu takıntı yeni başlamadı ben de. Bu hastalıktan kurtulmayacağımı öğrendiğim an daha kimseye bir şey demedim ama ölüm kelimesi bir zamk gibi yapıştı beynimin içine. Önceleri onu oradan söküp atmak için çok uğraştım, fakat boşuna oldu çırpınmalarım. Ölümden korkum her gün biraz daha derinleşerek bütün vücûduma dal budak saldı, her tarafımı kapladı kromozomlarıma kadar nüfuz etti.

Konuştukça Atillâ'ya bir güç geliyor, hissettiklerini Hocaefendi'ye anlatmakla rahatlıyordu. Atillâ açık yeşil solgun gözlerini Esad Hoca'nın koyu kahverengi zeki gözlerine dikti medet beklercesine.

— Nabzım, ölüm, ölüm ölüm, ölüm... diye atıyor hiç aralıksız onu duymak onu dinlemek korkunç bir şey. Doğarken itiraz hakkı bize verilmedi, ölürken de yok, doğduk, öleceğiz; bir doğa kanunu bu.

Esad Hocaefendi hastaya doğru biraz eğildi:

— İmanda insanı rahatlatan bir teslimiyet vardır, Allah'ın hükmü deyiniz, dedi.

— Siz ölümden korkmuyor musunuz?

— Ben öyle bir şey demedim. Ne var ki bizler umut verici âyet-i kerimeler ve müjdeleyici hadis-i şeriflerle soluk alırız.

— Sizi anlıyamıyorum.

— Lâ ilâhe illâllah dediğiniz de anlayacaksınız. Yüce Allah'ı tanıyın ve sevin oğlum. Sevgi insanı yüceltir. Sevgi denilen şey insan hayatlarında çok önemlidir. Cenâb-ı Hakk'ın insan ruhuna yerleştirdiği en güzel duygulardan biridir. Sevginin iki türlüsü vardır; biri insanın insana olan sevgisidir, diğeri de kul ile Allah (c.c.) arasındaki sevgidir.

Rabbimizin "Vedûd" ismi vardır. Bu isim O'nun nihayetsiz ve en ziyade sevgiye lâyık oluşunu ifâde eder. Cenâb-ı Hak kullarından, sonsuz bir muhabbet hissi ile kendisine yönelmelerini istemektedir. "Vedûd" isminin bu dünyada cilveleri vardır, sırları vardır.

Atillâ bakışlarını Hocaefendi'den kaçırırken:

— Benim, dedi, karıma olan sevgim her halde bu gizemin içinde?

Esad Hocaefendi anlattıklarının mânâsını hastanın hemen kavramasına şaştı ve sevindi.

— İnsanın insana olan sevgisinden örnekler dolu dünyamızda dedi. Fakat bir de Hakk aşıkları vardır. Onların kalpleri, ilâhi sevginin tüm hazlarının konakladığı yerdir. Muhabbetlerinin özü ve ruhu onların bütün zerrelerine sirâyet etmiştir. Rûhu, ilâhi huzura ulaştıran bağ Allah (c.c.) sevgisidir. İlâhi sevgi rûhta kuvvet bulur, dalları Allah'ı Teâlâ'nın huzuruna yükselir, damarları nefs arazisinde atar. Böyle olan insanlar Kur'ân'ı Kerîm'den bir âyet, Resûlullahtan bir hadis duyduklarında onu kalpleriyle, ruhlarıyla, varlıklarının her zerresi ile âdeta içerler ve onda tamamıyla erirler. Onlar Kur'ân-ı Kerîm'deki şu âyete girerler:

"O kimseler ki: Sözü dikkatle dinlerler, sonra onun en güzeline tâbi olurlar. (Zümer sûresi, âyet: 18)

O aşıklar yalnız Allah'ı bilirler, O'nu yadederler.

Esad Hocaefendi bir an durdu, "Elestü" hitabı dâima onların kulaklarında çınlar "dünyâ hayatlarında hâlâ cûştadırlar" demek istiyordu, ama hasta acaba ruhlar aleminde cereyan eden "Kalû belâ" olayını biliyor muydu? Biraz tereddütten sonra sözlerine:

— Allah aşıkları diye devam etti, yegâne dâimî hayat sâhibi olan Allah (c.c.) ta dirlik bulurlar. Yüce Allah bu kullarını sever, kendilerine bir ni'met olarak da mahlûkatına onları sevdirir.

— Allah (c.c.) sevgisi bütün diğer sevgilerden çok farklı, çok başka bir şeydir diyorsunuz hocam anladığım kadarı ile.

Atillâ farkında olmadan hocam diye hitap etmişti, hoşuna gitti, böyle demek. Kalbinden, ince uzun bir yol açılmıştı Hoca efendi'ye doğru. Kuraklıktan çatlamış yarılmış topraklar yağmur sularını nasıl içine çekerse, genç adamın ruhu da Hocaefendi'nin sözlerini öyle emiyordu, çok garipti ki anlıyordu mânâlarını. Bu anların ona sunulan özel bir zaman dilimi olduğunu da hissediyordu. Göz kapakları gözlerini örtmek için çırpınıyor, genç adam var gücüyle onları açık tutmaya gayret ediyor, dalıp gitmemek için avuçlarını açıp kapıyordu sık sık.

— Allah'ı sevenler, diyordu Esad Hocaefendi, iki âlemde de yâni dünyâda ve ahirette güven ve sevinç içindedirler. Öyle kullar vardır ki onlar insan, mal ve mevki sevgisinin fâni haz ve zevklerinden geçip gitmişlerdir. Nefsinin arzularını feda edip kendini unutan bu insanlar, ne ilginçtir ki gerçekte ebedî saadetlere koşmuşlardır.

Esad Hocaefendi ne zaman Allah dostlarından bahsetse duygulanır, kalbi sanki kanatlanıp vücudunu terkederek sonsuzluğa süzülürdü. Bazen dağlar gibi dimdik, bazen deniz gibi coşkun, bazen bir göl gibi sâkin olmuş o mübarek insanları nasıl da severdi. Onların ne ihsanla fazlalaşan ne de cefâ ile eksilen Allah sevgilerine hayrandı.

Ezel ve ebed denizinin incisini kalplerine nakşetmişti onlar. İnsanlar uyuyorken uyanık, insanlar karanlıkta iken onlar nurlar içinde bir ömür sürmüşlerdi. Ledünnî ilimlere kavuşmuşlardı, sözleri hikmet olmuştu, Allah'ın rahmeti kaplamıştı onları. Allah âşıklarının ölümleri kutlu bir bayram olmuştu, uzun süren bir ayrılıktan sonra sevgiliye kavuşmak ya da!

İnsanların geçici yasak zevkler ve yok olacak haram şehvetler için kendilerini ebedî ni'metlerden mahrum etmeleri, cehenneme sürüklenmeleri ne acıydı. İnsanların ilk görevi olan Allah'ı tanımayı terkedecek kadar dünyaya dalmaları ne korkunçtu!

Esad Hocaefendi, çabucak hastanın elini iki avucu arasına aldı, bu insanın kurtulmasını istiyordu, onun bu dünyadan imanı ile göç etmesini arzuluyordu büyük bir iştiyakla. Konuşmasına hiç ara vermeden hastaya Allah'ın yüceliğinden bahsetti, ölümden söz etti, ahiret ve dünyâ hayatlarını anlattı.

Dünyâ hayatı, şükredilmesi gereken bir ni'met, devamlı kalıcı ve daha güzel bir yaşam için hazırlık yeriydi. Bu dünya hayatı ile ahiret hayatı arasındaki fark çok büyüktü ve sınırsızdı. Başlangıcı olup sonu olmayan âhiret gerçek yurdumuzdu, orada ebedî yaşanacaktı.

Esad Hocaefendi hastanın elini şefkatle okşadı, sözlerimi dikkatle dinle der gibi. Sonra derin bir merhametle:

— Yüce Allah insan ruhuna bir "Hak duygusu" ve "Allah'ı bilme" gücü yerleştirmiştir dedi. Nice insanlar, niçin yaratıldıklarını, neden yaşayıp öldüklerini ve ne olacaklarını bilmeden geçtiler bu dünyadan, karanlık bir gece içinde görmeyen gözlerle yürüdüler. Dağınık düşünceler arasında, dehşetli bir ölüm korkusu ile ömür elbiselerini çıkardılar.

— Mecburdular, dedi Atilla gayet dalgın. Ölüm hayata karşı çok arsız ve karşı konulmaz. Herkesi çökertiyor, inanılmaz derecede güçlü. Doktorların kontrolünde, ilaçlarımı müntazaman alarak, maneviyatımı yüksek tutmak sureti ile onu yeneceğime inandırmıştım kendimi. Bu arenada yenilgi mutlakmış meğer, zafer kesin yok.

Halası Atillâ'ya: "Ters yüzemezsin, nehrin önüne sed çekemezsin, akıntıyı değiştiremezsin, kaderini yaşayacaksın" demişti bir gün. Evet, öyleydi. Genç adam, halasının daha neler söylediğini zihninin derinliklerinden bulup çıkarmak istedi, olmadı, hatırlayamadı, her şey yoğun bir sisle kaplıydı.

Hasta iyice dalgınlaşınca, Esad Hocaefendi:

— Konuştuklarım inşaallah size boş şeyler olarak gelmedi dedi, biraz sesini yükselterek.

— Hayır, dedi Atilla, üzerine abanmış halsizliğinin arasında göğsü zorlanarak inip kalkarken. Hepsi de hoş konuşmalardı, sıkılmadım.

— Dünya da fâni, eşya da fâni, insan da fâni Atillâ.

— Hayat ise milyon bilinmeyenli bir denklem Hocam!

— Hayat, bir imtihan alanıdır oğlum, ölümse ebediyete açılan kapı. Fıtratının sesini dinle Atillâ, iman, güneşin üzerine doğduğu herşeyden daha hayırlıdır. Yarının da seni bekleyen cennet de var, cehennem de var. Neden cehennem oğlum, cennet, cennet, cennet. Yaşamına kararlı ve yürekli bir jest yap, direnmeyi bırak, "Allah" (c.c.) de.

Esad Hocaefendi sözünü kesti, hastanın çenesi göğsüne düşmüş, kendinden geçmişti. Hocaefendi sandalyeden kalktı, karyolanın arkasına dayalı olan yastığı yavaşça yatırdı, genç adamın başını rahat edeceği bir şekle getirdi. Yanlarına düşmüş olan kollarını göğsünün üstüne koydu. Geri çekildi ve ellerini açtı duâ etmek için "Rabbim, dedi, ona hidâyet nâsib buyur lütfen, lütfen Rabbim."

Yaz, şiddetli sıcakları, güneşin parlak ışınlarını beraberine alarak cıvıltılı neş'esi ile çekip gitmiş, sonbaharın hüzünlü sessizliği her tarafa yerleşivermişti hiç kimse farkında olmadan. Mahzun gökte ardıç kuşları uçuşuyor, zaman zaman dâireler yapıp, sonra uçsuz bucaksız maviliklere yayılarak gözden kayboluyorlardı.

Arada esen şiddetli rüzgâr, kurşûni kış günlerini, simsiyah uzun geceleri, bol yağmurları, gittikçe artacak soğukları, dağlara ve yüksek yaylara konacak olan karları çağrıştırıyordu.

Atilla yattığı yerden bir müddet güneş ışınlarının ağaçların tepelerine kondurduğu som altın taçları seyretti, irili ufaklı sayılamayacak kadar çoktular. Yaprakları dökülmüş kuru ağaca bir zenginlik, bir haşmet bir azamet vermişlerdi.

Acaba halasının ve diğer müslümanların başlarında imanlarının yaptığı som altın taçlar mı vardı da bir imparator vekarı ile dolaşıyorlardı ortalıkta.

Atillâ'nın kalbinde onlara karşı bir sevgi yükseldi, her birini ayrı ayrı alnından öpmek isteği geçti içinden. Dışarıdaki manzarayı daha iyi görebilmek için, genç adam bir kolunu başının altına koyup, yastık gibi yapmayı düşündü. Ancak hiç takati yoktu, avucunu dahi sıkamıyordu. Bakışlarını ağaçların tepelerinin üstüne dikti. Gökyüzünün yazdan kalan canlı maviliği gitmişti, her gün biraz daha solgun, kasvetli, hastalıklı bir tona bürünüyordu. Camın önünde hastahane duvarına dal budak salmış çam ağacının yaprakları bestesi ve güftesi kendilerine mahsus hüzünlü şarkılar söylüyordu hışırtılarla. Her mevsim beraberinde başka şartlar ve ona bağlı değişik duygular getiriyordu insanlara. Gündüz yavaş yavaş çekilmeye başlamıştı, aydınlıkların bıraktığı boşluğa karanlıklar gelip sessiz ve sinsice sokuluyordu.

Güneşin etrafında geniş kıpkırmızı bir hale oluşmuştu. Hilye deminden beri kocasının yüzündeki mânâları inceliyordu. Atillâ'ya tuhaf bir sükûnet gelmişti, huzurla manzara seyrediyordu.

— Güneş batarken, dedi genç kadın, kan fışkırtıyor sanki.

— Hayır, sapları ve yeşil yaprakları kopartılmış gül yığınları fırlatıyor gibi.

Hilye'nin kalbinde incecik bir sevinç esti. Esad Hocaefendi'nin gelip gitmesinden beri Atillâ'da bir değişiklik göze çarpıyordu, masum bir suskunluk gelmişti ona. Buna simetrik olarak konuşmaları da yumuşamıştı. Genç kadın bu gece iyice emin oldu bundan. Bu farkı Hala da, Nazlı Hemşire de anlamış ve Hilye'ye söylemişlerdi. Esad Hoca'nın oğullarını teselli için hastahaneye geldiğini duyunca kayınvalidesi ve kayınpederi çok tedirgin olmuşlardı. Atillâ'ya cehennemden bahsetmesinden korkmuşlardı. Genç kadın, böyle bir şey olmadığına onları güçlükle ikna etmişti. Çok ziyaretçi geldiğinden Hilye yorgundu, hemşirenin getirdiği akşam yemeğine iştahsız bir şekilde başladı. Üstelik çorbayı, haşlama piliç budunu, havuçları, meyve olarak koydukları muzu da beğenmemişti. Hepsini zorlanarak bitirdi. O bir an önce yatmak istiyordu. Lavobanın başında dişlerini çabucak fırçaladı, diş macunu ve fırçasını çekmeceye koyarken:

— Atillâ diye seslendi.

Bir cevap gelmeyince yanına gidip üzerine eğildi. Genç adamın gözleri kapalı idi, cevap vermiyordu. Hilye birkaç dakika oyalandı, gözlerini belki açar diye bekledi. Kocasında hiçbir hareket olmuyordu, uyuduğu kanaatine vardı.

Yatağına uzanmadan önce ses çıkarmamaya çalışarak kayınvalidesini aradı. Suzan Hanım her an tetikte ve tedirgin olduğu için derhal telefonu açtı.

— Anneciğim, dedi Hilye fısıltıyla, merak etmeyin, Atillâ erkenden uyudu. Gece rahat geçeceğe benziyor, merak etmeyin. Fevkalâde bir durum olursa ben ararım sizi.

— Ah Hilye'ciğim, bu gerçek fırtınada, soğukkanlı, sâkin mantığınla ve çelik gibi gücünle bizim için cankurtaran gibisin.

— Vazifem anne, dedi genç kadın, Atilla benim de kocam.

— Orası öyle fakat yine de kimse kolay kolay senin sabrını gösteremezdi. Dört aydır devamlı hastahanede kalıyorsun.

— Alıştım, bana zor gelmiyor.

— Çok teşekkür ederim kızım, bize minnet dahi yüklemiyorsun.

— Ben de bu nâzik hatırlamalarınıza teşekkür ederim anne. İyi geceler sana da babama da.

— İyi geceler tatlı rüyâlar, dedi Suzan Hanım sana da oğluma da!

Atillâ gözlerini yummuştu, ama uyumuyordu. Telefon konuşmasını tamamen duydu; divanın çıkardığı gıcırtıdan da Hilye'nin yattığını anladı. Aradan beş dakika geçmeden karısının derin ve muntazam nefes alışverişleri hafif bir saat tik takları gibi odaya yayıldı. Genç adam derhal gözlerini açtı, hiç yoktu uykusu. Buna memnun oldu. Gözlerini tavana dikerek düşüncelere daldı. Ölmek yok olmak değildi, ne güzel bir şeydi bu! Ölüm varlığı bozmayan bir işti. Ölüm ruhun bedene olan bağlılığının sona ermesiydi sadece, bedenden ayrılmasıydı. Ölmek insanın bir halden başka bir hâle dönmesiydi. Ölüm, mutlak bir kanundu. Hiçbir insana dünyada ölümsüzlük verilmemişti. Bugüne kadar yaşamış olan insanların hiçbiri ebedî olarak kalamamıştı şu yerküresinde.

Ne demişti Esad Hocaefendi "Mü'min ölümden ürker. Rabbi'nin huzuruna vardığında ise dünyâya dönmeyi artık istemez. Mezar, dünya ile ahiret arasında bir köprü, bir geçittir. Kabirdeki kalış kıyâmet denilen ve tüm evrenin yıkıma ve değişime uğrayacağı dehşet verici olayla sona erecektir. Gündüzü gecesiz, dünyâyı ahiretsiz düşünemeyiz. Bunlar birbirlerinin karşıtı gibi görünürlerse de aslında biri diğerinin tamamlayıcısı ve tanıtıcısıdır. Dünya hayatı, yaratılışın anlamını öğrenip kavrama âhiret hayatına hazırlanma dönemidir..."

Genç adam, bütün bunları daha önce halasından da işitmişti ama, dinlememişti. Şimdi karyolasının soğuk sert demiri üzerinde, hiçbir yere gidemez, kaçamaz, hapsolunmuş bir halde dinlemeye mecbur kalmıştı, gözleri alabildiğine açık ve kulakları her bir kelimeye dikkat ederek.

Esad Hocaefend'inin cümleleri bir su şırıltısı ile akıp gelmişti susuz bağrına. Tüm yara olmuş göğsüne merhem olmuştu.

Hemşire yavaşça kapıyı açıp içeri girdiğinde genç adamı pırıl pırıl gözlerle kendisine bakar buldu.

— Daha uyumadınız mı? dedi hemşire yavaş bir sesle, Hilye'nin yastık üzerine ipek demeti gibi dağılmış saçlarına bakarken.

Atillâ gözleri ile karısını işaret etti. Hemşirenin daha sessiz olmasını istiyordu.

— Size bakmak için uğradım, dedi hemşire, hastanın arzusuna uyarak nefes gibi bir sesle.

— Biraz pencereyi açar mısınız, diye fısıldadı genç adam.

Hemşire bir an durakladı, düşündü, az önce bahçeye çıktığında esinti yoktu, hava çok güzel yazdan kalmış bir geceydi. Sonra hasta tam pencerenin önünde değildi, bir müddet sonra gelir kapatırdı. Maharetli elleri ile hemşire kolu tuttu çevirdi, pencereyi az bir şey araladı ve odadan çıktı.

Atillâ başını biraz geriye alarak dışarıyı görmeye çalıştı. Saat hayli geçmiş olmalıydı, hiçbir taraftan bir ses gelmiyordu. Gecenin ilerlemiş saatlerinde hemşireler de, doktorlar da oturdukları yerde uyuklardı. Fakat zaman asla uyumazdı. Bitmez tükenmez bir enerji ile sâniyeler dakikaları, dakikalar saatleri, saatler günleri, günler haftaları, haftalar ayları, aylar seneleri kovalar, insanın sayılı nefeslerini yutardı. Zaman müthiş bir koşudaydı.

Atillâ'nın hiç şüphesiz senelik, aylık, haftalık nefes sayısı bitmişti, bir veya iki günlük belki de birkaç saatlik ömrü kalmıştı. Gökyüzü berrak ve açıktı, yıldızlar parlıyordu. Kilyos da balkona çıktığında ne de çok yıldız görürdü genç adam. Binlerce yıldan beri her bulutsuz gecede gökkubbede güneşten çok daha büyük olan yıldızlar yerküresine altın tozları serpiştirerek neyin şenliğini kutlarlardı? "Belkide", dedi Atilla içinden "Allah'ın büyüklüğünü takdir ediyorlar." Genç adamın birden vücudu gerildi. Her bir hücresi, kalbi, ruhu da bu şenliğe katılıyordu. Dudaklarını araladı, hayatının en büyük iştiyakı ile "Allah'ım" dedi, tekrar tekrar "Allah'ım, Allah'ım" diye fısıldadı. Gecenin bu fusunlu deminde, her taraftan kalbine akan feyiz şelâlelerinin ortasında imanının, gökkuşağının bütün renklerini taşıyan bir çiçek güzelliği ile gönlünde yükseldiğini hissetti.

Hocaefendi Allah ile insan arasında yegâne bağ iman demişti. İşte şu an o bağ kurulmuştu. Genç adam öyle mutlu olmuştu ki! Ölüm yolculuğunun bir mumun sönüşü gibi sona ermekte olduğu bir zamanda iman deryasından ona da bir cevher nasib olmuştu. Onu son nefesine kadar canının içinde korumaya ahdetti. "Allah'ım" dedi kalbinden, "seni göremiyorum. Fakat bu dakikalarda ne gerçek, ne de düş olmayan anlar yaşıyorum. Hayatımda hiç olmadığım şekilde mutluyum, mes'udum, bahtiyarım. Sana günahsız olarak gelmek isterdim, ama artık bunun için çok geç. Geçmişe olan hüznümü yürekten feryadımı kabul buyur Rabbim!"

Gönlünün derinliklerinde devamlı alev alev yanan kiminle konuşsa, nereye gitse gideremediği hasreti susmuştu genç adamın nihayet. Fransız şâiri Baudelaire'nin "Söyle bana, yoksul ruhum, donmuş ruhum, benimle birlikte Lizbon'da yaşamaya ne dersin?" dizeleri aklına geldi. Kendi kendine tebessüm etti. Dudaklarını araladı: "Benim perişan, fakir ruhum, imanla âhirete gitmeye ne dersin?" dedi ancak kendinin duyabileceği bir sesle.

Ebedî olma meş'alesi yanıyor, genç adam da ona hayran bakıyordu. Binlerce sevinç gözlerine dolup orada imanının düğününü yapmaya başlayınca Atillâ ağlamaya başladı.

Mutlak huzur, güven, neşe, sevinç ve mutluluk yeri olan cennete, bir müddet günâhlarının cezasını çekse de sonunda girebilecekti. Ölümsüz bir yaşama kavuşmaya gidiyordu o. Bağıra bağıra, coşkuyla ağlamamak için dudaklarını birbirinin üzerine sıkıca bastırıyor, dişlerini kenetli tutuyordu. Gözyaşlarının arasından gökyüzüne bir daha baktı. Binlerce senedir yıldızlar tüm görkemleri ve özellikleriyle değişmeden kalmışlardı. Bir zamanlar, Hz. Âdem'in ve Hz. Havva'nın mütevâzi evlerini, Firavunların sarayını, Babil bahçelerini süsleyen yıldızlar şimdi de hastahane binasının üstünde parlıyordu. Yıldızların sayısı fazlalaşmıştı. Sanki altından binlerce göz aynı anda neş'e ve sevinçle onu süzüyor, tebrik ediyor gibiydi. Her şey imanım için bayram ediyor, dedi genç adam son defa ve göz kapakları kendiliğinden düşerek yeşil gözlerini kapattı.

Hemşire pencereyi kapatmaya geldiğinde karı koca ikisini de uykuda buldu. Hatta hemşire Hilye'nin sabah kahvaltısını getirdiğinde de genç kadın derin derin soluyordu:

— Hilye Hanım, kahvaltınız, diye seslendi Hemşire Hanım.

Genç kadın şaşkın şaşkın gözlerini açtı. Uyuyup kaldığını anladı ve bundan çok utandı.

— Eyvah dedi, amma da uyumuşum. Atilla bütün gece yalnız kaldı.

Hemşire kahvaltı tepsisini masanın üzerine bıraktı, Hilye'ye doğru dönerek:

— Hiç üzülmeyin, dedi, gece ben gelip kontrol ettim.

— Sağolun, iyi etmişsiniz, çok teşekkür ederim. Herhangi önemli bir şey olmadı herhalde, beni uyandırmadığınıza göre.

— Hayır olmadı, Atillâ Bey çok geç dalmakla beraber sonra mışıl mışıl uyudu. Siz de öyle.

— Nasıl olur? dedi Hilye, saçlarını eliyle toplayıp küçük bir örgü yaparken. Ben yatmadan önce uyumuştu o!

— Orasını bilmem ben.

Hemşire dışarı çıkmak için acele ediyordu, daha uğrayacağı bir sürü oda vardı.

Kapıyı kapatmadan önce:

— Zannederim, dedi, sabah dörde kadar filan uyanıktı.

— Ne! diye Hilye yerinden sıçradı.

Hemşire dalgınlıkla kapıyı sertçe kapatmış güm diye bir ses çıkmıştı. Atillâ bu gürültüye rağmen uyanmamıştı. Genç adamın göğsü ve karnı pikesinin altında hafif hafif aşağı yukarı inip kalkıyordu. Yüzünde ve yanlarına düşmüş ellerinin derisinde sarıdan başka hiçbir renk yoktu. Geceliğinin yakası ve yastığının az bir yeri ıslaktı. Derken genç kadın kocasının gözlerinin altındaki kırışıklıkta kalmış incecik yaşları ve kirpiklerinin top top olduğunu farketti. Atillâ ağlamıştı. Hilye'nin kalbi sızladı derinden, şefkatle ürperdi.

Atillâ göz kapaklarını hafifçe araladı. Üzerine eğilmiş olan o güzel genç ve kederli yüzü gördü. Boşuna diye aklından geçirdi. Ama ona anlatamayacaktı, çok yorgundu.

— Mükemmel değil mi, dedi sayıklar gibi sadece.

— Mükemmel! Çok güzel, dedi Hilye, ne demek istediğini anlamadan onu tasdik edip gözyaşlarını engellemeye çalışırken.

Genç kadın birden kendini tamamen tükenmiş ve yalnız hissetti. Atillâ onu bırakıp gidecekti, bir daha asla geri dönmemek üzere. Onu şu karyoladan kaldırıp toprağın altına götürüp, gömeceklerdi. Ah! Orası tıklım tıklım ölü doluydu muhakkak! Onun alnını süsleyen saçlarını, gözlerinin etrafında hâsıl olan derin mânâlı kırışıklarını bir daha asla göremeyecekti. Mahzun tebessümünü, zeki bakışlarını, elinin teşekkür ve şefkat dolu sıcaklığını avucunda hatıra bırakacaktı, babaannesinin annesine bıraktığı gibi. Hilye onu unutmayacaktı asla!

Atillâ gözlerini kapatmamış, açıktı ama bir tuhaftı her hâli. Genç adamın gözlerinin mânâsında da değişiklik olmuştu. Yalvaran, medet bekliyen bakışları silinmişti, şimdi onlarda Hilye bir safiyet, bir huzur sezinliyordu. O güne kadar görmediği bir aydınlık, bir pırıltı oturmuştu gözbebeklerine, dudaklarındaki gerginlik de gitmişti. Yüz kasları gevşemiş, meltem rüzgârında bir ipeğin dalgalanışı gibi yüzünde hafif hareketler oluyor, üzerinde öpücükler geziniyordu. Kocası, solgun dudaklarını aralayınca genç kadın dikkat kesildi. Atillâ dilini damağına götürüp değdirdi, sonra geri çekti. Aynı hareketi arka arkaya tekrarlayıp duruyordu. Hilye bakışları kocasının ağzında olduğu halde, ne söylediğini anlamak için yüzüne iyice onun yüzüne yaklaştırdı. Atilla:

— Allah, Allah, diyordu.

Şiddetli ve uzun süren bir susuzluktan sonra, hurma ağaçlarının altındaki bir vahaya ulaşmış da orada yudum yudum su alarak hararetini gidermeye çalışan biriydi sanki kocası.

Genç kadın doğruldu, şaşkın ve sevinçli olarak. Bir değil birçok gerçek o anda genç kadının önüne serildi. Atillâ imana gelmişti. Ve artık kendisi de daha önceki Hilye değildi. Gönül mülkünde oda yolculuk ediyordu. Atillâ'nınkilerle beraber, genç kadının da duygu ve düşünceleri değişmişti. Gündüzler anlamsızlaşmış, geceler sessizleşmiş, rüyâlar ondan uzaklaşmıştı.

Yaşam şekilleri ona boş ve mânâsız geliyordu, hepsinin hayatları saçma sapandı.

Esad Hocaefendi, Halası o dini eserleri yazan âlimlerin hepsi doğru düşünüyor, hakikatı konuşuyor, gerçeği yazıyorlardı. İnsanın tek hayatı sorunu zaman ve dünya içindeki yerinin ne olduğunu anlamasıydı.

Genç adam zorlanarak yüzünü karısına döndürdü bir şeyler söyledi ve gözlerini yumdu.

— Atillâ! diye feryat etti Hilye müthiş bir korkuyla. Kocası öldü zannetmişti. Ama, hayır nefes alıp veriyordu. Genç kadın yere diz çöktü, elini kocasının alnına koydu hafifçe.

— Ne? Ne dedin Atillâ? dedi yalvaran bir sesle. Onun hiçbir arzusunun yapılmadan kalmasını istemiyordu. Zarif parmakların temasını hissedince genç adam gözlerini açtı.

— Son bir defa daha, dedi cılız bir sesle, Esad Hoca'yı görmek istiyorum, sonra hemen daldı.

Genç kadın öylece, dizleri üzerinde durdu ve dinledi. Ölüm odanın her tarafına pusu kurmuş, iç çekiyordu. Genç kadının hiç şüphesi kalmamıştı, kocasının saatleri sayılıydı. Odada şu an yalnızdılar. Az sonra doktor ve hemşire gelirdi, ardından da Atillâ'nın anne-babası, diğer akrabaları ve dostları odaya dalarlardı.

Hilye acele olarak cep telefonunu eline aldı; titreyen parmakları ile halanın numarasını çevirdi. Daha çok erkendi, fakat halanın seher vakti dediği bu saatlerde ibâdet ettiğini, istiğfarda bulunduğunu, tesbih çektiğini duymuştu kayınvalidesinden. Halanın sesini duyacağından emin olarak bekledi. Bir iki çalışta telefon açıldı, hala:

— Evet, buyrun, dedi.

— Halacığım benim Hilye, hastahaneden arıyorum.

— Evet, hayırdır inşaallah. Ahmet nasıl?

— Birkaç saattir çok dalgın yatıyor.
— Ağırlaştı mı yoksa yavrum?
— Evet Hala, henüz doktor görmedi, ama Atillâ güçlükle ve düzensiz soluyor, beni zor tanıyor.
— Hemen geleyim hastahaneye, annesini babasını haberdar ettin mi?
— Hayır Hala, sizden sonra telefon edecektim onlara.
— Ben Suzan ile görüşürüm, sen hastanın yanında otur.

Hilye yaşlı kadının sorularını nezaketen cevaplandırmıştı. O kocasının arzusunu iletme telaşı içindeydi aslında.

— Hala, dedi çabucak.
— Evet.
— Atillâ Esad Hocaefendi'yi son bir defa görmeyi arzu ediyor.

Çok sevinçli bir müjde almış insanların heyecanı ile hala.

— Öyle mi? diye adeta çığlık attı.

Sesi genç kadının kulağının içinde çınladı dalga dalga.

— Gelir mi acaba? dedi Hilye, hayır cevabı almaktan korkarak.

— Bizim hocalarımız kendilerini insanlığa adamış kimselerdir, elbette böyle bir ricaye red etmez Esad Hocaefendi, fakat yavrum onu nasıl, nerede buluruz. Bugün de Pazar, vaazı var burada câmide.

Hilye, Atillâ'dan bir an olsun gözlerini ayırmayarak:

— Bu hususta size bir yardımım olabilir mi hala? diye sordu.

— Yok, kızım, sen onu tanımazsın, bilmezsin, ne edebilirsin? Hiçbir şey, diye sorusunu kendi cevaplandırdı hala Hanım. Ben şöyle bir araştırma yapayım dostlardan hakkında bir haber yakalarım inşaallah. Şu an ne durumda Ahmed?

— Aynı dalgın halde.
— Her şeyin hayırlısını bize sâdece Allah verebilir. Ahmed'e de Rabbimizden hoşnudluklar dileyelim Hilye.
— Sağol Hala kapatıyorum telefonu, bir diyeceğin var mı?
— Hayır yavrum!

Hilye telefonu çantasına attı, kocasının karyolasına yaklaştı. Bir tabure çekip oturdu, yanağını hastanın göğsüne dayadı. Kocasının kalp atışlarını, bir an gelip duracak üzüntüsü ile kederli, henüz durmamış olduğundan dolayı sevinç duyarak dinledi. Genç kadın bu anın hiç sona ermemesini arzu etti. Atillâ'nın kalbi hep böyle çalışsın, o da öyle yatsındı. Hilye'nin şampuan kokulu, yumuşak saçları genç adamın yüzüne değiyordu. Karısının ağırlık vermemeye çalışarak başını göğsüne dayadığını Atilla farketmişti. O bunu kaç defalar hayal etmiş ve arzulamıştı. Atilla elini çarşafının üzerinde gezdirdi. Genç kadın kocasının ne aradığını anladı, Hilye'nin elini tutmak istiyordu. Genç kadın, zarif parmaklarını kocasının hasta avuçlarına bıraktı. Bir kemiği bir de derisi kalmış eli alev alev yanıyordu sanki, çok sıcaktı.

— Seni sevdiğimi biliyorsun değil mi Hilye?

Hayat onlara kısacık bir an bir beraberlik sunuyordu, genç kadının düşündüğü olmuştu. Hayata ve onları yaratana teşekkür etti kalbinden. Başını kaldırmadan hiç kıpırdatmadan:

— Biliyorum, dedi.
— Halam, bizim için Allah'ın rızasına uygun hayatlar temenni etmişti.

Hilye hiç sesini çıkarmadı, bu cümlesinin arkasından ne söyleyebileceğini kat'iyyen tahmin edemiyor, merak ve dikkatle bekliyordu kocasının sözlerini.

— O zaman ona kızmıştım, halamı bir daha göremezsem özür dile benim adıma; haklı olan oydu.
— Lütfen dedi, Hilye az sonra ölecekmişsin gibi konuşmaya başlama yine.

Genç kadının gözlerinden yaş gelmiyordu ama sesi ağlıyordu.
— Ölüm, adım adım bana yaklaşıyor, onun ayak seslerini duyuyorum Hilye. Ölmeden her hücremde binlerce kere ölümü yaşadım ben!
— Olağanüstü sağlıklı konuşuyorsun ama.
— Ölüm iyiliği derler, hiç duymadın mı? Gelsin, ondan hiç mi hiç korkmuyorum artık. Eğer ölümden korkarsam namerdim.
Genç adam olanca gücüyle karısının elini sıktı.
— Sen de korkma dedi, ölüm başka bir hayatın menşeî imiş! Bana elveda! Hilye, canım benim!
Genç adam, karısının dudaklarına değen bir tutam saçını öptü. Gittikçe yavaşlayan bir sesle:
— Bundan sonraki yaşamında saçmalıklara yer verme Hilye!
— Geçmişteki yaşantına çok mu nadim oldun Atillâ?
— Bu nedameti de aşan bir duygu nehri.
— Atillâ, dedi genç kadın ve sustu. Hâlâ söyleyip söylememekte tereddüt ediyordu.
— Evet, dedi Atillâ yavaşça. Yoğun, sisler içine doğru akıp giderken karısının bir sır söyleyeceğini algılamıştı dimağı.
— Evet, diye tekrarladı, karısına cesaret vermek için. Öğrenmek istiyordu karısının söylemek istediği şeyi.
— Bir oğlumuz olacak, dedi Hilye, başını kocasının göğsünden çekerken.
Duyduğundan emin olmak istercesine Atilla gözlerini iyice açmıştı ve pırıl pırıldılar. Genç kadın dikkat edince onların gözyaşı olduğunu gördü, kocası sevincinden ağlıyordu. Bir muştu yaşıyordu.
— Şimdiye kadar niye söylemedin Hilye?
— Kadınlık halimdeki gecikmelerin ruhsal nedenlerden ileri geldiğini zannetmiştim. Hiç tahmin etmemiştim, hem de hiç.

En ufak bir rahatsızlığım da olmadı çünkü. Karnımın büyüdüğünü anlayınca birkaç gün önce doktora gittim, neticeyi o zaman öğrendim.

— Hayatı, şimdiye kadar olduğundan çok daha fazla seviyorum şu an biliyor musun? Genç adam dudaklarını yaladı. Her sene öldüğüm gün oğlumu bana getir lütfen Hilye!

Genç kadın bu defa onun ölüm lafına hiç itiraz etmedi, ızdırap ile peki mânâsında başını salladı sadece.

— Önce kucağında minicik bir bebekken getireceksin. Sonra küçük bir çocuk olarak koşacak mezarıma gelen patika da. Bir gün de kocaman bir delikanlı dikilecek mezar taşımın dibinde. Onu toprağın altında hep bekleyeceğim!

Genç kadın bu kadar acıya nasıl dayanabildiğinin şaşkınlığı içinde iki eli ile karnını tuttu. Atillâ yalvaran bakışlarını Hilye'nin gözyaşı dolu gözlerine döşedi.

— Onu bana getireceğine söz ver canım dedi.

Hilye yavaşça eli ile kocasının saçlarını okşadı:

— Söz veriyorum, dedi onu sana her zaman getireceğim Atillâ.

— Çok iyisin, çok, çok teşekkür ederim.

Genç kadın, kocasının son kelimelerini çok zor duydu. Atillâ'nın parmakları gevşemiş, yatağın üzerine serilip kalmıştı. Hilye, süratle ayağa fırlayıp kapıya doğru koştu.

— Atillâ ölüyor! diye bağırarak kapıyı açtı.

Koridordan geçmekte olan bir hemşire yürümesine devam ederek.

— Öyle bağırmayın, dedi hastaları korkutacaksınız.

Hilye, hemşirenin arkasından onun soğukkanlılığına bakakaldı. Genç kadının tam karşısına isabet eden odadan, Başhekim Doktor Erdem çıkıyordu, yanında Nazlı Hemşire ile beraber.

— Doktor bey, dedi Hilye, sesine biraz hâkim olarak, Atillâ ölüyor.

Doktor Erdem ve Nazlı hemşire adımlarını sıklaştırarak ona doğru geldiler, yanından geçip odaya girdiler. Doktor Erdem hastanın yüzünü ve duruşunu tetkik etti dikkatli ve tecrübeli bir bakışla. Atillâ'nın nabzını tuttu, dinledi. Göz kapaklarını açtı, kapadı.

— Henüz ölmemiş ama, dedi, bir daha kendine geleceğini zannetmiyorum.

— Atillâm öldü mü yoksa? Suzan Hanım, Hilye'nin açık unuttuğu kapıdan girmiş, doktoru ve hemşireyi, hiç hareketsiz gözleri kapalı olarak yatan oğlunun yanında çok endişeli bir yüzle görünce basmıştı feryadı.

Karısının arkasından yürüyen Orhan Bey ise ağzını açıp tek bir söz etmiyordu, fakat hali yürekler acısıydı, hiçbir şey anlamayan, boş gözlerle bakınıyordu.

— Ölmedi, dedi doktor, sonra onları teselle etme gereği duydu, sizler öğretmensiniz, soğukkanlılığınızı muhafaza ediniz, sabırlı olun diye ekledi sözlerine.

— Yalvarırım, doktor bey? bir şeyler yapın oğluma, dedi Suzan Hanım, eğilip Atillâ'yı iki yanağından öperken.

— Yardımcı olmak isterdim, ancak Tıb bu konuda pek bir ilerleme kaydedemedi, henüz tedavi edemiyoruz, dedi doktor, konferans verir gibi. Gerekeni yaptık zaten.

Doktor Erdem Nazlı hemşireye döndü:

— Biz gidelim, dedi, daha bakılacak, bizi bekleyen bir sürü hasta var?

— Biz ne yapalım doktor Bey, dedi Suzan Hanım son bir umutla.

— Hiçbir şey, bekleyeceksiniz, bir saat, beş saat, on saat.

Suzan Hanım yüreğinin ortasına bir hançer sokulmuş gibi oldu.

— Ah! dedi, yavrumun ölümünü mü bekleyeceğim, buna hangi ana-baba dayanır?

Suzan Hanım sonra kocasının yanına gitti, oturdu, düşüp kalmamak için ona yaslandı.

— Onca gürültü oldu, konuşuldu, gözlerini yine de açmadı, onu öptüğümü hiç anlamadı dedi Suzan Hanım, bütün duyuları onu terketmiş, bedeni ile yalnız ruhunun bağlantısı kalmış. Ne zamandan beri böyle Hilye kızım?

— Bir saat kadar oluyor.

— Ondan önce konuşuyor muydu?

— Evet.

— Gözlerini açıyor muydu?

— Arada sırada.

Suzan Hanım'ın bakışları kahvaltı tepsisine ilişti; olduğu gibi duruyordu.

— Kızım, dedi, hiçbir şey yememişsin. Çayın soğumuştur ama ekmek, reçel ve yağını yiyebilirsin.

— Acıkmadım anne, dedi Hilye.

Bir lokma dahi alacak hali yoktu. Genç, hayat dolu bir insanın, tek tek nefes sayıları tükeniyor, bir anne ve baba yegâne evlâtlarının ölümünü bekliyor, Hilye'nin rahiminde doğmadan yetim kalacağından habersiz bir yavru yatıyor, dört aylık bir yeni gelin, dul kalmaya hazırlanıyordu, iştah mı kalırdı? Yaşam mutsuzluklar galerisi idi, ayrılıklar, hasret, acılar, özlemler, sıkıntılar, yalanlar, aldatılmalar, hileler, savaşlar, hastalıklar, ölümler hep ondaydı. Genç kadın, hayatın gülpembesi olmadığını çok erken yaşlardan beri biliyordu, ama şimdi yeni bir şey daha öğreniyordu, ayrıca hayat saatlerin sür'atli geçişi ve mevsimlerin sürekli akışından ibaretti, kısacık bir şeydi.

Masanın üzerindeki küçük saat dokuzu gösteriyordu. Genç kadın saat altıda uyanmıştı. Üç saat geçip gitmişti yine. Annesi babası saat onbire doğru gelirlerdi ziyârete. Atillâ'nın ağırlaştığını onlara haber verme gereğini duymamıştı genç kadın. Hala'-

ya bir daha telefon etmek geçti aklından. Hocaefendi'yi getirebilecek miydi acaba?

— Anne, baba, dedi, halam size telefon açtı mı?

— Evet, diye genç kadının sorusunu Orhan Bey cevapladı, o görüşmüştü çünkü ablasıyla.

— Atillâ'nın dileğini size iletti mi baba?

Orhan Bey'in hocalarla hiçbir alâkası yoktu. Onun için oğlunun bir hocayı görme arzusunu da garip bulmuş, bir hasta sayıklaması kabul etmiş, üzerinde hiç durmamış, unutmuş gitmişti. Gelini sorunca dağınık zihninde meseleyi hayal meyal hatırladı.

— Bahsetti öyle bir şeyden, dedi elini bir sinek kovalar gibi sallayarak.

— Getirebilecek mi hocayı baba?

— Bilmem.

— Sormadınız mı?

— Sormadım.

— Anne baba, dedi Hilye, damarlarında ikisine karşı da buz gibi bir hava dolaşırken, Atilla çok şiddetli arzu etmişti.

Başını kocasının omuzuna dayamış sessizce ağlayan Suzan Hanım söze karıştı.

— Hocanın ismi neydi unuttum?

— Esad, dedi Hilye.

— Tamam, hatırladım, görümcemin hocası. Ancak ablam onu getirmiş olsa dahi boşuna!

— Atillâ'nın son dileği yerine getirilmiş olur anne.

— Orası öyle. Birşey dediğimiz yok, gelirse kapı açık, buyursun.

Hilye babaannesinden biliyordu, ölmek üzere olan insanın yanında durup Kur'ân okuyordu hocalar. Madame Bovary'i romanında okumuştu; Emma ölürken papaz gelmiş ona haçı öptürmüştü. Parmağını bir tas içindeki mukaddes suya batırarak, Emma'nın gözlerine, dudaklarına, ellerine, ayaklarının altına sürmüştü. Papaz, hutbe okumuş, bir takdis âyini yapmıştı.

Genç kadın biraz sinirlenerek silkindi; can çekişen bir hayvanın etrafında durup onu seyreden kimselere benziyorlardı. Bir insan ölürken birşeyler yapıyordu herkes! Babaannesinin, dudaklarının üzerinde zemzem ile ıslatılmış bir pamuk gezdirmişti komşulardan biri.

— Halaya, dedi Hilye, büyük bir pişmanlık duyarak, zemzem getirmesini söylemeyi hiç hatırlamadım.

Suzan Hanım iki kıpkırmızı kor parçası gibi olmuş gözlerini olabildiğince açtı:

— Zemzem ne işe yarayacak dedi?

Bunu Hilye'de bilmiyordu. Ondan bundan duyduğu İslâmi bilgilerine göre bir cevap bulmaya çalıştı.

— Zemzem, müslümanlarca mukaddes kabul edilen bir su anne, dedi. Sonra genç kız birden fren yapan bir araba gibi durdu, konuşmasını kesti, dışarıyı dinledi dikkatle. Birçok ayak sesi ve mırıltılar geliyordu. Genç kadın, meraklanmıştı, neler oluyordu koridorda? Kalktı, kapıya gitti, açtı. Hala ile yüz yüze geldi.

— Merhaba kızım.

— Merhaba hala.

— Allah kendisinden râzı olsun, Esad Hoca'mız geldi, dedi Hala.

— Yâ, dedi Hilye sevinçle, çok memnun olmuştu.

Hilye odanın iç tarafında, hala Hanım da dış tarafında kenara çekildiler.

— Buyrun Hocam, dedi Hala Hanım.

Esad Hocaefendi yüzünde ciddi bir ifadeyle, ağır adımlarla odaya girdi.

— Esselâmü aleyküm, dedi.

Suzan Hanım ve Orhan Bey, "selâmünaleyküm" sözlerini çok duymuştular. Halkının büyük kısmı müslüman olan bir ülkede oturuyorlardı. Tabiî ki böyle bir selâmlaşma şeklinden haberdardılar ancak hiç dikkat etmemişlerdi tam olarak nasıl cevap verildiğine. Kulak dolgunluğu ile cevap verip hecelerde bir pot kırmaktan çekindiler.

— Merhaba, dedi Orhan Bey.

Suzan Hanım kocasının vaziyeti kurtarış şeklini fena bulmadı, o da:

— Merhaba, dedi.

Hocaefendi yalnız değildi, onunla beraber daha beş kişi gelmişti, bunlar sakallı genç delikanlılardı. Başlarında bembeyaz dantel takkeler, her birinin elinde Kur'ânı Kerim vardı, yepyeni ve yemyeşil kaplı. Yüzleri küçük bir güneş gibi parlıyordu, pırıl pırıl. Orhan Bey ve Suzan Hanım onlara da ayrı ayrı merhaba dediler. Hocanın ve talebelerin gelişi ile odanın kasvetli ve resmiyet dolu havası gitmiş, her köşeye açıkça bir neş'e oturmuştu.

Müslüman talebeler hastaya şöyle bir baktılar, sonra hemen kimisi tabure üzerine, kimisi de yere çömeldi. Kur'ânlarını açıp okumaya başladılar hiç ses çıkarmadan.

Hocaefendi'nin de talebelerin de görünüşleri ve davranışlarını beğenmişti Suzan Hanım. Atillâ "son bir kez daha Esad Hoca'yı görmek istiyorum" demişti, Hoca da gelmişti. Ve henüz Atillâ yaşıyordu. Suzan Hanım yavrusunun arzusunun yerine gelmesi için çılgınca bir istek duydu. Çok geç olmadan oğlu hocanın geldiğini bilsin istedi.

Atillâ'yı iki omuzundan tuttu:

— Atillâ, oğlum, aç gözlerini, istediğin hoca geldi, dedi.

Odada bir kelebek kanat çırpsa duyulacak kadar bir sessizlik oldu; hiç kimse kıpırdamıyor, herkes sadece hastaya bakıyordu. Hastanın hiçbir duygu organından bir kıpırtı gelmiyordu.

— Atillâ, Atillâ yavrum, canım, hayatım, ben annenim, lütfen beni duyduğuna dair bir işâret ver.

Suzan Hanım çaresizlikle kıvranıyor, hatırına gelen her bir sözü söylüyor, ağlıyor, fakat bir netice alamıyordu. İki kolunu karyolaya dayamış, mermer solukluğundaki yüzünden oğlunun saçlarının arasına gözyaşları damlıyordu. Ümidini bir türlü kesemiyor gene yalvarıyordu.

— Çocuğum, duy beni.

Hala gelinini omuzlarından tuttu:

— Zorlama Ahmed'i Suzan, dedi, kendi haline bırak.

— Hastanın ismi Atillâ mı, Ahmed mi, dedi Hocaefendi.

— Hocam, ben Ahmed koydum ve sadece ben dâima Ahmed diye hitab ettim, diye cevap verdi Hala Hanım.

Esad Hocaefendi bir iki adım attı ve hastanın başının hizasına geldi, sağ eli ile hastanın çenesini tuttu.

— Ahmed! Ahmed! Ahmed! dedi sesini yavaş yavaş yükselterek.

Önce hastanın göz kapaklarında bir kıpırdanış oldu, sonra yavaş yavaş açıldı. Işığı çekilmeye başlamış, donuk gözler Esad Hoca'nın yüzüne dikildi. Yoğun sislerin gerisinden kim olduğunu bulmaya çalıştığını Hocaefendi sezdi.

— Ben, Esad Hoca dedi, şefkatle.

Donuk gözlere bir fer geldi, göz kapaklarını oynattı, hafifçe genç adam. Esad Hoca'ya geldiği için teşekkür ediyordu. Esad Hoca, gözlerini bir an olsun hastadan ayırmıyordu. Talebeler birer Yâsini Şerif okuyup bitirmişlerdi, Atillâ'nın etrafını sardılar meraklanarak, Kur'anı Kerim'leri de ellerindeydi.

Atillâ ağır ağır bakışlarını birinden diğerine geçirdi, sonra dudaklarına, yüzüne cılız bir tebessüm yayıldı. Ardından talebelerin ellerindeki Kur'ânı Kerim'i gördü, heyecanlandı, göğsü inip kalkmaya başladı. Şimdi artık çok aşikâr gülüyordu.

— Lâ ilâhe illallah, dedi Esad Hocaefendi.

Atillâ bu kez Hocaefendi'nin yüzüne bakıyordu. Hafifçe renk gelen dudaklarını araladı:

— Lâ ilâhe illallah, dedi, tüm gücünü sarfederek sevinçle.

Talebeler tekrar yerlerine geçtiler, birer tane daha Yasin-i Şerif okumaya başladılar.

Hala Hanım çantasından küçük bir su şişe çıkardı, kapağını açtı, hastanın yanındaki komedinin üzerinde duran paketten bir parça pamuk aldı, şişeyi alıp pamuğu ıslattı. Şişenin kapağını kapatıp masanın üzerine bıraktı.

— Hocam Zemzem, dedi, ağzına bir damla akıtayım mı?

— Tabiî, diye cevap verdi Hocaefendi.

— Ahmed'im, dedi Hala hastanın dudakları arasında ıslatılmış pamuğu gezdirirken, bu Zemzem.

Doğrulurken Hala Hanım:

— Yemin ederim ki dedi, suyu içine çekti, Zemzem suyu vücuduna girsin istedi.

Suzan Hanım, yerinde çakılmış kalmış, tüm olup bitenleri inanmaz gözlerle seyrediyordu. Kur'ân'ı Kerim'ler okunuyor, oğluna son anda tâ Mekke'den getirilmiş su içiriliyor ve Atillâ "Lâ ilâhe illâllah" diyordu devamlı. Vücudu kıpırdayıp duruyor, yüzünde derin ve engin bir neş'eyle tevhid söylemek için bütün enerjisini sarfediyordu. Başını da kaldırmıştı, şaşkınlıktan herkes donmuş kalmıştı, olduğu yerde. Hasta derin bir nefes aldı:

— "Lâ ilâhe illâllah" diye bağırdı huşu ile ve başı birden yastığa düştü, sesi, hareketleri ve nefes alıp vermesi kesildi. Annesi ve babası Hocaefendi'nin önüne geçtiler, baktılar. Atillâ yaşamıyordu artık. Suzan Hanım'ın bakışları oğlunun cesedine yapıştı, hayran hayran seyretmeye başladı onu. Yüzünün her bir hücresinden Suzan Hanım'ın o güne kadar asla görmediği bilmediği, katiyyen tasavvur edemediği bir ışıltı fışkırıyordu. Müslümanların "nur" dedikleri şey bu olmalıydı. Sonbahar güneşinin yayılıp serildiği yatakta Atillâ'nın tüm vücudu pırıl pırıl bir ışık yığınıydı. Suzan Hanım oğlunu hiç bu kadar yakışıklı görmemişti. Odanın her tarafında bembeyaz güvercinler uçuşuyor, bir yerlerden gül kokuları geliyordu.

— Muhteşem final buna denir, dedi rüyâda konuşur gibi.

— İnna lillâhi ve İnna ileyhi raciun, dedi Esad Hocaefendi. Bizler Allah'ınız, yine ona döneceğiz.

Çok şükretmemiz gerek Rabbimize; Ahmed'in hastalığı onu islâh olmaz bir isyankâr yapmadı, bilâkis iman ile müşerref oldu. Onun hayatı hidâyete vuslat ile sona erdi.

Hala Hanım yeğenini çok severdi. Cenazenin ayak ucunda yedek olarak duran beyaz pikeyi aldı, açtı, Ahmed'in üzerine gerdi, cesedi örttü. Ölmüş insanlara bakılmasından hoşlanmazdı.

— Öldü mü?

Atillâ'yı tanıyan birkaç hemşire odaya girmiş, genç adamın tamamen örtülü vücuduna bu gibi şeylere alışık olmalarına rağmen ürkek ürkek bakıyorlardı.

— Evet, dedi Hala Hanım, Allah'ın rahmetine kavuştu inşaallah.

Hala Hanım hemşirelerin arasından geçerek koridora çıkmış olan Esad Hocaefendi'ye arkasından yetişti:

— Allah râzı olsun hocam, dedi, bu iyiliğiniz hiç unutulmaz.

— Allah hepimizden razı olsun, vazifemiz, diye cevap verdi Hocaefendi. Esad Hocaefendi'nin hastahaneye geldiği duyulmuş, imanlı doktorlar onun bulunduğu bölümü aramaya çıkmışlardı.

Karşıdan dört doktor sevinçle ona doğru geliyorlardı. Hala Hanım geri döndü, Hocaya gerekeni onlar yapardı.

Suzan Hanım'ın ve Orhan Bey'in üzerlerinden şaşkınlıkları gitmiş, yüksek sesle omuzları sarsıla sarsıla ağlıyorlardı. Odaya daha başkaları da gelmişti. Yakın akrabalar ağırlaştığını duymuş, koşmuş gelmişlerdi fakat ölüsü ile karşılaşmışlardı. Boydan boya Atillâ'nın üzerine gerili beyaz pikeyi gören, meseleyi anlıyor, Suzan Hanım ve Orhan Bey'in yanına koşuyordu.

— Başınız sağ olsun.

— Vah, vah!

— Ne zaman öldü?

— Biz daha yaşar zannediyorduk.

Gelenlerin her biri bir şey söylüyor, türlü sualler sorarak, meraklarını gidermeye çalışıyorlardı.

Hilye pencere içinde dağınık bir vaziyette olan kitapları üst üste diziyordu. Kuşluk vakti girmişti, Hala Hanım namazını rahat kılabilmek için hemşireler odasına geçti. Ölünün bulunduğu oda tamamen dolmuştu, Atillâ'nın ayak ucundaki yere oturan dahi vardı. Hilye kitapları kucakladı, kayınvalidesinin önüne gitti.

— Anne, dedi, elindeki kitab destesini Suzan Hanım'a uzatırken, Atillâ bunları sana vermemi vasiyet etti.

Suzan Hanım boş gözlerle kitaplara baktı; en üstünde, kapağı açık bir kılıf içinde Kur'ân'ı Kerim görünüyordu. Oğlunun hediyelerini uzandı aldı, kucağına koydu. Birden şimşek hızıyla genç kadının zihninde bir hatıra uyandı:

— Anne, dedi Hilye, kayınvalidesini sarıp sarmalayan derin bir şefkatle Atillâ'nın babaannesinin duasını Allah kabul etmiş olmalı.

Suzan Hanım bu kez de gelinin sözlerinden bir şey anlamadı. Ama anlayacaktı... Mutlaka anlayacaktı günün birinde. Oğlu gibi.. O da katılacaktı imanlılar kervanına..

O yaşlı kadının son anında, son bir gayret göstererek gönlünün bütün iştiyakı ile yaptığı duâlar boşa gitmeyecekti. Genç kadın hiç kimseye farkettirmeden odadan ayrıldı, koridorları geçti, merdivenleri indi ve binadan çıktı. İki tarafı kurumuş kalmış çiçek yığınları ile dolu yollardan geçerek çıkış kapısına yöneldi.

Korna sesleri, çocuk ağlamaları, sokak satıcılarının bağırmaları, yüksek sesle konuşmalar birbirine karıştığından, caddeden büyük bir gürültü ve uğultu geliyordu. Dışarıda hayat en ufak bir değişiklik olmadan devam ediyordu.

Hilye durdu, arkasına döndü, Atillâ'nın ölüsünün yattığı kata baktı, kalın beton duvarlar ve örtülü pencerelerden başka bir şey görünmüyordu. Ama Atilla oradaydı henüz. Cenâzesi yarın öğle namazından sonra kaldırılacaktı.

Mahzun tebessümünü, zeki bakışlarını, elinin teşekkür ve şefkat dolu sıcaklığını düşündüğü gibi genç kadına bir anı olarak bırakmış, bir yığın kara toprağın altına götürülmek üzere orada bekliyordu. Yılanların, karıncaların, tarla farelerinin, çıyanların Karaca Ahmed'de insan etlerini didiklediklerini, iştahla yediklerini görür gibi oldu. Mezarlığın her tarafında, ihtiyarların, delikanlıların, genç kızların, minicik çocukların vücudlarının kol, bacak, gövde ve kafa kemiklerinin birbirinden ayrılırken çıkardığı o asla anlatılamayacak, katiyyen târifi yapılamayacak olan hışırtılarını duydu sanki! Bu çıplak gerçek hiçbir insanın inkâr edemeyeceği bir şekilde mezarların patikalarında sere serpe geziniyordu. Ne doktorlar, ne hâkimler, ne kraliçeler ne imparatorlar, ne diktatörler, Nemrutlar, Firavunlar, toprağın içindeydi.

Ölüm onları susturmuş, bütün mallarını ellerinden almış, saltanatlarına son vermiş, dünya ile olan tüm alâkalarını idam etmişti. Herkes mezarlarında aynı acizlik, aynı fakirlik, aynı çâresizlikle yatıyordu. İkindi güneşinin bu gizemli deminde şiddetle ürperdi Hilye. Herşey batıp gidiyordu. İnsanlar ve kâinat hiç kimsenin değiştiremeyeceği bir ilâhi kanuna tâbî idiler. Yaratılmışlardı, fakat varlıkları hep devam etmeyecek, bir gün yıkılıp gideceklerdi. İnsanın tamamen yok olmayacağı, bir zaman gelip dirileceği ve cennetlere gireceği, orada ebediyyen yaşayacağı haberi ne güzeldi.

— Atilla elveda! diye mırıldandı Hilye, kederle, yusyuvarlak iri gözyaşları yanaklarından geçip toprağa damlarken. Açık olan demir kapının eşiğinden sersem adımlarla geçip, caddeye çıktı. Artık dul bir kadındı, karnında 4 aylık bir yetim taşıyan.

— Hilye!

Ah bu ses! Onu hep böyle arzu ve hasretle çağırmıştı.. Sabırla beklemişti..

Genç kadın ağır ağır başını kaldırdı; Alper arabasının kapısını açmış kaldırımın kenarında ona bakıyordu. Hilye aynı anda arkadaki ikinci arabayı farketti. Hala Hanım elini arabasına dayamış dikkatle genç kadını gözlüyordu. Hilye bir an dahi tereddüt etmeden, yeniden dirilmeye, cennetlere girmeye, orada ebediyyen yaşamaya uçar gibi sevinçle ona doğru koştu, kırık kalbiyle. Yanına varınca kollarını halanın cılız boynuna doladı, başını onun kemiğinin sertliğini hissettiği omuzuna dayadı ve yüksek sesle ağlamaya başladı.

Hıçkırıklarının arasından:

— Ama hala, dedi Hilye kesik kesik, beni nasıl gördün?

— Ben namazı bitirmiş, duâ ediyorken, sen çantan omuzunda asılı olarak önümden geçtin. Az sonra ben de peşindeydim, bahçeye asansörle ve arka taraftan indiğimden karşılaşmadık.

Yanlarından geçip gidenler onlara bakıyordu meraklı gözlerle. Hiç aldırmadı genç kadın ağlamaya devam etti, sonra geri çekildi:

— Hala, dedi içini çeke çeke, Alper'e elimi sallayabilir miyim? Ona veda etmek istiyorum.

— Tabiî yavrum.

Genç kadın kıpkırmızı olmuş gözlerini Alper'e çevirdi. Gri takım elbisesi içinde ne kadar da yakışıklıydı Yâ Rabbi! Taze, gürbüz bir ota benziyordu. "Bir ota" diye genç kadın kalbinden tekrarladı. Eli ile veda işâreti yaptı ona gözlerini yumarak. Onunkisi gül pembesi bir ayrılıktı. Hayatın gül pembesi olmuyordu ama ayrılığın gül pembesi oluyordu. Gözlerini açtığında Alper, kızgın, kırgın, küskün ve ümitsiz bir halde arabasına giriyordu. Genç kadın da çabucak halanın yanındaki boş koltuğa geçip yerleşti.

Arabayı çalıştırmadan önce Hala bir eliyle genç kadının saçlarını okşadı. Hilye, Hala'nın Alper ile geçmişte olan ilgisinden haberdar olduğunu anladı. Alper, bunu hemşirelerden birine söylemiş, ondan da her tarafa yayılmıştı haber. Atillâ'dan başka herkes Hilye'nin doktor Alper'in eski nişanlısı olduğunu öğrenmişti.

— Gaflet zamanımda hayat benim için bir panayırdı, dedi dostça hala, biraz neş'e, biraz hüzün, bazen kavga bazen sükûnet, çoğu tesadüfler yığını ve sonu kalp kırıklığı, kocamı kaybetmiştim çünkü. Ama şimdi hayat bir imtihan alanı diyorum, ne acı pahasına olursa olsun, en yüksek puanı almayı mecbur olduğumuz.

Hala Hanım ara sokaklardan Fındıkzâde'ye çıkmış, Topkapı istikametinde yol alıyordu.

— Hala, dedi genç kadın beni nereye götürüyorsun?

— Evine yavrum. Kardeşim ve Suzan birbirlerine sarılmış ağlarken onlara bir torunları olacağını söylediğimde sevinçlerini bir görecektin Hilye!

— Ne? diye genç kadın koltuğundan sıçradı. Hala dedi, onu da nasıl öğrendin?

— Nazlı Hemşire'den. Bunu Ahmed'e söyleyip söylememekte tereddüt etmişsin galiba. O da ölmeden evvel Ahmed'in, dünyâ da neslinin devam edeceğini bilmesini arzu ediyordu. Seni buna ikna etmem için senin sırrını açtı bana.

Hala Hanım arabayı kaldırıma yakın ve yavaş sürüyordu. Ön taraflarındaki trafik tıkanıklığı sebebi ile bir ara durdukları bir zamanda, Hala Hanım, yüzünü Hilye'ye yaklaştırdı, alnından öpüverdi çabucak.

— Çok uğraştım, dedi sevgi dolu bir ses tonuyla. Ahmed'i Ezher'e göndermek için, olmadı bir türlü, inşaallah onun oğlunu orada okuturuz.

— İnşaallah, dedi genç kadın, kalbinin hüzün topraklarında beyaz papatyalar açmaya başlamıştı küçük küçük.

— Babasının ruhu bundan haberdar olacak ve eminim çok sevinecektir.

— Ben de eminim, dedi Hilye, gönül ufkunda doğmaya başlayan şafağı kalbiyle selâmlarken.

Hilye başını kaldırarak, bakışlarını gökyüzünde gezdirdi. Yaşam ne kadar da çok gariplikler le doluydu. Kendisi artık dul bir kadın olmuş, karnındaki yavrusu yetim kalmıştı. Yıllardır sevdiği insan az önce arabasıyla köşeyi dönüp ebediyen geri dönmemek üzere ondan uzaklaşmıştı, ama güneş pırıl pırıl, cıvıl cıvıl inadına pür neşe, alabildiğine mesuttu. Ortalığa neşe saçıyordu. Hilye dudaklarını sımsıkı birbirine kenetledi. İçinden "andolsun ki mutlu olmayı becereceğim," dedi.

SON

R O M A N

Dr. Sevim Asımgil

Düğünümde Ağlama

> Romanları özellikle gençler tarafından ilgi
> ve beğeni ile okunan Dr. Sevim Asımgil,
> romanlarından biri daha:
> "Düğünümde Ağlama..."
> Önce soğuk bir şekilde ürperten ve
> düşündüren, sonra da yepyeni ufuklar
> açan çok boyutlu bir müjde...
> Hayatın içinden değişik manzaralar..
> Bunu da bir solukta okuyacaksınız.

Bir tutkudur Timaş romanları..

ROMAN

Dr. Sevim Asımgil

Diana

> İnsan, arzularının esiri olursa, gözü hiçbir şey görmez. Hiçbir nasihat ona tesir etmez. Diana, esir olmuş arzuların sembolü.. İbretle okuyacağınız güzel bir roman..

Bir tutkudur Timaş romanları..

ROMAN

MERİÇ'in KANLI GELİNİ

Dr. Sevim Asımgil

▼

Meriç toprak taşımıyor sadece, vatan özlemi ile her türlü tehlikeyi göze alarak yollara düşmüş taze gelinlerin kanına giriyor, kan ağlıyor Meriç... İnsanlık dışı zulüm ve baskıların, vatan sevgisinin, aşkın, acının ve hasretin hamuruyla yoğrulmuş bir romanı okurken, olayları siz de kahramanlarla birlikte yaşayacak, ender rastlanan bir tecrübeye ortak olacaksınız.

Bir tutkudur Timaş romanları